Blutsbrüder und Passanten

Von Montag bis Sonntag sitzt Harri auf der Straße, jeden Tag an einem anderen Platz, der ihm eine besondere Perspektive auf die Stadt München und ihre Bewohner erlaubt. Er erzählt die merkwürdige Geschichte seines Lebens. So berichtet er von der Blutsbrüderschaft mit dem hochbegabten Max, der sich zwar beim Quartettspielen die Reihenfolge der Karten merken kann, aber abseits steht, wenn andere sich Witze erzählen. Von seiner Liebe zu Stella und deren Verzweiflung, weil sie nicht schwanger wird. Von seinem Erfolg als Geschäftsmann und warum er diesen Erfolg an den Nagel hängt. Schließlich erzählt er vom tragischen und absurden Ende der Blutsbrüderschaft, an dem er nicht ohne Schuld ist. Doch anstatt mit dem Schicksal zu hadern und sich als Gescheiterten zu betrachten, lebt er seine Idee, den Kreislauf von Geben und Nehmen anzukurbeln.

Philipp Stoll wurde 1960 in München geboren, wo er auch aufwuchs und heute als Richter tätig ist. Im Jahr 2015 erschien von ihm die Kurzgeschichte »Mantra« in der Literaturzeitschrift *Am Erker*, Nr. 70.

PHILIPP STOLL

Blutsbrüder und Passanten

Bibliografische Information der Deutschen Nationalbibliothek
Die Deutsche Nationalbibliothek verzeichnet diese Publikation in der
Deutschen Nationalbibliografie; detaillierte bibliografische Daten sind im
Internet über http://dnb.dnb.de abrufbar.

Satz, Umschlaggestaltung, Herstellung und Verlag: BoD – Books on Demand
ISBN 978-3-7392-9935-8

Inhalt

Ich liebte es auch – dieses Geständnis will freilich nicht so leicht über die Lippen –, ich liebte es, Almosen zu geben. Ein höchst christlich gesinnter Freund gab einmal zu, dass man als Erstes Unbehagen empfindet, wenn man einen Bettler auf sein Haus zukommen sieht. Nun, mit mir war es noch schlimmer bestellt: Ich frohlockte.

Albert Camus

Montag. Hauptbahnhof.

Guten Morgen, mein Herr! Es freut mich, dass Sie den weiten Weg hierher gefunden haben. Wie ist das Wetter auf der anderen Seite des Atlantiks? Sehr schön, auch wir haben heute Glück: Die Sonne wärmt Gehwege und Hauswände, das erleichtert die Arbeit. Wenn Sie einverstanden sind, fangen wir sofort an. Müde? Ja, der Jetlag, wie unangenehm! Mein Bericht wird Sie hoffentlich wach halten.

Setzen wir uns! Doch, doch, hier. Etwas unbequem, meinen Sie? Aber was haben Sie erwartet? Sie sind zum ersten Mal in dieser Stadt? Ich werde versuchen, Sie neben unserer Aufgabe, die wir zu erledigen haben, im Lauf der Woche in die Eigenarten dieser Welt einzuweihen, in ihre Witze und Geheimnisse, ihre Größe und ihre Winzigkeit.

Da ich mich wieder so reden höre – bitte wundern Sie sich nicht über meine Ausdrucksweise. Wie Sie sehen, bin ich nicht mehr der Jüngste. Und wenn ich eines verabscheue, dann jene bruchstückhafte, gehetzte Rede, die man heute allerorten hört. Als ob man auf der Flucht wäre.

Ich verstehe, dass Sie unseren Treffpunkt merkwürdig finden. Dieser Platz ist nicht der schönste, aber da wir das Stadtgebiet nach Wochentagen aufgeteilt haben, was ich Ihnen später erklären werde, bin ich montags immer hier anzutreffen. Im Übrigen hat so ein Bahnhofsvorplatz zu Wochenbeginn durchaus seine Reize. Man erlebt, wie die Menschen unterwegs sind, ganz allgemein gesagt. Sehen Sie nur, wie sie ihre Wohnungen verlassen und ausschwärmen, wie sie Straßen und Büros in Besitz nehmen, viele von ihnen hoffnungsfroh, diese Woche werde endlich die Wende in ihrem Leben bringen, andere hingegen mit der Ergebenheit in das unabänderliche Schicksal, die chronisch Kranken eigen ist.

Jetzt am Morgen treffen diejenigen ein, die außerhalb schlafen und hier nur arbeiten. Hunderttausende sind es, die sich auf Autobahnen, in Zügen, auf Fahrradwegen hierher bewegen. Die Stadt ist ein atmender Moloch. Morgens zieht er die Menschen aus dem Umland wie Staub in seine Mitte, saugt an ihrer Lebenskraft, bis sie erschöpft sind, und spuckt sie dann abends wieder aus. Ein und aus, ein und aus, im immer gleichen Rhythmus. Da gehen die Tage und Jahre rasch dahin, der Moloch wächst und gedeiht, ohne dass irgendjemand sagen könnte wozu.

Ja, ich rutsche ein Stück hinüber, dann haben Sie mehr Platz. Um sieben Uhr fährt der Regionalzug aus dem Oberland ein. Die Fahrgäste, die eineinhalb Stunden lang träge dasitzend die Moränenlandschaft an sich vorbeirauschen ließen, sind froh, den Lauf ihres Lebens nun wieder selbst bestimmen zu können. Frohgemut schreiten sie aus, überqueren zielstrebig den Vorplatz und verschwinden routiniert in einer der angrenzenden Straßen. An ihren Schuhsohlen kleben noch die Halme bunter Wiesen, in ihren Jacken hängt der Geruch frisch geödelter Felder. Sie bringen ihre eigene Sprache mit, die Idiome des Vorberglandes, langgedehnte und breite Umlaute, deren reiner Klang nur noch von Almbauern beherrscht wird. Wenn der Zug heute pünktlich ist … Ja sehen Sie, dort strömen sie aus dem Seiteneingang, die Neuankömmlinge.

Der Bericht? Haben Sie noch ein wenig Geduld! Ich brauche zu Beginn der Woche eine gewisse Anlaufzeit. Wie eine Dampflokomotive auf dem Abstellgleis, deren Gelenke und Kolben erst geölt, deren Schrauben wieder angezogen werden müssen, so sind auch meine Erinnerungen in die richtige Startposition zu bringen. Aber ich verspreche Ihnen: Einmal in Fahrt gekommen, werde ich Sie in höchst interessante Gefilde führen, und am Ende werden Sie verstehen, was ich hier tue und warum.

Man könnte meinen, unser Geschäft laufe zu Wochenbeginn besonders schlecht, weil alle darauf bedacht sind, möglichst rasch und unbehelligt an ihre Arbeitsstätten zu gelangen. Die Erfahrung lehrt jedoch das Gegenteil. Es scheint, die Menschheit gewinne übers Wochenende Abstand vom alltäglichen Dahinwursteln. Als ob man während der freien Tage ein Stück weit zu sich selbst finde. Am Montag betritt man dann mit ganz anderen Ideen und Geschichten erfüllt die Straße und spürt: Sollte es einen Neuanfang geben, dann wäre jetzt der geeignete Zeitpunkt. Aus dieser Stimmung heraus sind manche freigebiger als etwa am Freitag. Sie werden es selbst erleben, Freitag ist unser schwerster Tag.

Ich gebe Ihnen Recht und rutsche noch ein Stück zur Seite. Jemandem im Weg zu sitzen, ist besonders ungeschickt. Lehnen Sie sich ruhig an den Verteilerkasten.

Welch herrlicher Ort! Autos, Fußgänger, Straßenbahnen, dazwischen mutige Fahrradfahrer, unter uns die diversen Untergrundbahnen und hinter uns die Abfahrt in die Tiefgarage. Dort drüben vor dem großen Kaufhaus stehen ab neun Uhr bunte Doppeldeckerbusse. Darin können sich die Touristen in ein oder zwei Stunden an den Sehenswürdigkeiten der Stadt vorüberfahren lassen, ohne sich die Schuhe schmutzig machen zu müssen – haha, das war natürlich ein Scherz. Die Stadt ist übrigens ziemlich sauber. Zweifellos gibt es viele, die Dreck am Stecken haben, doch tragen sie ihn dezent mit sich herum.

Aber nichts liegt mir ferner, als Sie auf eine falsche Fährte zu locken. Ich liebe diese Stadt! Sie ist meine Heimat. Ihre Straßen ernähren mich.

Sehen Sie unter den Arkaden den Prackel? Nein, ich meine den Kerl links neben dem Dönerladen. Wir nennen ihn Schorsch. Er war bis vor zwei Jahren ein sogenannter Baulöwe. Mir hat er einmal in einer ruhigen Stunde erzählt, er habe in seinem Leben über hunderttausend Wohnungen und auch einen Flughafen gebaut. Im Gegensatz zu Stella, die glaubt, ich sei nicht mehr am Leben – der das aber auch völlig egal ist, weil sie mich verflucht, ob ich nun tot oder lebendig bin –, sucht seine Frau ihn seit Jahren verzweifelt. Können Sie sich vorstellen, so, wie er jetzt dasitzt, glattrasiert und mit geschorenem Schädel, dass er früher eine üppige Haartracht und einen Vollbart trug? Er gehört auch zu unserer Bewegung. Seien Sie froh, dass wir nicht mit ihm Platz tauschen müssen. Er hat die absonderliche Begabung, sich die unangenehmsten Plätze auszusuchen. Dort geschieht es nämlich regelmäßig, dass ein Besucher der Varietés in der Schillerstraße spätnachts, nach Verlassen des Lokals, den Drang verspürt, seine Blase zu entleeren. Während in seinem alkoholisierten Kopf die halbnackte Tänzerin lasziv lächelt, führt ihn sein Instinkt zu dem Bogengang. Sie können sich vorstellen, wie verwirrend es ist, dort zu sitzen: zwischen dem verlockenden Geruch des brutzelnden Hammelfleischs am Spieß auf der einen Seite und getrocknetem Urin auf der anderen Seite.

Die Schillerstraße führt in ein besonderes Quartier. An den Hauswänden lehnen lange Holzgestelle, die von Obst und Gemüse überquellen, dort gibt es herrliche Leckereien zu kaufen, Baklava, Kichererbsenpaste, frischer Koriander, Harissapulver. Gerade mittags kann man in den Restaurants gut und günstig essen, ein Glas Tee gibt es gratis zur Mahlzeit dazu. Wenn mein Beruf es zulässt, dann schlendere ich dort herum und genieße es, die Gespräche der Passanten nicht zu verstehen. Nach vielleicht zweihundert Schritten rechts in die Landwehrstraße einbiegen, am Straßenende die Kirche St. Paul, unwirklich, unwahrscheinlich, viel unwahrscheinlicher als die Gebetsräume der Moscheevereine in den Hinterhöfen zu beiden Seiten der Straße. In einem kleinen Lokal, in dem ich öfter mein Abendessen einnehme, setzte sich vor einiger Zeit ein mir unbekannter Mann an meinen Tisch. Er hatte mich wohl schon öfter dort beobachtet.

»Wie geht's?«, fragte er.

»Gut«, sagte ich zögernd.

»Arkadasch«, sagte er.

Freund. Ich blieb misstrauisch.

»Ich kenne dich«, behauptete er. Und sah mir mit unver-
schämter Ehrlichkeit in die Augen. »Weißt du«, fuhr er fort,
»ich bin 1971 aus der Türkei hierher gekommen. Dort habe ich
in Yusufeli gelebt, einem schönen kleinen Ort am Fuß hoher
Berge. Meine Familie hatte ein Haus mit großem Kürbisgarten
und vielen Ziegen. Aber es gab keine Arbeit. Gut, habe ich
gesagt, wenn es hier keine Arbeit gibt, gehe ich dorthin, wo es
Arbeit gibt. Als ich hier ankam, waren schon viele Landsleute
da. Ich habe mit zwei Kollegen in dieser Straße gewohnt, wir
haben uns eine Zweizimmerwohnung geteilt.«

Ich wartete auf das Ende der Geschichte, er aber schwieg
beharrlich. Schließlich fragte ich, was er am meisten vermisst
habe.

»Meine Familie, unser Tal, die Ziegen«, antwortete er ohne
Zögern. »Mit meiner Mutter telefonierte ich einmal in der
Woche. Nach einiger Zeit kaufte ich mir einen Ziegenbock.«

»Einen Ziegenbock?«

»Ein Tier mit Charakter.«

»Aber dafür hattest du doch in der kleinen Wohnung gar
keinen Platz.«

»Ich habe ihn ins Schlafzimmer gestellt.«

»Ins Schlafzimmer?« Ich fand das unglaublich.

»Ja«, sagte er unbekümmert.

»Aber der Gestank …«

»Ach, daran hat er sich gewöhnt.«

Noch während ich lachte, wurde mir klar, dass er die Geschichte mit dem Ziegenbock erfunden hatte. Mich beschlich
der Gedanke, er wolle mich zum Lachen bringen, weil er
vermutete, mich dann wiederzuerkennen. Gewiss, es ist eine

Marotte von mir, die Menschen hinterhältiger Absichten zu verdächtigen. Warten Sie bis Sonntagabend, dann werden Sie mich verstehen.

Wenn man übrigens dieser Richtung folgt, kommt man nach einigen Kilometern nach Sendling, einem jener zweiundzwanzig Dörfer, auf deren Flur sich die Stadt ausgebreitet hat. Meine Eltern wohnten zur Miete im dritten Stock eines Hauses der Berufsgenossenschaft Süd in Untersendling. Ein kleinbürgerliches Viertel, fest in der Hand katholischer Bajuwaren. Über die Ärmlichkeit, in der man lebte, sprach niemand. Umso beharrlicher wurden die Eingangsstufen der Häuser täglich gereinigt, und in den Wohnungen herrschte penible Ordnung.

Nein, den Krieg habe ich nicht mehr miterlebt, das heißt, ich habe ihn miterlebt, aber kann mich nicht daran erinnern. Während mein Vater irgendwo an der immer näher rückenden Ostfront bei minus zwanzig Grad und halb abgefrorenen Zehen verzweifelt versuchte, sein Gegenüber mit einer Kugel zu treffen, um nicht selbst getroffen zu werden, lag meine Mutter in einem Kreißsaal rechts der Isar, beinahe betäubt von dem beißenden Geruch des Desinfektionsmittels, mit dem die Schwester mehrmals täglich alle Oberflächen abwischte, um wenigstens in diesem überschaubaren Bereich für Reinheit zu sorgen. Die Narkosemittel waren kriegsbedingt ausgegangen. Ein Kaiserschnitt wäre daher kaum möglich gewesen, was man der Gebärenden verschwieg, erst recht, als ihr schmales Becken den Arzt zu einem Stirnrunzeln veranlasste. Zwischen den Presswehen starrte sie auf die hohen Fenster, die man sorgfältig mit grauem Papier abgeklebt hatte, damit des Nachts von draußen kein Quäntchen Licht zu sehen war – in dem Irrglauben, es würde bei einem Luftangriff noch irgendjemand danach unterscheiden, ob ein Ziel ein lohnenswertes sei. Sie wusste nicht, ob sie den Mann, den sie liebte und dessen Kind sie gerade in die Welt hinausschrie, jemals wiedersehen würde.

Ich stelle mir das Geräusch vor, wenn sich der Verband amerikanischer Propellerflugzeuge wie ein riesiger Schwarm schwarzer Vögel in der Dunkelheit von Westen näherte, bedrohlich anschwellend, bis die vorderste Reihe über der Stadt schwere Sprengbomben abwarf, die zuerst langsam, dann mit unverrückbar gleicher Geschwindigkeit in schräger Linie der Erdoberfläche entgegenfielen, so dass kurz darauf, während sich die Flieger in östlicher Richtung entfernten, in rascher Folge die Detonationen einen Straßenzug nach dem anderen erreichten. Die Druckwellen waren gerade abgeklungen, da durchschlugen die von den nachfolgenden Flugzeugen ausgeklinkten Brandbomben die Hausdächer, und nur Minuten später leckten monströse Flammen in den Nachthimmel hinein. Wer nicht schon unter Trümmern begraben lag oder erstickt war im Feuersturm, kam nach Stunden aus dem Keller, die schlimmsten Befürchtungen waren Wirklichkeit geworden, man stand vor einem noch rauchenden Haus, von dessen drittem Stock, wo sich die Fenster der eigenen Wohnung befunden hatten, jetzt schwarze Löcher herabstarrten. Die bisherige Welt war untergegangen. Heil Hitler!

Nebenbei bemerkt: Militärisch betrachtet war der Angriff völlig wertlos, denn wenige Monate vor Kriegsende konnte jeder den Untergang des Dritten Reiches absehen.

In diese Nacht des siebten Januar 1945 wurde ich hineingeboren, das erste und einzige Kind der Frau, die meine Mutter war. Eine Zangengeburt. Ich verdanke mein Leben der geschickten Handhabung des Werkzeugs durch den Arzt, und ermuntert durch diese Erfahrung habe ich den Menschen von Geburt an vertraut. Allerdings erlitt mein Schädel bei dieser Schiebe-, Drück- und Zerrprozedur starke Verformungen, was meine Mutter indes nicht hinderte, mich Harald zu nennen. Ein Held sollte ich werden, so ein Wahnsinn, sollte die Menschen aus der gottlosen Dunkelheit führen.

Harald Korn, genannt Harri. Tatsächlich fällt es mir leichter, von ihm zu sprechen als von mir.

Als ob das Leben ein Zeichen des Trotzes setzen wollte, war Harri ein sonniges Kind, dessen größtes Bedürfnis bald darin bestand, seine Mutter, die niemanden hatte außer ihm, zum Lachen zu bringen. Sein Vater war vermutlich an der Ostfront gefallen, jedenfalls musste man dies annehmen, nachdem Monat für Monat ohne eine Nachricht verstrichen war.

Die Mutter verbrachte die Wartezeit zuerst damit, jeden Tag Trümmer auf einen von der provisorischen Stadtverwaltung zur Verfügung gestellten Schubkarren zu laden und damit zum Haltepunkt des Trümmerexpresses zu fahren, einer Schmalspurbahn, die den Schutt aus der Stadt brachte. Später wurde alles aufgehäuft zu den Bergen, aus denen man die Olympia-Landschaft modellierte. Sie kennen die Anlage aus Bildern? Ja, fahren Sie einmal hinaus, es sind nur ein paar Stationen mit der U-Bahn. Steigen Sie hinten aus, und nehmen Sie den leicht geschwungenen Fußweg Richtung Olympiaturm. Links glänzt die BMW-Welt, auch bei trübem Wetter, rechts sehen Sie die Terrassen des olympischen Dorfes, wo 1972 die israelischen Sportler entführt wurden. Ah, Sie erinnern sich! Halten Sie sich aber nicht zu lange auf, die Erinnerung verdirbt leicht die Laune. Nach wenigen Minuten erreichen Sie die Anlage mit dem künstlichen See und den großartigen Zeltkonstruktionen der Stadien. Es heißt, das Ensemble setze das Maß für Eleganz und Leichtigkeit, also für Eigenschaften, die nicht unbedingt als typisch deutsch gelten. Und wenn Sie schon einmal dort sind: Vergessen Sie nicht, der ost-westlichen Friedenskirche auf der anderen Seite einen Besuch abzustatten. Väterchen Timofei, der am Ende des Krieges mit der zurückweichenden Wehrmacht aus dem Kaukasus hierher gespült wurde, hat sie mit eigenen Händen erbaut.

Sobald er gehen konnte, erforschte Harri mit seinem Freund

Max die bizarre Trümmerlandschaft Sendlings. Zwischen den auf Schuttberge und Krater starrenden Ruinen fanden die Kinder eine große Lichtung, die sie zum Spielfeld erklärten, zur *Insel*. Von einem früheren Innenhof war nur der geteerte, an manchen Stellen aufgesprungene Boden übrig geblieben. Die eine Längsseite wurde von einer breiten, zum Innenhof fensterlosen Holzbaracke begrenzt, in der tonnenschwere Papierrollen lagerten. An den Stirnseiten des Platzes befanden sich Rückwände von Garagen. Die andere Längsseite säumte ein Haufen von Ziegeln und Bruchstücken von Dachsparren und Waschbecken, die einmal zu einem mehrstöckigen Wohnhaus gehört hatten. Dort traf man sich jeden Tag nach der Schule, zwei Dutzend Kinder, genannt die Inselbande. Jeder ging ganz selbstverständlich davon aus, einer von ihnen habe das auf einem schmalen, brombeerüberwucherten Weg an der Seite der Baracke befindliche Schild »Betreten verboten« an die Holzwand genagelt, zur Abschreckung aller anderen Kinder und der Erwachsenen sowieso.

Fünf Jahre nach Kriegsende kehrte der Vater von Max aus der russischen Gefangenschaft zurück. Man hatte ihn dort kurz vor Kriegsende drei Tage lang bis zum Hals in kaltem Wasser stehen lassen. Seitdem waren seine Nieren kaputt, später kam die Leber dazu, auch die Gelenke waren geschädigt. Ein fremder, schweigsamer Mann, der vor sich hin starrte und dessen Bewegungen in Zeitlupe abliefen, als habe er das ihm zur Verfügung stehende Maß schneller Reaktionen bereits verbraucht, und dessen raue, fast tonlose Stimme das war, was nach vielem Schreien übrig bleibt. Man hätte Mitleid mit ihm haben können statt Angst. Max hat ihn nie als seinen Vater akzeptiert.

»Du hast's gut, Harri«, sagte er öfter. »Du brauchst dich nicht mit einem griesgrämigen Alten herumzuärgern.«

Doch Harri beneidete ihn. Ein grantiger Vater war doch besser als gar keiner.

Harri mit kurzer Lederhose inmitten seiner Spezln. Gerade fing ein neues Spiel an. *Ene, mene, subtrahene, dive, dave, dominu; hecka, brocka, kaisernocka, zicke-zacke, draußt bist du!* Niemand kannte die Bedeutung dieser Worte, aber sie hatten den Zauber einer Beschwörungsformel, der so Ausgezählte schien ihnen durch übernatürliche Fügung erwählt. Harri wäre nie auf die Idee gekommen, dass die Bevorzugung einiger älterer Kinder durch das Schicksal gar nicht so schicksalhaft war.

Jedenfalls war es übernatürlicher Fügung zu verdanken, dass der ein Jahr ältere Max Reichling Harris bester Freund wurde, ein ruhiger, schüchterner Bursche, auf dessen Gesicht zu jeder Tageszeit vornehme Blässe lag und der trotz der leicht abstehenden Ohren eine ungewöhnliche Ernsthaftigkeit ausstrahlte, ein Lebensgefühl, dem Harri Respekt zollte. Max war ein schlaksiger Typ, der schnell und ausdauernd lief und der, weil er einen Kopf größer war als die anderen, den Ball mit wunderbarer Eleganz ins Tor köpfen konnte.

Wenn auf der Insel Fußball gespielt wurde, saß manchmal einer mit Gipsfuß daneben, oder ein paar Brausepulver essende Mädchen schauten zu. Am wichtigsten war die ein halbes Jahr ältere Susi mit ihren dunkelblonden Zöpfen, den Sommersprossen auf der Nase und den sanften, mitfühlenden Augen. Wenn sie zuschaute, spielte Harri besonders gut, gab weite, punktgenaue Flanken, die Max in Tore verwandelte. Der Torschütze bekommt immer mehr Beifall als der Flankenspieler, das ist halt so. Außerdem war Max sowieso der angesehenste Spieler auf dem Platz, der Größte, einer der Ältesten, und der Schnellste. Da konnte man stolz darauf sein, ihn als Freund zu haben, und sowieso gab es Gründe genug, ihn zu bewundern.

Nach dem Spiel bot Susi Harri an, von ihrem Lutscher zu schlecken. Harri, durch und durch elektrisiert, wollte gerade zugreifen, als er plötzlich spürte, dass das Max nicht gefallen würde. Aber wie sollte er ablehnen, ohne Susi zu beleidigen?

Eine Zwickmühle, der er in so kurzer Zeit nicht entkommen konnte. Sein Arm scherte sich nicht darum und machte sich selbstständig, ebenso die Hand, die den Lutscher ergriff und zum Mund führte. Harri schleckte und saugte, es kribbelte, und es kribbelte noch mehr, weil Susi ihn anschaute.

Noch Wochen später sagte man: *De genga mitanand.*

Max war beleidigt, was man kaum merkte, weil er sowieso wenig sprach und selten lachte, und wenn er sprach, verstand man oft nicht sofort, was er meinte. Harri spürte es trotzdem, vor allem, weil Max eine Zeitlang nicht mehr auf seine Flanken wartete, sondern sich selbst ins gegnerische Tor zu dribbeln versuchte. Es gelang ihm nie, doch niemand sagte etwas. Harri lobte ihn sogar. Max aber schien ein Elefantengedächtnis zu haben, denn er blieb den halben Sommer lang gekränkt.

Da es keine weiteren Lutschervorfälle gab, war dann endlich alles wieder beim Alten. Max brachte sich lautlos und unbemerkt in Position. Er brüllte nie über den Platz, dass man ihm den Ball zuspielen solle. Im äußersten Fall hob er den Arm, um auf sich aufmerksam zu machen, und wenn er den Ball erfolgreich ins Tor geköpft hatte, nahm er dies ebenso gleichmütig hin, wie wenn der Ball danebenging. Als ob sich soeben Selbstverständliches ereignet hätte, das man bei genauer Schrittfolge und exaktem Schusswinkel hatte vorhersehen können. Er hatte einfach alles unter Kontrolle, das war ziemlich lässig. Wenn die Mannschaft ein Spiel gewonnen hatte und man sich abklatschte, absolvierte er sogar das mit würdevoller Routine. Auch darum bewunderte Harri ihn.

Natürlich gab es auf dem Platz Reibereien, man teilte nicht immer dieselbe Meinung, aber insgesamt betrachtet waren alle Freunde. Und das, fand Harri, war das Wichtigste.

Als Einzige aus ihrer Straße besuchten Max und Harri nach vier Klassen Volksschule das Gymnasium. Sie fuhren fünf Stationen mit der Straßenbahn. Der Unterricht fand nur nachmittags statt, weil das einzige Schulgebäude weit und breit, das nicht zerstört war, von mehreren Schulen belegt wurde. Der Schulweg war eine ernste Angelegenheit. Max gehörte nicht zu denen, die herumblödelten, alte Frauen ärgerten oder aus Gaudi an der Notbremse zogen. Die beiden Freunde spielten mit Quartettkarten. Es gab ein Quartett für Düsenjäger, eines für Schiffe und eines für Rennwagen. Max konnte sich die Reihenfolge von Harris Karten merken, was der erst nach Jahren begreifen sollte, und als er es endlich begriff, war er wütend und schämte sich zugleich. So konnte Max, wenn er an der Reihe war, gezielt den Schwachpunkt von Harris Karte angreifen. Einmal schmuggelte Harri, um dem Trübsinn des Schon-wieder-verlieren-Müssens zu entfliehen, eine Karte aus dem Schiffsquartett zu den Düsenjägern, und als er an der Reihe war, nannte er eine Bruttoregistertonnenzahl, die Max mit seinen Karten logischerweise nicht übertreffen konnte. Anders als Harri fand Max das nicht witzig, sondern einfach nur blöd.

Mit ihm unterhielt man sich über den Elektromotor, der die Trambahn antrieb, oder über das Durchschnittsalter all derer, die gerade im Wagen saßen. Manchmal packte Max sein Primzahlenheft aus. Er hatte sich vorgenommen, das Gesetz der Primzahlen zu knacken. Dazu berechnete er nach einer von ihm erstellten Formel die nächsthöhere Primzahl und trug diese in sein Heft ein. Immer wieder untersuchte er die Abstände zwischen den Primzahlen, um daraus irgendeine Gesetzmäßigkeit herauslesen zu können, die es ihm erlauben würde, ohne viel Rechnerei eine beliebig hohe Zahl als Primzahl erkennen zu können. Harri fand das ziemlich sinnlos und bedauerte zugleich, dass er Max in diese Welt nicht folgen konnte.

In Mathematik schrieb Max immer Einsen. Harri, der das Glück hatte, mit ihm die Bank zu teilen, durfte abschreiben, was seltsamerweise nie zu einer besseren Note als einer Drei führte. Max hatte auch in den anderen Fächern meistens Einsen, und Harri durfte auch in Englisch von ihm abschreiben. Und in Erdkunde. In Geschichte sowieso. Nach der Schule durchstreiften sie die Stadt und eroberten nach und nach auch die benachbarten Viertel. Max hatte keine anderen Freunde. Er brauchte auch keine, war er doch damit beschäftigt, sich die Welt zu erklären, ihre Bestandteile zu zählen, geometrische und historische Verhältnisse zu erkennen. Außerdem verbrachte er schon damals viel Zeit mit dem Schachspiel, wofür er besonders talentiert war. Die leblos herumstehenden Figuren langweilten Harri, doch er hatte Respekt davor, mit welch unerbittlicher Genauigkeit man die Zukunft berechnen kann.

Da Harris Mutter tagsüber im Lebensmittelladen am Harras arbeitete, durfte er öfter mit Max nach Hause gehen. Der Vater war nie da, er trug seine Kriegsversehrtenrente in die umliegenden Wirtschaften. Die Mutter von Max war hart und ungerecht. Sie behandelte ihn, als ob er an allem schuld sei. Er wiederum regte sich auf, wenn er seinem zwei Jahre jüngeren Bruder und seiner noch jüngeren Schwester nach dem Mittagessen manchmal bei den Hausaufgaben helfen musste.

»Du hast's gut«, sagte er dann zu Harri. »Du glaubst gar nicht, wie nervenaufreibend kleine Geschwister sein können.«

Harri verstand nicht. Max war doch derjenige, der zu beneiden war, und nicht umgekehrt. Er war zu Hause ganz allein mit seiner trostlosen Mutter. Max hingegen hatte einen Bruder zum Spielen.

Als Harri dreizehn Jahre alt war, gab es alle paar Wochen eine angesagte Rauferei zwischen der Inselbande und den Westend Rowdies. Harri warf sich mit gemischten Gefühlen in das Getümmel. Körperliche Gewalt war ihm irgendwie suspekt. Er wollte aber auch kein Spielverderber sein. Einmal geriet er an einen bulligen Kerl, der schon einen Bauch vor sich hertrug und nach Essig roch. Sie fassten sich gegenseitig an den Schultern, schoben einander hin und her. Harri, eine Sekunde lang abgelenkt, zappelte plötzlich im Schwitzkasten. Alle Tricks, an die er sich erinnerte, konnten seine Lage nicht um einen Millimeter verbessern. In seiner Not griff er zu unfairen Maßnahmen und schließlich zu solchen, die nur Mädchen benutzten, indem er zuerst versuchte, dem anderen den Ellbogen in den Bauch zu rammen, ihn über Kopf an den Haaren zu ziehen, ihm auf die Füße zu treten, schließlich ihn zu zwicken und zu kratzen. Erfolglos. Sein Kopf war in einem Schraubstock fixiert, und der Stinkende hatte einen Stand wie ein Rhinozeros, an Umwerfen war nicht zu denken. Außerdem drückte er unnachgiebig zu, was ihn, wie Harri seinem gleichmäßigen Atem anhörte, nicht einmal besonders anzustrengen schien. Als die Luft knapp wurde und Harri erkannte, dass es keinen Ausweg gab, griff er zum letzten Mittel: Er gab plötzlich jede Gegenwehr auf, stellte sich leblos, ließ die Arme schlaff hängen und rührte sich nicht mehr. Doch der Bullige drückte weiter zu. Wahrscheinlich, dachte Harri, hat er nicht bemerkt, dass ich aufgebe. Da sein Kehlkopf zusammengepresst war, konnte er nicht schreien. Noch gelang es ihm, mit der wenigen Luft auszukommen, die er in seine Lungen ziehen konnte, aber er sah ihn nahen, den Zeitpunkt, wenn er überhaupt keine Luft mehr bekommen würde. Und dann war es auch schon so weit.

»Harri!« Eine bekannte Stimme rief. Und jemand ohrfeigte ihn. Das Gesicht von Max tauchte aus dem Nichts auf.

»Er lebt!«, rief einer, und es dämmerte Harri, dass er selbst gemeint war.

»Sakradi«, sagte Max. »Harri, ich habe deine Lage zu spät bemerkt. Aber dieser Saukerl hat seine Abreibung bekommen.«

Harri setzte sich auf, der Hals schmerzte. Die Westend Rowdies waren verschwunden, um ihn herum war die Inselbande versammelt, alle machten betretene Gesichter.

»Danke, Max, du hast mir das Leben gerettet«, sagte Harri mit wackliger Stimme.

Max reichte ihm eine Hand und zog ihn hoch.

»Wenn es sonst nichts ist …« Darauf entlud sich die allgemeine Anspannung in Gelächter, und man trat den Rückweg an.

In diesem Sommer schlossen Max und Harri Blutsbrüderschaft.

Max hatte genaue Vorstellungen.

»Wir nehmen kein Messer!«, sagte er bestimmend. »Wir nehmen Brombeeren.« Seitdem er im Stimmbruch war, fiel sie noch mehr auf, seine Angewohnheit, langsam, gedehnt und ohne Betonung zu sprechen.

Der Vorschlag gefiel Harri. Es schien ihm viel natürlicher und leichter, die Haut mit Brombeerstacheln zu ritzen als mit einer Stahlklinge. Sie suchten die längsten Stacheln, schnitten die Triebe ab, und jeder setzte ein Stück auf die Innenfläche seiner linken Hand. Auf Kommando ritzten sie. Harri biss die Zähne zusammen. Brombeerstacheln sind zwar spitz, haben jedoch keine Schneide. Vielleicht stellte sich Harri auch nur dumm an, jedenfalls brachte er keinen glatten, geraden Schnitt zustande. Dann pressten sie ihre blutenden Hände ineinander. Anschließend beschafften sie sich eine Maß Bier und tranken sie gemeinsam aus.

Susi begann sich zu entwickeln. Harri war sprachlos. Aber da er auch schon vorher nichts zu ihr gesagt hatte, machte dies keinen erkennbaren Unterschied. Auch Susis Blicke veränderten sich. Sie versetzten ihn abwechselnd in Schweißausbrüche und Schüttelfrost.

Etwa zu dieser Zeit stiegen Harri und Max durch ein zerbrochenes Fenster in das Erdgeschoss der Holzbaracke ein, wo mannshohe Papierrollen jahrelang auf ihre Wiederentdeckung gewartet hatten. In einem Winkel lag ein Heft mit Bildern nackter Frauen, auch unverständliche Fotos, sogar unangenehme. Die Sache war ihnen nicht geheuer, da war es nur gut, dass das Heft verschwand. Irgendeiner hatte ein Kinoplakat abgestaubt und nagelte es an die Holzwand. Elvis mit reichlich über die Stirn fallendem Haar. Bald wurde auch Harris Stirn von einer gewaltigen Haarlocke dominiert. Wenig später die von Max. Man schmiedete Pläne, zwischen den Papierrollen ein wohnliches Lager auszubauen, in das man anschließend die Mädchen einladen könnte. Wie lädt man Mädchen ein? Harri hatte nicht den blassen Dunst einer Ahnung, dachte an die sanften, durchdringenden Augen und hoffte, dass niemand Gedanken lesen konnte.

»Die Susi, die wäre super!«, sagte Max, wobei er auf seine Füße starrte.

»Ja.« Harri nickte und starrte ebenfalls auf die Füße von Max, die schon damals auffallend groß waren. »Die Susi ist wirklich super.« Aha, dachte Harri, er steht auf Susi. Na gut, Pech gehabt, dann wird mir wohl nichts anderes übrig bleiben, als nicht mehr an Susi zu denken.

Es gibt Vorsätze, die bricht man von der ersten Sekunde an.

Zwischen Max und Susi geschah erst einmal nichts. Harri beobachtete, wie Max sie anstarrte, aber offenbar hatte auch er keine Ahnung, was zu tun war.

Max zuliebe spielte Harri gelegentlich Schach. Schon nach wenigen Zügen war er im Nachteil, so dass Max ihm eine Figur nach der anderen nahm, bis er kaum noch Möglichkeiten hatte. Dann begann ein langsamer und schmachvoller Weg in die Niederlage. Während Harri wie ein dummer Fisch verzweifelt am Haken zappelte und sich den Kopf zerbrach, wie er aus dieser ausweglosen Lage herauskommen könnte, sah Max aus dem Fenster, las nebenher ein Lucky-Luke-Heft oder löste die Denksportaufgabe auf der letzten Zeitungsseite. Wenn er einmal auf das Spielbrett schaute, bewegten sich seine Augen langsam, wie bei einem Reptil. Zu diesem Eindruck trugen auch die hängenden Lider bei, so dass er auf den ersten Blick schläfrig wirkte, während er in Wahrheit hellwach den letzten Zug vorbereitete. Er sagte nie »Schachmatt«, sondern wartete, bis man selbst seine Lage erkannte. Dann lächelte er nur. In diesen Momenten konnte Harri ihn nicht so gut leiden.

Als an der Schule ein Schachturnier veranstaltet wurde, spielte Max auf Anregung des Mathematiklehrers vier Partien gleichzeitig. Er gewann jedes Spiel, auch gegen einen Lehrer. Man sah ihm an, dass er stolz war, glücklich und zufrieden. Seine Fähigkeiten sprachen sich in Schachkreisen herum. Auch seine Eltern waren stolz auf ihn.

»Er wird groß rauskommen, der Max«, sagte seine Mutter. »Er hat das Zeug dazu, es allen zu zeigen.«

In der Schülerzeitung erschien ein Interview mit Max. Der Reporter fragte, was eigentlich das Faszinierende am königlichen Spiel sei. Das Schöne sei zu überlegen, wie der andere seine Figuren ziehen werde, erwiderte Max, wie er sich verhalten werde. So könne man einen Spielzug in der fernen Zukunft planen, zugleich den anderen ablenken und in Ruhe seinen Plan verfolgen. Wenn der andere die eigene Absicht erkenne, sei es oft zu spät. Außerdem vergehe die Zeit wie im Fluge, man brauche stundenlang nicht zu reden, ohne dass dies unhöflich wäre. Das Meiste, was geredet werde, sei sowieso überflüssig.

Harri fand das alles übertrieben. Zum Schluss wurde Max nach seinem Lebensmotto gefragt, worauf dieser Trottel erwiderte, Intelligenz erkenne sich durch sich selbst, Dummheit leugne sich durch sich selbst. Da jeder Leser sofort anfing, darüber nachzugrübeln, ob er nicht doch, entgegen seiner bisherigen Meinung, und wenn auch nur zu einem kleinen Teil, zu der sich selbst leugnenden Seite zähle, und da diesbezüglich Zweifel nie ganz auszuräumen waren, hinterließ das Interview bei den meisten ein dumpfes Misstrauen. Spätestens von da an war Max ein Außenseiter und Sonderling. Einige Freunde wandten sich sogar von Harri ab, denn sie wollten nichts mit einem zu tun haben, der mit *dem* zu tun hatte. Harri bedauerte das sehr, aber Blutsbrüderschaft ist Blutsbrüderschaft.

Seine Begeisterung galt weiterhin dem Fußball. Wenige Jahre zuvor hatte »Das Wunder von Bern« der ganzen Bewegung einen kräftigen Schub gegeben, überall waren Vereine gegründet worden, so auch in seinem Viertel. Die Spieler der Inselbande gehörten zu den ersten Mitgliedern, durften auf kurzem Rasen spielen, lernten die Regeln, und nach einem Jahr konnte der Verein aufgrund einer großzügigen Spende Trikots für alle kaufen.

Während Harri seine Schnelligkeit trainierte, die Dribblings verbesserte und Kopfbälle übte, verschwand ringsherum der Schutt. Eine neue Stadt entstand. Er fand, diese saubere, helle Welt, die aus den Trümmern emporwuchs, sollte so beschaffen sein, dass eine Wiederholung der dunklen Vergangenheit unmöglich wäre. Doch das, was er sah, erschien ihm dafür nicht sicher genug. Es war ein Provisorium, ein Kompromiss, eine Verlegenheitslösung, worüber der plötzlich allerorten herrschende Optimismus hinwegtäuschte. Überall wurde zugepackt, weggeräumt, aufgebaut. Aber was für eine Welt entstand da? Man schien möglichst schnell aus der Vergangenheit in die Zukunft gelangen zu wollen, ohne sich die notwendigen Gedanken zu machen, wie diese beschaffen sein sollte. Waren diejenigen, die ihn in die Trümmerwelt hineingesetzt hatten, überhaupt in der Lage, die geeigneten Vorkehrungen zu treffen, damit sich die Katastrophe nicht wiederholte? Und gab es nicht viel zu viele, bei denen man nicht sicher war, ob sie nicht eigentlich die Vergangenheit fortsetzen wollten? Beidseits des Atlantiks warteten Berge von Atombomben auf einen kleinen Funken. Wenn es Gott wirklich gab, dann konnte sein Zorn wüten, das wusste man ja nun wieder. Würde er, würde die Menschheit einen dritten Weltkrieg überleben?

Harri versuchte diesen Bedrohungen das eigene Leben entgegenzusetzen. Die kommenden Generationen sollten dankbar sein können für die Welt, die man ihnen hinterließ. Dafür zu sorgen war nun seine Aufgabe geworden, und bei allem, was er tat, arbeitete er an der steten Verbesserung. Seine direkt auf das Tor gerichteten Freistöße sollten nicht nur zum Sieg führen, sondern vom Augenblick der ersten Konzentration an, im Anlauf nach dem Schiedsrichterpfiff, im Abschuss und in der Flugbahn des Balles von einer atemberaubenden Eleganz sein. Die Doppelpässe sollten beim Publikum wegen ihrer Raffinesse und des in ihnen liegenden Witzes Erstaunen und Bewunderung hervorrufen. Man kann das Fußballspiel als etwas Schönes, Elegantes und Witziges begreifen – oder eben auch als brachialen, heimtückischen Kampf. Harri wollte den Zuschauern kunstvolle, erheiternde Unterhaltung bieten. Freilich übersah er in seiner Begeisterung, dass die meisten das gar nicht interessierte. Sie waren auf das Ergebnis, den Sieg fokussiert und hatten allenfalls für technische Raffinessen und Ballakrobatik etwas übrig. Zudem hatte er mit der Tatsache zu kämpfen, dass Fußball eine sehr schnelle und vergängliche Sache ist, bei der kaum Zeit bleibt, die Eleganz eines Fallrückziehers zu planen oder den Ablauf der Bewegung gar während der Durchführung noch zu korrigieren.

*

Sie bezweifeln, dass sich ein Halbwüchsiger solcher Ideen bemächtigen kann? Dass er sich Aufgaben von solch allgemeiner Bedeutung stellen kann? Sie halten überhaupt das Gerede über Aufgaben für übertrieben? Bedaure, da bin ich anderer Meinung. Die Menschen wollen doch immer irgendeine Aufgabe.

27

Das Leben soll ein Ziel haben. Hat man erst einmal ein Ziel, dann kann man einen Weg suchen, eine Richtung einschlagen. Wie wohltuend! Ich erkenne es an Ihren Augen, mein Herr, an Ihrer Körperhaltung, dass auch Sie irgendwelchen Ideen hinterherjagen. Übrigens, sehen Sie selbst: Eine dünne Narbe ist mir an der Handinnenfläche geblieben. Wie? Ach, Sie haben Hunger! Ja – es ist Zeit. Ich empfehle Ihnen den Metzger an der Ecke zur Dachauer Straße, gleich da vorn, nach der zweiten Kreuzung links. Er macht ausgezeichneten Leberkäs. Nehmen Sie eine frische Semmel dazu, und lassen Sie sich von dem süßen Senf geben! Wir sehen uns nach dem Essen wieder. Nein, vielen Dank! Ich muss Sie enttäuschen. Tagsüber faste ich.

***

Merken Sie es auch? Am Nachmittag hat sich die Stimmung verändert. Während am Sonntagabend der eine oder andere für sich beschlossen hatte, dass es so nicht weitergehen könne, hat er nach wenigen Stunden in der neuen Woche und dem Mittagsmahl die Überzeugung gewonnen, es gehe schon und sei nicht unbedingt nötig, etwas zu ändern. So wankelmütig sind wir eben. Ja, es ist jetzt alles gelöster, die ersten Geschäfte sind abgeschlossen, manch unangenehme Büroarbeit ist erledigt. Der Platz neben dem früheren Telegrafenamt belebt sich. Die ersten Biere werden getrunken. Man entspannt sich, das Lachen wird lauter.

Die mit den weißen Schleifen an weißen Hemdkragen? Nein, das sind keine Kellner. Weiß ist die Farbe der Unschuld. Keine Farbe? Also gut: Weiß ist das Zeichen der Unschuld. Sie gehören zu den verdeckten Gerichtsgebäuden dahinten. Dort sitzen die Damen und Herren Richter, und manchmal ergreifen sie in einer Verhandlungspause die Gelegenheit zur Flucht, lassen die schwarzen Roben in den Beratungszimmern liegen, gehen Kaffee trinken, hier in den umliegenden Straßen – vielleicht in der Hoffnung, das Getränk werde der fixen Idee in ihrem Kopf, der Gerechtigkeit, zu mehr Geltung verhelfen. Ich frage mich schon seit langem, ob es eine tiefere Bedeutung hat, dass ihre Roben schwarz sind … Apropos Roben: Wussten Sie, dass die samtbesetzten Roben der Richter von den Sträflingen geschneidert werden, die zuvor von ihnen zu lebenslangem Zuchthaus verurteilt worden sind? Eine gar nicht so außergewöhnlich Methode übrigens. Ich habe gehört, das Gebäude von Scotland Yard in London wurde mit Steinen erbaut, die die Sträflinge im Dartmoor-Gefängnis aus dem Berg geschlagen hatten.

*

Max? Ja, er war außergewöhnlich begabt. Einige Wochen nach seinem sechzehnten Geburtstag gab es eine Veranstaltung des Schachclubs, bei der ein russischer Großmeister in der Turnhalle der Schule ein Simultanturnier bestritt, mit zwei Dutzend Partien gleichzeitig. In der frisch gebohnerten Halle waren in der Mitte Tische aufgebaut, die Spieler brüteten, den Kopf in die Hände gestützt, vor ihren Spielfiguren. Während der Großmeister innen von Tisch zu Tisch ging und mit stoischer Ruhe seine Figuren zog – manchmal schon nach einem kurzen Blick auf das Spielbrett –, durften die Zuschauer im Rücken der anderen Spieler hinter einer gespannten Leine, einer Abstandsleine, außen herumgehen. Alle paar Schritte hingen an der Leine kleine Pappschildchen, »Sprechen verboten« stand darauf. Wie in der Kirche, dachte Harri, sagte aber nichts, denn natürlich hielt er sich an die Regel, auch wenn sie in krakeliger Schrift geschrieben war. Nur der Wolfgang, genannt Woifi, aus der Parallelklasse hielt sich nicht daran, wollte sich nicht daran halten, konnte es einfach nicht. Immer wieder flüsterte er und glaubte dabei wohl, die Stille würde das Flüstern übertönen. Aber da täuschte er sich gewaltig.

Max saß selbstbewusst und ruhig (wie immer) vor dem Spielbrett, mit dem mutigen Ausschreiten eines weißen Bauern hatte er das Spiel eröffnet. Seine Riesenfüße, die in Riesenschuhen steckten, lauerten unter dem Tisch, ob nicht zufällig ein Ball vorbeigerollt komme. Gibt es etwas Faderes, als anderen beim Schachspielen zuzuschauen? Wenn man wenigstens die Züge hätte diskutieren oder Beifall hätte klatschen können! Nicht einmal der Großmeister vertrieb die Langeweile, dieser Schachweise, der doch gar nichts Besonderes an sich hatte, keinen Bart, keine Brille, keine hohe Stirn, ein Meister des Schweigens schien er auch zu sein, logisch, denn das Schachspiel ist ein sprachloses Spiel. Nur Woifi nebenan, der konnte seinen Mund nicht halten, dieser Labersack, und dass Harri ihn streng anschaute und den Zeigefinger vor die geschlossenen Lippen hielt, quittierte er mit einem kindischen Kichern. Immerhin hinterließen die Füße des Großmeisters, besser gesagt die Absätze seiner Schuhe auf dem Boden deutliche Geräusche, so dass man auch bei geschlossenen Augen wusste, wann er zum nächsten Spieler ging.

Harri war wegen Max da, nur wegen Max. Außer ihm waren noch einige andere Schüler und Lehrer unter den Zuschauern. Niemand zweifelte ernsthaft daran, dass der Meister alle Spiele gewinnen würde, aber wohl bei jedem glühte ein Fünkchen Hoffnung, ein schelmisches »Vielleicht ja doch«. Harri war sehr gespannt. Seit er ihn kannte, hatte Max noch nie verloren. Gerade am Anfang dauerte es, bis der Großmeister zu Max zurückkam. Harri vertrieb sich die Zeit, indem er sich auf den Geruch des Bohnerwachses konzentrierte, den man in der Stille unerwartet deutlich wahrnehmen konnte, bei geschlossenen Augen sogar noch mehr. Womöglich hatte die Putzfrau Kokosöl dazugeschüttet oder den Saft ausgepresster

Linoleumscheiben; das war natürlich Unsinn, weil ausgepresste Linoleumscheiben gibt's ja gar nicht, genauso Unsinn wie das Gelabere von Woifi, der flüsternd behauptete, sein Vater sei auch einmal Großmeister im Schach gewesen, aber dann sei ihm das zu langweilig geworden, und er habe sich aufs Radiohören spezialisiert. Harri reagierte überhaupt nicht auf so einen Schmarrn, sondern beschäftigte sich lieber mit den kleinen Pappschildchen, die zur Ruhe mahnten. Die krakelige Schrift auf den Schildchen stammte vermutlich von einem Chinesen, der noch nicht lange im Land war; wahrscheinlich konnte der Woifi überhaupt nicht lesen.

Nach einer knappen Stunde waren einige Partien bereits beendet. Der Großmeister hatte sie alle gewonnen. Vom Spielbrett vor Max waren inzwischen sämtliche Läufer verschwunden, er hatte außerdem einen Turm und zwei Bauern verloren, aber er verfolgte einen Plan. Es war ihm anzusehen, dass er auch einen Reserveplan in der Rückhand hatte und noch einen zweiten Reserveplan und dass er den Plan seines Gegners durchschaute. Bei Max geschah es nie, dass er eine Figur in die Hand nahm, zum Zug ansetzte, dann aber abbrach, weil er erkannte, dass er im Begriff war, einen Fehler zu machen. Bei ihm reifte der nächste Zug in aller Ruhe und wurde dann ohne jeden Zweifel ausgeführt.

Als der Meister wieder zu Max kam, setzte er sich zum ersten Mal hin. Erst nach einigen Minuten zog er seine Dame diagonal über das Brett und ging wortlos zum nächsten Tisch. Max stützte, das hatte man bei ihm noch nie gesehen, den Kopf in beide Hände, starrte auf das Spielfeld und hypnotisierte mit seinem Chamäleonblick die gegnerischen Figuren, die reglos ihres Schicksals harrten. Der Hall verlieh dem gelegentlichen Räuspern und Husten eine unerhörte Bedeutung, ebenso der Polizeisirene draußen, deren Dopplereffekt Harri erst ein paar Wochen zuvor dank der anschaulichen Erklärung von Max begriffen hatte. Interessant, fand Harri, dass man für diesen Wettbewerb der Denker einen Ort gewählt hat, der ganz und gar der Leibeserziehung gewidmet ist. Nun kam der Meister wieder zu Max. Im Licht der Neonröhren an der Hallendecke standen die Figuren hart und unerbittlich auf dem Brett. Plötzlich nahm Max seinen König und legte ihn wortlos um. Harri verstand nicht. Wo war die Gefahr? Weit und breit keine Bedrohung erkennbar. Aber offenbar hatte Max erkannt, dass er zehn Züge später »matt« sein würde, anders war sein Verhalten nicht zu erklären.

Er stand auf und sah den Meister an. Der nickte ihm freundlich zu. Wortlos gaben sie sich die Hand. Dann ging der Andere zum nächsten Tisch, und Max begab sich hinaus, ohne einen von den Zuschauern anzusehen. Harri spürte sie richtig, seine Wut, seine Enttäuschung, seine Verzweiflung, dass dieser Großmeister, der höchstens Schuhgröße zweiundvierzig hatte, geradezu lächerlich, dass der ihn, Max, geschlagen hatte, und dann spürte er auch die Scham seines Freundes – darüber, dass so viele Zeugen seiner Niederlage geworden waren.

Max war kein guter Verlierer.

Auch am folgenden Tag konnte man nicht mit ihm reden.

»Das nächste Mal gewinnst du«, sagte Harri. »Du bist erst am Anfang, du hast eine große Karriere als Schachspieler vor dir.«

»Ja«, sagte Max und drehte sich weg.

Harri bewunderte ihn immer noch. Er war immer noch der Größere, der Ältere, der Bessere. Vielleicht hatte Harri sich einfach daran gewöhnt, zu ihm aufzusehen. Vielleicht erfüllte Harri, ohne es zu merken, auch nur die Erwartungen des Anderen.

Schach spielte Max nicht mehr, dafür umso leidenschaftlicher Fußball. Wenn er einen kraftvoll-eleganten Sprint hinlegte, wirkte er mit seiner schmalen Gestalt, den schwarzen Haaren und dem bleichen Gesicht noch schneller. Was Harri nicht gefiel, war der Ernst in seinem Spiel. Es war derselbe Ernst, mit dem Max das Schachspiel betrieben hatte. Es fehlte darin die gewisse Lockerheit und Leichtigkeit, die doch zu allem dazugehört.

Das Spiel der beiden Freunde war von tiefem gegenseitigem Verständnis geprägt. Jeder spürte, was der Andere vorhatte, wohin er laufen oder schießen würde. Ihre Doppelpässe waren sensationell. Wenn Harri den Ball weit in einen offenen Raum schoss, konnte er sicher sein, dass Max dort auf ihn wartete.

Nach einem gewonnenen Spiel klopfte Max seinem Freund anerkennend auf die Schulter.

»Alles plangemäß gelaufen!«

»Du meinst, wir haben mehr Tore schießen wollen als die anderen, und wir *haben* mehr Tore als sie geschossen?!«

»Ja, aber es hat nur funktioniert, weil wir uns an den Plan gehalten haben.«

»Welchen Plan? Ich wusste gar nicht, dass wir einen Plan hatten.«

»Konntest du auch nicht, Harri. Denn um genau zu sein: Es war mein Plan.«

»Warum hast du uns denn nicht eingeweiht?«

»Zu gefährlich. Habe ich schon öfter getan, und immer hat dann irgendeiner gemeint, es besser zu wissen.«

Harri wollte von Plänen nichts wissen. Er spielte einfach gerne Fußball, und gewinnen war zwar schön, aber verlieren gehörte genauso dazu. Es ist ja nichts Neues, und doch gerät es ständig in Vergessenheit, dass man zwar vordergründig gegen den Gegner spielt, auf einer höheren Ebene aber mit ihm. Als man quer durch Berlin die Mauer baute und die Zweiteilung der Welt zementierte, wollte Harri dem etwas entgegensetzen und verdoppelte seine Anstrengungen. Er entwickelte einen akrobatischen, eleganten Stil, ohne absichtliches Foulspiel.

Der Trainer wollte ihn zum Mannschaftskapitän küren. Harri lehnte ab, denn seit Menschengedenken war Max der Kapitän, und warum sollte er das nicht bleiben?

Trotzdem spürte Harri immer öfter einen missbilligenden Blick. Den Blick von einem, der um seinen ersten Platz im Team fürchtete. Das gefiel Harri nicht. Wenn er aber besonders schöne Spielzüge gemacht hatte und vom Trainer gelobt wurde, dann schaute Max weg oder unterhielt sich demonstrativ. Als sei es unerträglich für ihn, wenn Harri mehr Aufmerksamkeit erfuhr als er. Wollte er denn, dass Harri der Freundschaft zuliebe absichtlich schlechter spielte?

Die Sache mit Susi zog sich. Obwohl Harri noch immer in sie verliebt war, nahm er hin, dass Max das Vorrecht hatte, und er war bereit, ihm ehrlich einen Erfolg bei ihr zu gönnen. Zugleich wurde er das Gefühl nicht los, dass Susi nichts von Max wissen wollte. War es möglich, dass sie stattdessen an *ihm* interessiert war?

Mehrmals täglich vergewisserte er sich, dass die Deformationen seines Schädels, von denen seine Mutter berichtet hatte, verschwunden waren. Aus dem Spiegel sah ihm ein unauffälliger, vertrauenswürdiger Bursche entgegen. Was hatte er mit Elvis zu tun? Nichts. Die Schmalzlocke über seiner Stirn verschwand. Stattdessen ließ er die Haare bis zum Hemdkragen wachsen. Eine neue Zeit war angebrochen. Kurz darauf ließ sich auch Max die Haare länger wachsen.

Einmal saßen Susi und Max auf dem Streugutkasten am Rand der Parkanlage und unterhielten sich; Max saß mit dem Rücken zu Harri, der so weit entfernt stand, dass er nicht verstehen konnte, was die beiden sprachen. Max legte seine Hand auf ihren Arm. Sie sah unauffällig Harri an, tat so, als ob sie durch die Worte von Max völlig eingenommen wäre, aber Harri war sicher, ihre Mimik galt ihm, der halb geöffnete

Mund, das kurze Lächeln. In ihrem Blick lag eine Aufforderung. Ihre Augen drangen tief in ihn, sie lud ihn ein, es ihr gleichzutun. Harri sah zu Boden und ging weg. Für ihn gehörten die beiden zusammen, und da er die Freundschaft nicht verraten wollte, versuchte er, nicht auf Susi zu reagieren. Er hoffte, es werde irgendwann klappen mit den beiden.

Endlich sah auch Max ein, dass sie nicht ihn, sondern den Anderen wollte. Er war sauer. Für ihn trug der Andere allein durch sein Vorhandensein Schuld. Harri verhielt sich still, aber weil die dazugehörende Technik noch nicht erfunden war, konnte er sich nicht in Luft auflösen.

Susi gehörte zu denen, die bekommen, was sie wollen. Zuerst verwickelte sie Harri ins Gespräch. Er fand nichts dabei. Man wird ja noch miteinander reden dürfen. Dass er jedes Mal ziemlich aufgeregt war, wenn sie ihn anschaute, ignorierte er. Susi liebte die Öffentlichkeit, vor allem den Streugutkasten. Dort saßen sie abends bei einsetzender Dämmerung. Harri war flau im Magen. Er versank in ihren großen, unschuldigen Augen, die ihn aufforderten, näher zu kommen. Noch näher. Vielleicht waren sie doch nicht so unschuldig, denn sie zogen ihn immer weiter heran. Sein Herz schlug bis zum Hals. Er beugte sich ihrem Gesicht entgegen, den vollen Lippen, als ihn eine Bewegung aufschreckte, die er im Augenwinkel wahrnahm. Eine einzelne Gestalt auf der anderen Seite des Platzes mit vor Neid brennendem Blick.

»Was hast du?«, fragte Susi.

»Komm, wir müssen weg!« Er zog sie in den nächsten Hausflur. Auch dort war das Küssen nicht leicht. Jedes Mal, wenn er die Augen schloss, starrte ihn das Gesicht des Anderen an.

Natürlich war es unmöglich, die Sache vor Max geheim zu halten. Dem Meister des Schweigens, der nun mehr schwieg als je zuvor. Der so tat, als ob Harri gar nicht existierte. Als der ihm versicherte, es tue ihm leid, und zu einer langen Erklärung ansetzte, drehte Max sich wortlos weg und ging davon. Was die Sache kaum erträglich machte, war, dass sie in der Klasse noch immer nebeneinandersaßen. Harri wunderte sich, wie Max das aushielt. Er wunderte sich auch, wie er selbst das aushielt, unternahm aber nichts, sich wegzusetzen, denn dass auch Max nichts unternahm, konnte nur bedeuten, dass er die Verbindung zum Blutsbruder nicht völlig abreißen lassen wollte. Immerhin durfte Harri wie gewohnt abschreiben, allerdings plagte ihn dann erst recht ein schlechtes Gewissen. Das hatte er auch, wenn er Max in der Pause sah oder nach der Schule, meistens allein herumstehend, bewegungslos, während die Jüngeren Fangspiele machten und die Älteren in Grüppchen zusammenstanden. Max, der den starren Blick beherrschte wie kein anderer. Seine Augen fixierten irgendeinen Punkt an der Hauswand oder auf dem Boden, als ob dieser ein Geheimnis berge, das es durch Anwendung von Laserstrahlen herauszuschmelzen galt.

Nach ein paar Monaten tauchte Karl auf. Er war zwei Jahre älter, verdiente sein Geld als gelernter Installateur und hatte immer einen Platz frei auf seiner 125er-Maschine. Man konnte Susi nicht übel nehmen, dass ihr das gefiel. Von einem Tag zum anderen behandelte sie Harri als Nichts. Und so fühlte er sich auch. Zugleich schöpfte er Hoffnung. Vielleicht ist das mit den Frauen gar nicht so wichtig, dachte er. Was wirklich zählt, das sind Blutsbrüderschaften. Tatsächlich war Max plötzlich auffallend guter Laune. Es dauerte aber noch einmal eine Zeit, bis er wieder mit Harri sprach, und beide blieben peinlich darauf bedacht, Susi nicht zu erwähnen.

Man konzentrierte sich wieder auf Fußball, auf das wortlose Zusammenspiel, von dem sich Harri heilende Wirkung erhoffte. Doch der Erfolg blieb aus. Trotz aller Anstrengungen gelang ihnen nichts mehr. Es war wie verhext. Entweder kam der Pass zu steil oder Max schlitterte um Haaresbreite am Ball vorbei, und wenn er ihn traf, dann nicht richtig.

Inzwischen war Harris Spielstil bekannt geworden, bei anderen Vereinen entstanden Begehrlichkeiten. Es gab keinen zwingenden Grund, die Stadtteilmannschaft, bei der er seit der Kindheit spielte, zu verlassen, doch die Lockrufe wurden zu laut, die Verführung zu raffiniert, er war zu schwach, um zu widerstehen, und schließlich ließ er sich abwerben. Er war siebzehn Jahre alt. Seine Mutter hörte auf, ihm Geld zu geben. Sobald sie den Eindruck bekommen hatte, es könnte mehr sein als ein Zeitvertreib, war sie gegen seine Karriere als Fußballer gewesen.

»So ein Schmarrn!«, schimpfte sie. »Fußball ist ein Sport, kein Beruf! Was tust du mit vierzig Jahren?«

Harri wollte ihr keinen Kummer bereiten und versprach, nach der Schule eine ordentliche Berufsausbildung zu machen.

Die Mannschaft, zu der Harri wechselte, kam rasch an die Tabellenspitze und blieb dort bis zum Saisonende. Im darauffolgenden Sommer machten sie Abitur. Alle waren stolz und erleichtert. Harris Schnitt war nicht besonders gut, aber Abitur war Abitur. Max hatte einen Schnitt von eins Komma null, was niemanden überraschte, am wenigsten ihn selbst. Er wirkte irgendwie unbeteiligt.

»Hast du mehr erwartet?«, fragte Harri.

»Warum?«

»Weil du dich nicht freust.«

»Ich freu mich doch.«

»Ach so«, sagte Harri. »Und jetzt: wie geplant Mathe?«

Er schüttelte den Kopf.

»Astrophysik. Ich gehe in die Vereinigten Staaten. Raumfahrt. Dort kann man groß rauskommen. In Deutschland ist nicht viel los. Willst du nicht mitkommen?«

»Du machst Witze. Ich und Physik, dass ich nicht lache!«

»Ich könnte dir helfen.«

»Danke, aber ich kann doch nicht ewig an deinem Tropf

hängen. Nein, ich gehe nach Norddeutschland. Ein Club hat mir ein gutes Angebot gemacht. Der Vorstand kennt ein hohes Tier beim Kreiswehrersatzamt, die stellen mich erst mal zurück. Sie geben mir so viel, dass ich daneben nichts mehr arbeiten muss.«

»Und was erzählst du deiner Mutter?«

»Ich schreibe mich an der Uni ein, das beruhigt sie.«

»Du hast's gut. Meine Eltern wollen mich nicht nach Amerika lassen. Sie geben mir keinen Pfennig. Ich weiß noch nicht, wie ich das machen soll.«

Die Insel war inzwischen geräumt worden, an ihrer Stelle gähnte obszön eine riesige Baugrube. Harri verlor die Inselbande aus den Augen. Manchmal betastete er die Narbe auf seiner Handfläche und fragte sich, ob sie das einzige war, was ihm vom Blutsbruder bleiben würde.

*

Haben Sie gerade den Mann dort drüben gesehen? Erstaunlich, wie gedankenlos manche sind! Da ist es vom Leben zum Tod nur ein kleiner Schritt.

Meiner Meinung nach, und ich denke, Max würde mir zustimmen, fing alles damit an, dass Harri und Max nach der Pleite mit Susi nicht mehr zueinanderfanden. Diese ganze Geschichte, die hier endet, wo wir jetzt sitzen. Wenn man überhaupt, ohne Willkür, irgendeinen Umstand als Ursache oder Ausgangspunkt für irgendetwas herausgreifen darf.

Wie bitte? Ganz im Gegenteil: Das Schaufenster einer Apotheke im Rücken zu haben, ist vorteilhaft. Mancher, der uns hier sieht, denkt, wir brauchten dringend Medikamente zur Linderung der Schmerzen einer unheilbaren Krankheit.

Hier ist übrigens der einzige Sitzplatz im Wochenverlauf, an dem ich die Zwillingstürme des Doms sehe. Oft halte ich meinen Blick starr auf die Turmzwiebeln gerichtet. Besser gesagt: auf den Luftraum zwischen ihnen, und meditiere.

Die Kirche passt zur Stadt und umgekehrt. Wenn ich darüber spreche, gerate ich leicht ins Schwärmen. Man mag zu Kirchen stehen, wie man will, doch unsere Liebfrauenkirche strahlt eine ungewöhnliche Herzlichkeit aus, sie trägt dem Betrachter geradezu ihre Freundschaft an, ganz anders als etwa hochgotische Dome, die sich unruhig und begehrend in den Himmel hinaufstrecken und bei deren Anblick der Betrachter klein und unbedeutend wird. Die beiden Türme, selbstbewusst und männlich kraftvoll, tragen wie selbstverständlich die ihnen aufgesetzten, fast weiblichen Zwiebeln, als ob eine andere Bedachung keinesfalls in Betracht kommen könnte, ein wenig stolz, doch insgesamt in ihrer Größe, Gestalt und Außenhaut ehrlich und bescheiden, ohne unnötigen Zierrat, und das gilt sogar für den goldenen Knauf auf jeder der beschwingten Hauben. Insgesamt ein gemütlicher Dom, in dessen Nähe man sich geborgen fühlt.

Der Domplatz wäre noch frei, wir haben ihn bisher nicht besetzt. Die Kunst besteht darin, einen Platz zu finden, an dem viele Menschen vorübergehen, der aber zugleich großzügig ist – allerdings nicht so weitläufig, dass man Zeit hätte, uns auszuweichen. Die Passanten müssen gezwungen sein, so nah an uns vorbeizugehen, dass sie mit einer bescheidenen Handbewegung eine Münze in den Hut werfen können. Ungeeignet sind jedoch Engstellen, an denen man derart beschäftigt damit ist, den Entgegenkommenden auszuweichen und seinen Weg zu finden, dass keine Zeit bleibt, sich um uns zu kümmern. Vermeiden Sie außerdem Orte, an denen Sie im Weg sind. An denen Ihre Füße zu weit auf den Gehweg hinausragen und man einen lästigen Bogen um Sie machen muss.

Sie sehen: In unserem Beruf braucht man Gespür und Erfahrung. Darum ist es wichtig, die Neuen einzuarbeiten. Testen

Sie selbst, ob es sich lohnt, die Sorge um das eigene Geld gegen die Freiheit auf der Straße zu tauschen. Wir sind ein Erfolgsmodell. Denn wir machen aus gescheiterten Menschen Arrivierte. Unsere Bewegung hat regen Zulauf. Allmählich spricht sich der Erfolg in gewissen Kreisen herum, und dank Hospitanten wie Ihnen transportieren wir unsere Haltung in andere Städte, in andere Länder und Kontinente. Diese Woche ist sozusagen Ihre Lehrzeit. Nehmen Sie meinen Bericht als die Geschichte eines Angekommenen.

Sie haben Recht, es ist nur wenig Silber in der Mütze. Kein Wunder! Dass wir miteinander sprechen, kommt nicht gut an beim Publikum. Schließlich erwartet man, dass wir uns uneingeschränkt konzentrieren, uns in Demut und Dankbarkeit versenken. Aber da wir bei unserem Lebensstil das Geld nur zum geringen Teil selbst benötigen und den Überschuss weiterreichen, kommt es nicht alleine darauf an, ob der Vorübergehende tatsächlich eine Münze wirft; es genügt, dass er es erwägt, dass er, wenn er schon vorüber ist, den Gedanken an das Versäumte mit sich trägt und auch am nächsten Tag noch von Zweifeln geplagt wird, ob es nicht besser gewesen wäre, etwas zu geben.

Die Ersten treten den Rückweg an. Es sind vor allem die Frühaufsteher, sie haben ihr Soll erfüllt. Vielleicht werfen sie noch einen Blick in eines der zahlreichen Schaufenster, kaufen ein modisches Hemd, dessen Preis um die Hälfte reduziert ist, ohne dass man einen Grund dafür erkennen könnte; dann gehen sie eilig hinunter auf den Bahnsteig und lassen sich von den bunten S-Bahnen in die grauen Vororte bringen.

Wenn Sie ein wenig Abstand halten, so dass man Sie nicht mit mir in Verbindung bringt, können Sie beobachten, was geschieht, wenn man den Passanten ihr Geld zurückgibt. Keinesfalls denjenigen, die tagsüber selbst die Almosen gegeben haben, was denken Sie! Die würden sich hintergangen fühlen, regelrecht betrogen, wären empört, man müsste um sein Leben fürchten. Darum merke ich mir tagsüber die Gesichter der Spender und verteile abends die Münzen, die ich für mein bescheidenes Leben nicht benötige, ganz beliebig an Unbekannte.

Kommen Sie morgen wieder, ich erwarte Sie am vereinbarten Treffpunkt. Dann werde ich Ihnen von überraschenden Wendungen berichten.

Dienstag. Odeonsplatz.

Es freut mich, Sie zu sehen, und ich wage eine Prognose: Wer am zweiten Tag den Weg zurück zu mir gefunden hat, der bleibt die ganze Woche über treu. Sie werden es nicht bereuen. Schauen Sie sich nur diesen prächtigen Platz an! Freilich wäre es am schönsten, man könnte sich in der Mitte der Halle festsetzen und dann den ganzen Tag die Aussicht genießen. Welch herrliche Perspektive! Eine der wenigen Stadtansichten, die Erhabenheit und Größe zeigen. Dieser Blick auf die Prachtstraße ist majestätisch, rechter Hand sind die Zwillingstürme der Ludwigskirche zu sehen, dann die beidseitigen Brunnenplätze an der Universität, schließlich das Siegestor und dahinter die beiden Glastürme jenseits der Münchner Freiheit. Aber erstens kämen zu wenige Passanten vorüber, und zweitens würde man nicht lange in Ruhe gelassen. Genehmigungspflichtige Sondernutzung. Eine Genehmigung wird grundsätzlich nicht erteilt. Die Obrigkeit ist hier, so nahe der Macht, sehr aufmerksam. Diese Kuppel gegenüber, das ehemalige Armeemuseum, krönt den Neubau der Staatskanzlei. »Staatskanzlei.« Wenn man auf einem öffentlichen Platz dieses Wort laut ausspricht, kann man beobachten, welches Verhältnis die Menschen hier zu den Mächtigen haben. Das Stadtvolk teilt sich in drei Teile: Die einen erstarren ehrfürchtig, die anderen machen eine verächtliche Miene, die dritten wissen gar nicht, wovon man spricht.

Die Feldherrnhalle also scheidet aus. Jetzt im Sommer suche ich mir meistens dieses Fleckchen an der Theatinerkirche, nördlich des Eingangs, wo die kleine Mauernische mit der Holztür wie für uns geschaffen ist. Der dahinterliegende Blumenladen hat derzeit geschlossen. Auf unser Geschäft wirkt sich die Nähe von Kirchen im Allgemeinen günstig aus, wenngleich man auch hier jederzeit damit rechnen muss, weggeschickt zu werden. Oh, es gibt Dienstage, da wechsle ich mehrmals den Platz! Man muss Verständnis dafür haben: Unsereiner stört den Gesamteindruck, das Ensemble. Die Touristen und Kunstinteressierten sind enttäuscht. Stellen Sie sich vor, Sie machen eine weite Reise, sagen wir nach Indien, um den Taj Mahal anzuschauen, und dann stehen Sie schließlich davor und können es vor Wut und Verzweiflung kaum glauben: Der Bau ist zur Hälfte eingerüstet – das versaut doch den Gesamteindruck! Wie man es auch dreht und wendet, welchen Winkel und Ausschnitt man auch immer wählt: Stets ragt irgendeine Stange, weht eine Plastikplane, hängt ein Kabel ins Bild. Herzeigbare Fotos werden unmöglich. Man flucht, wendet sich an den örtlichen Reisebetreuer, schreibt noch in derselben Nacht einen Beschwerdebrief an die indische Regierung, versucht mit der UNESCO Kontakt aufzunehmen, und wieder zuhause angekommen, verklagt man den Reiseveranstalter auf Schadensersatz –

Ach wissen Sie, man hat uns schon als Schmeißfliegen, Blutsauger, Ratten und Vegetarier beschimpft, da finde ich den Vergleich mit einem Baugerüst eigentlich ehrenvoll.

Zurück zu den Wachtmeistern: Ich versuche rechtzeitig, bevor sie mich sehen, aufzustehen, dann gehe ich ein Stück weiter und lasse mich dort nieder. Es ist etwas unruhig, aber man darf sie nicht provozieren. Wenn sie wollen, finden sie immer einen Grund, dich mitzunehmen, und dann ist der Tag versaut. Freilich könnte ich auf meinem Recht beharren. Kommunikativer Gemeingebrauch. Ich könnte mit ihnen streiten. Aber auch dann wäre der Tag versaut.

Genießen wir lieber den Morgenhimmel!

Dieser Platz liegt an einem Schnittpunkt von Konsum, politischer Macht, etablierter Kultur und dem Täterkreis der Weißhemden. Wenn man will, kann man in der Theatinerstraße recht gut Geld ausgeben. Hier lässt es sich sozusagen künstlerisch konsumieren, von der Kunst abgesegnet, nahe einer großen Gemäldegalerie und nicht weit von der Oper. Die Kunst verbreitet ein eigenes Klima, einen intensiven, die unmittelbare Umgebung einhüllenden Duft. So geschieht es, dass man ein paar Schuhe erwirbt, und noch zu Hause, beim Auspacken, weht das erhabene Aroma italienischer Landschaftsmalerei des Ottocento aus dem Karton.

Für unsereinen ist die Fußgängerzone nicht empfehlenswert. Wo jeder sein Geld gegen die Konsumverlockungen verteidigt, dabei ständig abwägend, ob die angepriesene Ware ihren Preis wert ist – da verschwendet man keinen Gedanken an uns.

Vielen Dank, gnädige Frau! –

Nun ist sie weit genug weg, damit ich Ihnen sagen kann: Ja, das war eine besondere Kundin, die mich jeden Dienstag besucht. Es gibt tatsächlich Menschen, die haben löbliche Gewohnheiten und Grundsätze. Sehen Sie, ein glänzendes Zweieurostück. Sie legt es mir am liebsten direkt in die Hand, wie ich herausgefunden habe, und sie erwartet, dass ich meine Hand bereits ausgestreckt habe, bevor sie bei mir angekommen ist. Ich wiederum genieße es, ihr hinterherzusehen, ihren erleichterten und beschwingten Gang zu verfolgen.

An ihrer verbindlichen und großzügigen Art erkennt man sie, die Bürger, die schon im Mittelalter die Stadt regiert, ihr ein vernünftiges und ausgewogenes Gepräge gegeben haben – bevor die feudalistische Maßlosigkeit einkehrte. Hier sind viele von ihnen unterwegs, dazwischen mischen sich die Ministerialbeamten und die übertariflichen Angestellten des Siemens-Hauptquartiers am Wittelsbacherplatz, von Norden kommen Universitätsmitarbeiter und Studenten dazu, und mit dieser Melange füllt sich drüben vor dem Eingang zum Hofgarten das Café Tambosi.

Sehen Sie sich einmal die vorüberstolzierenden Frauen und Männer genauer an. Wie herrlich, wie makellos diese zahnregulierte Menschheit, nicht wahr? Wenn sie einander lachend in die Gesichter blicken, dann werden sie nicht daran erinnert, dass ihr Gegenüber siebenundneunzig Prozent seiner Gene mit Pavianen teilt. Haben Sie schon einmal einen Pavianschädel gesehen? Beeindruckend, sage ich Ihnen, schwer beeindruckend. Diese langen, spitzen und scharfen Eckzähne! Alles in allem doch eine erstaunliche Entwicklung.

Welches Versprechen?

Verzeihung, ich schwadroniere gern und vergesse darüber die Pflicht. Ja, es fällt mir schwer, bei den nackten Tatsachen zu bleiben. Unter allen Umständen möchte ich einen wahrhaften Bericht abliefern, ohne romantische Ideen, ohne Superlative. Täglich kämpfe ich gegen die Großzügigkeit meines Gedächtnisses und gegen den angeborenen Hang zur Schönfärberei, zur Verschleierung, ja zur Lüge.

Bevor ich zu jenem Unfall komme, muss ich Ihnen noch davon berichten, dass Harald Korn schließlich zu einem Verein nach Norddeutschland wechselte und – das habe ich schon erzählt? Na gut. Nun spielte er also in der Regionalliga Nord für vierhundertfünfzig Mark im Monat, dazu erhielt er einen fabrikneuen VW Käfer. Er schrieb sich für Betriebswirtschaft ein, nicht weil ihn das besonders interessierte, sondern für alle Fälle, wie er sich sagte, ohne genau zu wissen, was er damit meinte.

Mit jedem guten Schuss, den er tat, nahm das Lob über ihn zu. In der örtlichen Presse erschienen Bilder und Interviews mit Schlagzeilen wie »Harald Korn rettet Partie«, »Der Stylist auf dem Rasen« und so weiter. Auf der Straße begann man ihn zu grüßen. Auch geschah es, dass Kinder mit Autogrammkärtchen zu ihm kamen. Er war auf dem besten Weg zum Fußballstar. Seine Mannschaft hielt sich wacker im ersten Drittel der Tabelle, schaffte es jedoch nie auf die vorderen Plätze. Er war überzeugt, es liege daran, dass seine Mitspieler nicht von ähnlichem Willen getrieben waren wie er. Man hätte auch mehr auf ein dynamisches Zusammenspiel achten und Pass-stafetten einüben müssen. Aber der Trainer und die anderen in der Mannschaft waren nur halbherzig dabei. Harri fand, man müsse streng mit sich sein und auch mit den anderen. Aber etwas zu sagen wagte er nicht, hatte er doch bemerkt, dass sie ihn nicht verstanden. Darüber geriet er ins Grübeln und Zweifeln. Es genügte also nicht, vorbildlich zu sein.

Zu den Spezln von der Insel hatte er immer weniger Kontakt. Mal schrieb er einem einen Brief, mal schrieb ihm einer eine Postkarte. Gelegentlich erfuhr er, was der eine tat oder wo der andere lebte, und wenn einer in seine Gegend kam, traf man sich und ließ die Vergangenheit wieder lebendig werden. Max verlor er völlig aus den Augen. Es hieß, er habe ein Maschinen-baustudium begonnen und spiele daneben Fußball.

Manchmal dachte Harri an Susi. Er hätte um sie kämpfen sollen.

Am Ostermontag des Jahres 1968, er war bei seiner Mutter zu Besuch, erfuhr er, dass in der Stadt ein siebenundzwanzig-jähriger Student erschlagen worden war, vermutlich von Poli-zisten. Warum die jungen Leute auch auf die Straße gingen, regte sich die Mutter auf, nur deshalb passiere so etwas. Der sei nur wenig älter als Harri, und Harri solle sich bitte schön von solcher Randale fernhalten, sie habe keine Lust, ihren Sohn zu beerdigen. Harri fand, was passiert war, sei ein Skandal, und dieser Skandal wuchs, als klar wurde, dass der Fall nie aufge-klärt werden würde. Aber er sah keine realistische Möglichkeit, gegen den Skandal etwas zu tun, und realistisch wollte er unter allen Umständen bleiben.

Der Unfall geschah an einem herrlichen Frühsommertag Ende März 1969. Eine Woche zuvor hatte ein Bundesligaverein bei ihm angefragt, ob er Interesse habe, und da er bejaht hatte, sollte wenige Tage später über seine Ablöse verhandelt werden. Er war sich sicher, dass er aufsteigen würde zu jenen, die damals die Fußballgrößen waren, und dass er in ihrem Kreis einen ehrenvollen Platz einnehmen würde.

An diesem Tag traf er Max. Der spielte, was Harri bis dahin nicht gewusst hatte, in der gegnerischen Mannschaft. Plötzlich stand er im Vorraum der Umkleiden. Längere Haare trug er jetzt, außerdem wirkte er kräftiger. Sein Gesicht war immer noch blass.

»Servus, Max!«, rief Harri erfreut.

»Servus«, erwiderte Max grinsend und streckte dem Anderen seine Hand hin. Er machte einen lockeren Eindruck.

»Was für ein Zufall!« Harri gratulierte ihm, dass er eine so gute Mannschaft gefunden hatte. Sie würden also wieder einmal auf demselben Platz zusammen spielen. »Wie früher«, sagte Harri. Im selben Moment erkannte er, dass es ganz anders war als früher und das eine mit dem anderen nicht viel mehr gemein hatte als ein Räuber-und-Schande-Spiel von Zehnjährigen mit dem Banküberfall eines Vierundzwanzigjährigen.

»Ja, genau.« Max lachte. »Wie früher auf der Insel.«

Auch Harri lachte. Er spürte, wie gut es tat.

»Ich dachte, du bist nach Amerika.«

»Tja, mein Geld hat nicht gereicht. Mir wird leider nichts geschenkt.«

»Aber hier hast du einen guten Job.«

»Hart erarbeitet.«

»Und noch immer lebst du auf großem Fuße.« Harri zeigte lachend auf die Füße von Max, und da auch Max lachte, fügte er hinzu: »Gehen wir nach dem Spiel einen trinken?«

»Gute Idee, meine Mannschaft bleibt über Nacht hier, da habe ich Zeit.«

Das Spiel fing an, sie mussten auf den Rasen hinaus, und jeder wünschte dem Anderen viel Spaß.

Was für ein verrückter Zufall! Harri sah zu Max und seiner Mannschaft hinüber. Er war wirklich talentiert und zielstrebig. Er hatte es geschafft, wie Harri. Die Insel hatte eben mehrere Talente hervorgebracht, nicht nur eines.

Harri spielte – wie meistens – im Mittelfeld, Max auf der rechten Seite. Er war nicht mehr so schnell, wie Harri in Erinnerung hatte, spielte aber trotz seiner großen Füße erstaunlich elegant und viel graziler als früher. Fast sah es so aus, als imitiere er Harris Stil.

Kurz nach Beginn der zweiten Halbzeit führte Harris Mannschaft einen Angriff. Der Ball kam zu ihm, und er ging in eine rasche Vorwärtsbewegung. Sein Plan war, dem gegnerischen Mittelfeld keine Zeit zu lassen, sondern einen steilen Pass zum linken Außenstürmer zu spielen, dessen Lauf hart an der Abseitslinie er aus dem Augenwinkel bemerkte. Während er sprintete, tauchte Max links neben ihm auf, um ihm den Ball abzujagen. Da verwandelte sich die Szenerie, und Harri sah Max und sich auf der Insel, und die Rufe der anderen waren die Rufe der Freunde. Er war glücklich. Glücklich, weil er tat, was ihm Spaß machte, weil er mit ganzer Kraft und Freude den Ball vor sich hertrieb und das volle Leben in seine Lungen einsog, weil es nichts gab, was ihm Angst machte. Susis sanfte Augen waren auf ihn gerichtet. Jeder Muskel in Spannung, das Zusammenspiel der Beine, der Arme, des Rumpfs und des Kopfes in einem vollkommenen Gleichgewicht, alles gehörte zusammen, war eins, und dies gehörte wieder zu einem größeren Ganzen, zu einer Mannschaft, die durch unsichtbare Fäden miteinander verbunden war. Er hörte den Atem von Max, seinem Freund. Auch er war mit den anderen seiner Mannschaft verbunden, und zusammen gehörten sie zu ein und demselben Spiel, und die ganze Welt jubelte und freute sich an diesem Spiel.

Er legte sich den Ball weit vor, vielleicht zu weit, denn wenn

Max, der eigentlich schon immer schneller gewesen war als er, Vollgas gab, konnte er vor ihm am Ball sein. Aber der ließ sich nun einen halben Schritt zurückfallen, und dann, als Harri den Ball wieder eingeholt hatte, grätschte Max in seinen Lauf und traf – wie es sich gehört – zuerst den Ball und anschließend – wie es manchmal passiert – seinen rechten Fuß. Harri stürzte. Offenbar war eine empfindliche Stelle getroffen, es schmerzte sehr. Die Zuschauer pfiffen, der Schiedsrichter gab Freistoß. Max entschuldigte sich, hielt ihm die Hand hin, um ihm aufzuhelfen.

»Danke«, stöhnte Harri. »Das kann jedem passieren.«

Er konnte jedoch mit dem rechten Fuß nicht auftreten. Man trug ihn mit einer Liege vom Platz, das Spiel lief ohne ihn weiter.

»Schaut nicht gut aus«, sagte der Mannschaftsarzt, als er den bereits stark geschwollenen Knöchel inspizierte. Auf eine Eispackung folgte noch vor Spielende der Transport in die Unfallklinik, wo man Harri tags darauf operierte. Offenbar hatte die Spitze des Fußballschuhs den Innenknöchel getroffen, der gesplittert war. Die Sprunggelenksgabel war stark in Mitleidenschaft gezogen, außerdem war der Kapselbandapparat betroffen. Nach der Operation verkündete der Arzt fröhlich, alles sei gut verlaufen, in drei oder vier Monaten könne er wieder spielen. Harri war schockiert. Drei oder gar vier Monate! So lange durfte er definitiv nicht fehlen. Die nächsten Spiele würden für die Mannschaft entscheidend sein. Außerdem hätte sein Transfer über die Bühne gehen sollen.

Max, der ihn in der Klinik besuchte, wirkte betroffen. Als ob er es nicht ertragen konnte, gesund und unversehrt vor dem verletzten Freund zu stehen, zog er sich sofort einen Stuhl ans Krankenbett, und erst nachdem er sich tief hineingelümmelt hatte, machte er einen halbwegs entspannten Eindruck. Offenbar um den Blutsbruder abzulenken, erzählte er völlig unbedeutende Einzelheiten aus seinem völlig unbedeutenden Alltagsleben. Nach einer für seine Verhältnisse ungewöhnlich gesprächigen halben Stunde verabschiedete er sich, jetzt fast gut gelaunt, indem er dem Anderen die Hand drückte und überzeugt behauptete, es werde alles bald in Ordnung gehen.

Immerhin wurde Harri nach einer Woche entlassen. Er verordnete sich noch zwei Wochen Ruhe. Die Operationsnarbe sah gut aus, er konnte schmerzfrei auftreten, also begann er wieder mit dem Training, erhöhte Schritt für Schritt die Belastung. Natürlich lief es am Anfang nicht rund. Etwas anderes war nicht zu erwarten gewesen. Der Fuß wollte geschont werden. Bei Überlastung protestierte er, indem er heiß anlief und schließlich wehtat. Es wird sich schon legen, dachte Harri. Alle stimmten ihm zu. Nach drei Monaten machte er ein erstes Trainingsspiel, das er in der Halbzeit abbrach. Der Fuß kochte. Er dürfe nicht so ungeduldig sein, sagte der Arzt. Vor allem dürfe er jetzt den Fuß noch nicht überfordern. Man könne im Röntgenbild nichts erkennen. Er müsse sich Zeit lassen, sagten alle. Es sei schließlich keine Lappalie, die seinem Fuß zugestoßen sei. Da haben sie wohl Recht, dachte er.

Ein paar Wochen später erkundigte sich Max noch einmal nach seinem Befinden.

»Gut«, sagte Harri, »danke.« Es stimmte zwar nicht, aber er sah es nicht als seine Aufgabe an, anderen Leuten vorzujammern.

Offenbar überrascht fragte Max, ob er wieder spielen könne.

»Nein«, sagte Harri, »das nicht.«

Es tue ihm sehr leid, sagte Max darauf. Das klang logisch, so ein Foul kann schließlich jedem passieren.

»Dich trifft keine Schuld«, sagte Harri. »Das weißt du so gut wie ich.« Wenn man grätscht, ist es das Wichtigste, den Ball zu treffen. Der Andere muss wie ein Hürdenläufer versuchen, die Beine, die sich quer vor ihm in seinen Lauf schieben, zu überspringen; so eine Grätsche, die sieht man kommen, die taucht nicht aus dem Nichts auf. Er war einfach nicht aufmerksam gewesen. Abgelenkt von Susis Blick, aber das sagte Harri nicht.

Optimistisch, wie er war, trainierte er weiter, schonte den Fuß, wenn er es für erforderlich hielt, machte alle Arten von Gymnastik und stimmte in die allgemein gute Hoffnung ein. Nachdem er schon seit Monaten nicht mehr gespielt hatte, wurde der Vertrag mit dem Verein zum Saisonende auf Eis gelegt.

Er solle jetzt erst einmal ohne Druck seinen Fuß wieder in Ordnung bringen, meinte der Trainer. Wenn alle ständig fragen würden, ob er beim nächsten Spiel wieder dabei sein würde und wann er endlich wieder spiele – wie sollte da sein Fuß in Ruhe gesund werden?

Harri sagte nichts. Und trainierte weiter. Jeden Tag machte er erst Streck- und Dehnübungen, dann leichtes Lauftraining, danach ein paar schnellere Haken, schließlich Übungen mit dem Ball. Sobald er jedoch ein paarmal fester geschossen hatte, meldete sich der Fuß, wurde brennend heiß und schwoll an, so dass die Haut spannte und der Schuh an den Rändern tief einschnitt. Harri wollte um alles in der Welt Fußball spielen. Sein Fuß aber wollte nicht. Der hing an ihm dran, als würde er nicht dazugehören; ein unförmiger Klumpen heißes Fleisch.

Das Röntgenbild sei völlig unauffällig, sagte der Arzt. Der Knöchel sei vorbildlich wieder zusammengewachsen. Täglich ging Harri zur Lymphdrainage. Er konsultierte einen anderen Arzt, auch dieser Spezialist für Fußverletzungen. Das Röntgenbild sei völlig unauffällig. Der Knöchel sei vorbildlich wieder zusammengewachsen. Auch sonst sei nichts Abnormes festzustellen. Eine Entzündung könne man ausschließen. Die Beine seien auch gleich lang. Es gebe keine Erklärung, er habe aber eine Vermutung: das Rückgrat. Fehler an der Wirbelsäule könnten sich auch an entlegensten Stellen des Körpers auswirken.

Harri verriet niemandem, was er darüber dachte.

Für seine Mutter, die er in dieser Zeit öfter besuchte, gab es keinen Zweifel, dass er selbst schuld war. Ein Hobby sollte man nicht übertreiben, sagte sie. Harri hatte es offenbar übertrieben. Sie selbst hielt weiterhin Maß. Obwohl sie als Filialleiterin eines Supermarktes inzwischen ein einigermaßen gutes Auskommen hatte, blieb sie in der alten Wohnung. Und ging sonntags in die Kirche.

Wie seine guten Freunde und die weniger guten auf sein Schicksal reagierten, irritierte ihn. Solange sein Erfolg angehalten hatte, war er der Beste gewesen, und jeder hatte seine Gesellschaft gesucht. Als Invalide war er plötzlich nicht mehr interessant. Solche Geschichten würden passieren, sagten sie. Er sei nicht der Einzige. Es gebe noch anderes im Leben, er tue gerade so, als ob er mit dem Fußball verheiratet gewesen sei. Bei einigen wurde er den Eindruck nicht los, dass ihnen das plötzliche Ende seiner Karriere gar gefiel. Er war entsetzt, dass solche Zeitgenossen herumliefen, offenbar ohne schlechtes Gewissen und mit einem Gesichtsausdruck, als hätten sie ein angeborenes Recht auf Schadenfreude.

Paradoxerweise konnte er weiterhin laufen. Auch andere sportliche Betätigungen waren problemlos möglich, zum Beispiel Handball. Aber wenn man ihm erklärt hätte, er müsse in Zukunft Handball spielen, hätte er ziemlich sicher sein Gelübde der Gewaltlosigkeit gebrochen.

Keiner der zahlreichen Ärzte, zu denen er ging, konnte eine Diagnose stellen. Da sich ein Arzt, der die Ursache für ein Leiden nicht findet, fühlt wie der Klempner, der vergeblich das Loch in der Wasserleitung sucht, verfielen sie auf die Idee, es müsse sich um ein Symptom ganz andersartiger Ursachenkreise handeln: Mangels orthopädischer oder neurologischer

Erklärung müsse es, so meinten sie, einen psychischen Grund geben, etwas Verdecktes, im Unterbewusstsein, ausgelöst durch das Trauma des Unfalls oder vielleicht durch ein früheres Trauma aus der Kindheit. Dem müsse man nachgehen. Mit anderen Worten: Sein rechter Fuß und überhaupt er selbst hätten ein ungeklärtes Verhältnis zum Fußball, offenbar wolle der Fuß keinen Ball mehr treten, möglicherweise habe der Fuß sich mit dem Ball solidarisiert und weigere sich nun, jedenfalls derzeit, dem Ball Gewalt anzutun. Daran müsse man arbeiten. Wie aus der Fußreflexzonenmassage bekannt, gebe es zwischen Fuß und Gesamtorganismus, insbesondere Gehirn, eine Vielzahl von Wechselwirkungen. Der sich verweigernde Fuß sei Ausdruck einer persönlichen Sinnkrise, übrigens eine aktuelle Modeerkrankung, was angesichts der allgemeinen Sinnkrise nicht verwundere. Im Vakuum dieser Orientierungslosigkeit erscheine die zur Regel erhobene Aggression – denn nichts anderes sei das heftige Treten eines Balles – nicht geeignet, seinem Leben eine klare Richtung zu geben.

Einige kamen nach reiflicher Überlegung zum Schluss, dass es nicht nur keine physiologische Ursache für seine Schmerzen gab, sondern dass die Schmerzen gar nicht im Fuß vorhanden seien, dass sie nur in seinem Gehirn produziert würden, dass er sich also das Ganze nur einbilde. Sie werteten das als Zeichen seines Unterbewusstseins, das sich nach Veränderung, nach Wandlung sehne. Intuitiv habe er zwar verstanden, dass es im Leben stets vorwärtsgehen und dass Vertrautes und Gewohntes aufgegeben werden müsse, dass man immer wieder vom Erreichten Abschied zu nehmen habe; doch indem er sich bewusst gegen den Fluss der Dinge sträube, festzuhalten versuche, was nicht zu halten sei, provoziere er eine Neurotisierung.

Nach eineinhalb Jahren zog Harri ein Ende mit Schrecken

einem Schrecken ohne Ende vor und hakte das Thema Fußball ab.

*

Ich verstehe vollkommen, was Sie meinen. Es ist tatsächlich keine leichte Lage, in die man sich begibt. Gerade zu Anfang sind die Emotionen äußerst unangenehm. Empfinden Sie auch diese Scham? Ist es Ihnen auch so peinlich, wenn die Passanten hersehen, die Situation erkennen und ihrerseits peinlich berührt rasch in eine andere Richtung blicken? Mancher wird ganz plötzlich von der unbestimmten Angst erfasst, da könnte ein Verwandter, von dem man schon länger nichts mehr gehört hat, sitzen, sagen wir ein Vetter. Einem anderen fällt ein, dass wir ja alle miteinander verwandt sind, dass man nur ein paar hundert Jahre zurückgehen muss, um zu fast jedem, den man auf der Straße trifft, gemeinsame Vorfahren zu finden. Um diesen lästigen Gedanken schnell loszuwerden, wirft er dem Sitzenden einen vielleicht vorwurfsvollen, vielleicht schadenfrohen Blick zu, die Verachtung treibt einen Keil zwischen den Vorübergehenden und den Verharrenden, einen Keil, der die Distanz zwischen ihnen derart astronomisch vergrößert, als würden sie von zwei Sternen weit entfernter Galaxien stammen. Natürlich wäre es den Passanten am liebsten, zwischen ihnen und uns befänden sich Gitterstäbe, wie man sie vom Primatengehege im Zoo kennt. Dann könnten sie reinen Herzens davor stehen bleiben, neugierig und amüsiert zu uns hereinschauen und sich denken: Ja, so ist die Schöpfung nun einmal, manche Lebewesen wurden – sicherlich nicht ohne Grund – nur mit Stamm- und Kleinhirn ausgestattet. Darum hat jeder den Platz, den er einnimmt.

Viele aber, die den Blick abwenden, spüren in ihrem Innersten: Von galaktischen Entfernungen kann keine Rede sein.

Es handelt sich vielmehr um eine ganz nahe Angelegenheit. Wie unangenehm, zu ahnen, dass man es nicht wirklich in der Hand hat, ob die Rollen am nächsten Tag vertauscht sein werden. Jene wissen, dass alles immer nur vorläufig ist und leicht zerbricht, dass man sich nie sicher sein kann – und dass die Verachtung anderer letztlich auf einen selbst zurückfällt. Vorsichtshalber helfen sie heute, damit morgen, wenn nötig, ihnen geholfen wird. So ist die Angst vor dem Bettler die Angst vor der eigenen Gegenwart und Zukunft.

Stellen Sie sich vor, der Bettelnde nimmt den in seinen Hut geworfenen Euro, kauft ein Lotterielos und gewinnt. So etwas passiert! In der Presse wird darüber nicht berichtet, der Betreffende wäre ja verrückt, wenn er irgendeinem von seinem neuen Reichtum erzählen würde. Umgekehrt verliert der andere, der tags zuvor die Münze warf, seinen Arbeitsplatz, so wie Tausenden plötzlich und ohne eigenes Zutun ihr Lebensunterhalt geraubt wird. Einen neuen Arbeitsplatz findet er in seinem Alter nicht – was denken Sie, der Mann ist schon neunundvierzig Jahre alt! Die Enttäuschung sitzt tief und frisst sich weiter. Der verbliebene Stolz verhindert, dass er sich an die öffentliche Fürsorge wendet. Die zu teuer gewordene Wohnung wird gegen ein kleines Appartement getauscht. (Übrigens wird auch darüber nur selten berichtet – wer will schon so etwas lesen?) Eine Zeitlang reichen die Ersparnisse noch. Dann sammelt er die Pfandflaschen aus den Abfalleimern der U-Bahnhöfe. In dieser Zeit versucht er noch, gegenüber den wenigen verbliebenen Freunden die Legende aufrechtzuerhalten. Später reicht auch das Pfandgeld nicht mehr. Der einstige Stolz ist verkümmert, der Unglückliche holt sich täglich elf Euro und fünfzig Cent beim Sozialamt ab. Die Freunde haben inzwischen Verdacht geschöpft und sich gänzlich abgewendet. Dann ist der Zeitpunkt herangereift: Jetzt hat man nichts mehr zu verlieren. Jetzt setzt man sich an den Straßenrand und betrachtet die Welt von der anderen Seite.

Ja, ja, Sie haben Recht: Ein Stuhl oder eine Bank wären bequemer. Aber von beidem kann man herunterfallen, und ich liebe das Fallen nicht. Im Übrigen gewöhnt man sich im Lauf der Zeit an die neue Haltung. So haben die Menschen vor ein paar tausend Jahren angefangen. Finden Sie es nicht auch immer wieder überraschend festzustellen, wie wenige Generationen uns von der Steinzeit trennen? Vielleicht zweihundert, vielleicht dreihundert Geburten. Was ist das schon in Anbetracht dieser ganzen Unendlichkeit! Und doch – welch rasanten Aufschwung die Menschheit in dieser kurzen Zeit erlebt hat.

Wie kommt es eigentlich, dass Sie so gut Deutsch sprechen? –

Das hat ein Onkel von mir nach dem Krieg auch überlegt. Dieses Land schien keine Zukunft zu haben. Deutsch-Südwest war sein Traum. Eigentlich schade, ich hätte bei den Buschmännern in die Lehre gehen können und –

Ja, erstaunlich, wie beim Erzählen die Zeit vergeht. Ich rate Ihnen zur Kantine im Landwirtschaftsministerium, das Gebäude dort vorn rechts. Wenn man von draußen kommt, zahlt man einen halben Euro Aufpreis. Heute ist Dienstag – nehmen Sie das Menü drei: Münchner Voressen mit Semmelknödel und als Nachtisch Bayerische Creme. Guten Appetit!

***

Gewöhnungsbedürftig? Haha, das glaube ich gern. Sogar frische Petersilie? Na sehen Sie, da hat es sich doch gelohnt. Ich habe in der Zwischenzeit das Geschehen hier beobachtet. Ein kurzweiliges Schauspiel auf der Sonnenbühne des Lebens. Im Café drüben werden die wenigen freien Plätze freigehalten für diejenigen, mit denen man verabredet ist. Heiteren Gesichts aalen sie sich in ihrer Schönheit und Bedeutung. Ich kenne das aus eigener Erfahrung. Schauen Sie: die Aufgebrezelte – na die Dame mit dem smaragdgrünen Blazer, die energisch die Richtung zum Treffpunkt eingeschlagen hat. Da! Man winkt ihr. Sie begrüßen sich, erst links, dann rechts. Die Bussigesellschaft. Wenn Sie übrigens glauben, da sitzen Leute, die Sie irgendwie kennen – das ist sogar sehr wahrscheinlich. Irgendwo muss sich das Showbiz schließlich treffen dürfen. Promis gibt es in der Stadt wie Tauben auf den öffentlichen Plätzen, und wer die richtigen Leute unter seine Schere bekommt, kann hier auch als Friseur groß herauskommen. Ich kenne viele von ihnen – vielmehr: *kannte* viele von ihnen.

Nein, niemand wird mich wiedererkennen. Es trifft sich gut, dass die meisten den Blick rasch wieder abwenden. Ich habe zur Tarnung mein Äußeres verändert. Nicht, um mich vor der eisernen Hand der staatlichen Strafverfolger zu schützen. Der Kriminaler, der mich sucht, wird mich finden, da zweifle ich nicht. Aber es wäre mir sehr unangenehm, würde mich der örtliche Präsident der Industrie- und Handelskammer, im Begriff, ein paar Messingmünzen in meinen Hut zu werfen, erkennen und mich der Heuchelei bezichtigen. Die Bilder, die von Harald Korn in den Zeitungen gedruckt wurden, zeigten ihn mit Brille, kurzen, tiefschwarzen Haaren und glattrasiert. Heute, ohne Brille, mit blankem Schädel und Vollbart, bleibe ich beliebig und unerkannt.

Es ist schon richtig, ich verliere manchmal den Faden. Da ich jetzt wieder hinübersehe, fallen mir die lauen Sommerabende ein, an denen wir auf der anderen Seite, im Hofgarten, Boule spielten und Bier tranken … Da fühlt man sich nicht weit vom Paradies.

Apropos: Es ist nun Zeit geworden, Ihnen von Stella zu erzählen. Von unserer ersten Begegnung berichte ich besonders gern. Es vertreibt die Kälte.

*

Harri war alleine nach Griechenland gereist, um Abstand zwischen sich und seine Vergangenheit zu bringen. Diese Welt des Fußballs, der unerfüllten Sehnsüchte und der Aufgabe, an der er gescheitert war, musste begraben werden. Und er wollte die Anschlussstelle für seine Zukunft finden, wollte ihr entgegenfahren, der kommenden Welt, von der er keine Vorstellung hatte. Vielleicht gab er auch ein wenig der Sehnsucht nach Arkadien nach.

Mit sich selbst beschäftigt und nicht sonderlich gesprächig, hatte er auch nach einer Woche noch keine Bekanntschaften gemacht. Über mehr als ein paar Worte mit einem Kellner hier oder einem Obstverkäufer dort war er nicht hinausgekommen. Die vorübergleitenden Landschaften, die Dörfer und Städte, die fremden Menschen erreichten ihn nicht. Er war noch immer mit seiner Vergangenheit beschäftigt, und während er auf der Stelle verharrte, bewegte sich eine Kulisse an ihm vorbei.

Auf der Reise vom Festland nach Santorin hatte er einen Umweg über andere Inseln gewählt, weil ihm das kleine weiße Schiff so gut gefiel und ein Umweg ganz allgemein das Richtige zu sein schien. Der Fährkahn, laut einem Messingschild am Ruderhaus vor dem Krieg gebaut, tuckerte in einer Seelenruhe mit höchstens halber Kraft vor sich hin, als gebe es Zweifel, ob man die richtige Richtung eingeschlagen habe. Am Morgen des zweiten Tages wurde an einem Eiland angelegt, das nur einmal in der Woche von einem Schiff angefahren wurde. Die Bewohner kamen routiniert zum Hafen, nahmen Waren in Empfang, verabschiedeten Verwandte bis zur nächsten Woche, dann wandten sie der Fähre, die nun wieder ablegte, den Rücken zu und zogen sich in die niedrigen, weiß gekalkten Häuser zurück, um ihren Sommerschlaf fortzusetzen; kein tiefer Schlaf war das, eher ein Vor-sich-hin-Dösen. Und während die Insel winzig wurde, bevor sie am Horizont verschwand, stellte Harri fest, dass ein Hauch dieser Schläfrigkeit an Bord gekommen war wie ein blinder Passagier.

Er saß im Windschatten auf dem Achterdeck und hielt ein Buch in den Händen. In den salzigen Geruch der weiten Wasserlandschaft mischte sich der Rauch aus dem Schiffskamin. Es war warm. Kein Ufer weit und breit. Dunstspuren am Himmel zeugten von Flugzeugen, die viele Stunden zuvor aus den unterschiedlichsten Richtungen kommend Kondensstreifen zurückgelassen hatten, kreuz und quer, in der Zwischenzeit angewachsen und verwabert, so dass von ihrer Lage und Anordnung nicht auf eine bestimmte Windrichtung zu schließen war. Ein paar andere Passagiere saßen ebenfalls auf den weiß lackierten Bänken oder Deckstühlen, in Lektüre vertieft oder sich sonnend. Niemand sprach, man hörte nicht einmal Musik. Keine Taschentelefone, keine Kopfhörer.

Das Buch in seinen Händen erzählte eine romantische, weitschweifige Geschichte, die seine Gedanken alle paar Seiten wegdriften ließ, immer wieder starrte er auf die Reling, weiß lackierte Stangen parallel zum Horizont, schlicht und wunderbar, wie auch die monotonen Schiffsmotoren und das regelmäßige Geräusch des vom Bug auf die Seite gespritzten Wassers. Obwohl die Nacht nicht lange vergangen war, musste er sich gegen erneutes Einschlafen wehren. Die Möwen, die dem Schiff zu Beginn gefolgt waren, gelegentlich schreiend und sich in die aufgewühlte Wasserspur stürzend, hatten vor geraumer Zeit abgedreht und waren zurückgeflogen. Zwar bewegte sich die Fähre, aber ringsum gab es keine Veränderung, kein Zeichen eines Fortkommens. Er genoss es dahinzuschweben, ziellos, wunschlos. Zum ersten Mal seit langem fühlte er sich wohl.

In seiner Lektüre war er an einer Stelle angelangt, wo sich auf einem Kreuzfahrtdampfer zwei Menschen kennenlernen, weil sie zur selben Zeit das gleiche Buch lesen.

»Robert betrachtete die Frau in dem purpurroten Kleid mit Herzklopfen.«

Die Szene verschwamm vor seinen Augen, seine Gedanken verloren sich in der Vergangenheit. Fußballspiele der Kindheit. Nie stattgefundene Spiele der Ersten Liga. Gescheitert, misslungen, bedeutungslos, im Nichts versandet. Das konnte er nun hinnehmen, so war es eben.

»… Kleid mit Herzklopfen.«

Das Meer und der Horizont blieben stets gleich, auf allen Seiten, das Schiff fuhr unbemerkt im Kreis. Diese Reise würde ewig dauern. In Wahrheit gab es gar kein Ziel, das angesteuert wurde. Der auf der Fahrkarte gedruckte Zielort war ein Vorwand, alle Passagiere wussten es seit langem und hatten sich damit eingerichtet. Jetzt war auch er eingeweiht.

»… in dem purpurroten Kleid mit Herzklopfen.«

Mit dem Geschmack des Frühstückskaffees im Mund darf man nicht einschlafen, denn zum Schlafen ist die Nacht, der Tag ist für die Arbeit, da war Mutter immer sehr streng gewesen. Aber nun war sie weit weg, man durfte also schlafen, auch wenn man noch eine Weile in diesem Zustand hätte verharren mögen; wach sein, sich um nichts kümmern müssen, sich nicht anstrengen müssen, man brauchte keinen geraden Gedanken zustande zu bringen. Nicht einmal der Zukunft brauchte man ins Auge zu sehen, denn was kommen würde, interessierte nicht, genauso wenig wie Robert und eine Frau in purpurrotem Kleid. Die Gedanken durften sich im Kreis drehen, sie durften Spiralen bilden, bunt wie jene, die man mit diesem Zeichengerät macht, bei dem der Stift in ein Loch auf einem Zahnrad gesteckt und dann an einem anderen Zahnrad entlanggeführt wird, wobei man nicht verrutschen darf, so dass nach jeder vollen Runde die Linie ganz nah an der vorangegangenen liegt und nach allen Runden ein perfektes Muster entstanden ist.

Die Kreise und Spiralen lösten sich auf, eine winkende Hand

brach seinen starren Blick. Er nahm eine junge Frau wahr, die ein paar Reihen entfernt saß. Warum winkte sie ihm zu? Zeigte auf ihn? Etwas an ihr war ihm bekannt, obwohl er das schmale Gesicht noch nie gesehen hatte, ganz sicher noch nie. Sie war höchstens zwanzig; ein weites, dünnes Kleid, vom Wind bewegt, bedeckte ihre übereinandergeschlagenen Beine bis zu den Knöcheln. Purpurrot. Nein, es war blau. Warum lachte sie? Lachte sie ihn aus? Sie zeigte auf seinen Schoß, dann hielt sie ein Buch hoch, und endlich erkannte auch er es: Das Buch, das sie in ihren schlanken Händen hielt, hatte den gleichen Umschlag wie das Buch in seinen Händen.

Von Anfang an bestand ein stilles Einverständnis zwischen ihnen. Jegliche Absprache war überflüssig. Da sie wussten, es würde geschehen, alles würde geschehen, hatten sie keine Eile. Erst am Abend jenes Tages sprachen sie die ersten Worte miteinander, vertraut wie nach jahrzehntelanger Freundschaft.

Am nächsten Tag, im Schatten der Morgensonne, aßen sie schwarze Oliven, Schafskäse und fetten Joghurt mit Honig, die Bar auf der einen, das friedliche Ägäische Meer auf der anderen Seite.

»Schau«, sagte sie.

Er folgte ihrem Blick zu den Delfinen, die an der Seite des Schiffes sprangen.

»Glaubst du«, sie legte einen Kern auf ihren Teller, »sie mögen Oliven?«

Das ist alles unglaublich, dachte er und starrte wortlos ihren halb geöffneten Mund an, unfähig zu antworten.

»Wohin fährst du eigentlich?«, fragte er schließlich.

»Zur nächsten Insel.«

»Und welche ist das?«

»Die nächste. Ich fahre immer zur nächsten Insel, ich schaue mir alle an, ich lasse keine aus. Es soll in der Ägäis einhundertsiebenundzwanzig große Inseln geben.« Sie lachte.

»Und was willst du dort?«

»Nichts«, sagte sie und schaute hinüber zu den Delfinen, deren Leiber, bevor sie wieder ins Wasser eintauchten, im Sonnenlicht glänzten. »Nein, nicht nichts. Alles. Ich will wissen, wie sich der Boden unter den Füßen anfühlt und wie der Wind schmeckt. Gudrun hat mir verboten wegzufahren, da habe ich mein Sparbuch geplündert, mich an den Straßenrand gestellt und den Daumen rausgehalten.«

»Gudrun?«

»Meine Mutter.« Sie rollte die Augen. »Die ist der Meinung, es gehöre sich nicht für eine Frau in meinem Alter, alleine unterwegs zu sein. Das ist doch nicht auszuhalten! Wenn ich zurück bin, räume ich mein Zimmer und gehe in eine WG.«

Sie war gerade einundzwanzig geworden und das lebenshungrigste Wesen, das er bisher getroffen hatte. Außer den Ratschlägen der Mutter nahm sie alles, was das Leben bot, neugierig, erprobend, ertastend, alles erfahrend; zunächst einmal seine linke Hand, deren einzelne Finger sie behandelte, als wären sie selbstständige Lebewesen, die sich nur zufällig mit den anderen an derselben Hand befanden, dann die Innenfläche, deren Linien nachgezeichnet wurden, um die verborgene Botschaft aus der Vergangenheit zu entziffern.

»Und das?«

»Blutsbrüderschaft.« Er zuckte entschuldigend mit den Achseln.

Ein Flackern in ihrem Blick.

»Mann mit romantischer Narbe.« Sie lächelte anerkennend.

Nach langer Zeit war er wieder einmal stolz auf die Narbe.

*

Ich weiß, was Sie meinen. Das nennt man kitschig. Aber so habe ich es nun einmal in Erinnerung. Freilich gerate ich ins

Zweifeln. War es wirklich so? Erliege ich nach den vielen Jahren nicht einer romantischen Verklärung? Und wenn es denn tatsächlich so war: Kann das Zufall gewesen sein? Nichts als reiner Zufall?

Es war nicht das einzige Mal, dass mir die Ursachen für ein schicksalhaftes Ereignis verborgen blieben. Mein Leben hat mich aber zu einem gemacht, der die Ursachen wissen will. Ein wahrer Kausalitätsverehrer bin ich. Doch ganz offenbar gibt es Geschehnisse, die man nicht erklären kann. Man kann sie nur erzählen. Man kann Gründe suchen und Vermutungen anstellen, Gewissheit wird man nicht erlangen. Diese Unerklärbarkeit macht mich rasend. Ich entkomme der Verzweiflung nur, indem ich den heftigen Widerstand aufgebe und mich in das Schicksal füge. Warum nicht gleich, Bruder?, sage ich mir und spüre auf der Stelle die Leichtigkeit fehlender Antworten.

Ich liebe Stella noch immer. Aber es wäre sinnlos, in die Welt hinauszuziehen, um sie zu suchen und auf die Erwiderung meiner Gefühle zu hoffen.

Ah – schauen Sie sich dieses Licht an! Am späten Nachmittag zelebriert es die wärmenden Farben. Wissen Sie, wenn man so dasitzt, stundenlang, tagelang, jahrelang: Man kann ja nicht immer die Passanten angaffen. Oft meditiere ich, dann wird mein Geist leer, Worte und Bilder lösen sich auf. Manchmal aber lasse ich meinen Gedanken und Träumereien freien Lauf, folge ihnen, wohin sie mich führen, beispielsweise auf eine archäologische Expedition nach Kaschmir, wo unsere kleine Reisegruppe von Terroristen entführt und in einem kalten, dreckigen Bergdorf zur Erpressung von Lösegeld gefangen gehalten wird. Da ich vor der Reise Vorkehrungen getroffen habe – ich versuche immer, Vorkehrungen zu treffen –, habe ich ein raffiniertes technisches Gerät dabei, sagen wir, eine getarnte Gürtelschnalle, mit der man die Fesseln durchtrennen kann. Ich plane also die Befreiung unserer Gruppe. Just in dem Moment, da ich zur Tat schreiten will, werde ich durch irgendein Geräusch zurückgeholt, hierher auf diesen Platz. Erstaunt blicke ich mich um: Wie bin ich nach Italien gekommen? Die Illusion hält nicht lange, vielleicht vier oder fünf Sekunden, aber sie durchdringt mich von Kopf bis Fuß. Sie werden kaum einen italienischeren Platz in dieser Stadt finden. Ja, Italien!

Nebenbei bemerkt: Vor einiger Zeit las ich einen beunruhigenden Bericht. In einem italienischen Strandbad lief in diesem Sommer ein Mann zwischen den Reihen von Sonnenschirmen umher und bot mit wohlklingender Stimme Kokosnussschnitze zum Verkauf an: »Cocco, bello cocco!« Während man sich unter den Schirmen mit Sonnenöl einbalsamierte, das wahlweise nach grünem Apfel, Jasmin oder Sandelholz roch, drehte der Cocco-Mann unbeirrt seine Runden. Niemand kaufte etwas, niemand wunderte sich darüber. Als endlich einer etwas kaufen wollte, stellte sich heraus, dass der Mann zwar gewässerte Kokosnussstücke im Korb hatte, diese aber wegen einer Hygieneverordnung der Brüsseler Bürokraten gar nicht verkaufen durfte. Er wurde von der Stadtverwaltung dafür bezahlt, das zu tun, was er tat, weil seit über hundert Jahren am Strand gewässerte Kokosstückchen angeboten wurden und die Gäste nicht den Eindruck haben sollten, ihr Strandidyll könnte brüchig geworden sein. Was sagen Sie dazu?

Die Löwen dort drüben? Ich stimme Ihnen zu, besser hätte ich es nicht ausdrücken können: ein stummes Rudel, das den Platz bewacht. Irgendjemand hat ihnen aber das Kraut ausgeschüttet. Die vier bronzenen vor der Residenz blicken angewidert und empört zur Seite, vermutlich vor Ekel, weil die Münchner ihnen im Vorbeigehen an die Nasen fassen. Das soll Glück bringen. Bah! Der liegende Löwe an der Hinterwand der Feldherrnhalle, beim Armeedenkmal, ist beleidigt, weil man ihn wie einen Haushund behandelt. Von den beiden

Löwen vor der Halle ist einer bayerischen, der andere preußischen Ursprungs. Ihre Herkunft kann man daran erkennen, dass der preußische Löwe das Maul offen hat. Beide aber sind durstig und niedergeschlagen. Wahrscheinlich hat ihnen der Marsch auf die Feldherrnhalle für immer die Laune verdorben. – Von hier rechts drüben sind sie damals gekommen, die Theatinerstraße herauf, lauthals »Die Wacht am Rhein« singend, an einem Oberarm ihrer grauen Mäntel Stoffbinden mit dem Hakenkreuz, in ihrer Mitte die Blutfahne. Dann bogen sie in die Perusastraße ein, um anschließend drüben, in der Residenzstraße, weiterzumarschieren. Als die vorderste Reihe die Absperrkette durchbrach, fielen Schüsse, die Zuschauer flüchteten, einige in den Reihen der Marschierer stürzten zu Boden, auch Adolf Hitler, der aber nicht getroffen war, sondern im allgemeinen Durcheinander zu einem Sanitätswagen lief und unverletzt entkam. Zehn Jahre später – na, das wissen Sie ja selbst.

Die Tür hinter uns? Doch, einmal, als ich hier saß, wurde sie plötzlich von innen geöffnet. Ein Mann in schwarzer Kutte blinzelte mich geblendet an, dann machte er das Kreuzzeichen. Gottes Segen, sagte er, trat zurück ins Dunkle und schloss die Tür. Wahrscheinlich erinnerte er sich daran, dass die Theatiner ein Bettelorden waren, aber nicht betteln durften. Sie lebten nicht von ihrer eigenen, sondern von Gottes Hand. Was sie zum Leben brauchten, musste ihnen geschenkt werden. Wenn die Bürger sie vergessen hatten, zogen sie nach drei Tagen Hungern an einer besonderen Glocke, damit man wieder an sie dachte. Dann liefen die schuld- und pflichtbewussten Menschen mit Körben voller Brot, Butter, Fleisch und Eier an die Pforte, denn in einer Stadt, die ihren Namen von den Mönchen hat, lässt man keinen Kuttenträger verhungern.

*

Die Begegnung mit Stella vermochte die schwere Wunde, die der Unfall auf dem Rasen in Harri gerissen hatte, zu einem Gutteil heilen. Endlich konnte er wieder nach vorn schauen, sich begeistern. Es gab so vieles im Leben, das er bislang nicht bemerkt oder vernachlässigt hatte.

Seine eigentliche Aufgabe, die er in der Verzweiflung über seinen Fuß vergessen hatte, rückte wieder in den Vordergrund. Ob die Menschheit eine Zukunft hatte, war noch genauso ungewiss wie in seiner Kindheit. Auch seine Befürchtungen waren geblieben, aber er stellte überrascht fest, dass man irgendwie glücklich sein und zugleich Angst haben konnte, die Menschheit werde sich am kommenden Dienstag in die Luft jagen.

Er besann sich darauf, wie weit er mit Disziplin und Ausdauer gekommen war. Warum sollte das auf anderen Gebieten als dem Fußballfeld nicht genauso möglich sein? Also stürzte er sich mit frischer Kraft auf sein Studium. Er versuchte sich nicht mehr für Fußball zu interessieren, tat so, als ob er mit dem Thema abgeschlossen hätte. Wenn andere sich dafür begeisterten oder im Fernsehen jubelnde Spieler zu sehen waren, bemühte er sich, unberührt zu bleiben, als handelte es sich um irgendein Tischtennisturnier. Seine Mutter hatte doch Recht gehabt: Es war ein Spiel, ein Freizeitspaß. Stella teilte diese Meinung, sie wäre nie auf die Idee gekommen, sich »vor die Glotze zu hocken« und zweiundzwanzig Männern zuzuschauen, die mit vollem Ernst hinter einem Ball herrannten. Man sollte sich eher um die Probleme dieser Welt kümmern, meinte sie. Der Glaube, die Amerikaner würden es schon richten, stelle sich doch zunehmend als Irrtum heraus, die seien längst selbst zu einem Problem geworden. Das sah er genauso. Er war enttäuscht. Wem konnte man vertrauen, wenn auf die Amerikaner kein Verlass war?

Die Kontakte aus seiner Fußballzeit hielten noch eine Weile. Max hatte sich allerdings seit der Zeit nach dem Unfall nicht

mehr gemeldet. Auf einer Anti-Imperialismus-Demo in West-
berlin, bei der er mit Stella und einer Handvoll Freunden
mitmachte, traf Harri ihn zufällig wieder. Schon als der Bus
losfuhr, war er irrsinnig gespannt. Das erste Mal in Westber-
lin! Wo die Zweiteilung der Welt kulminierte. Er schauderte
bei dem Gedanken, vor der Mauer zu stehen und von einer
Aussichtsplattform über den Todesstreifen hinüber in das andere Deutschland zu schauen. Zugleich war er neugierig auf
die Kreuzberger Szene. Während der Busfahrt diskutierte man
über den Vietnamkrieg, über das bürgerliche Elternhaus und
die Macht des Kapitals. Der ganze Bus war voller Linksaktivis-
ten, und es herrschte eine »tolle linke Stimmung«, wie Sabine
sich ausdrückte, Stellas Busenfreundin aus der Schulzeit.

Harri war auch irgendwie links. Für ihn waren die Linken für
Gerechtigkeit und die Rechten für die Aufrechterhaltung der
Ungerechtigkeit. Sabine schimpfte gegen unmündige Frauen,
die sich als Gebärmaschinen und billige Haushaltskräfte miss-
brauchen ließen, anstatt selbstbestimmt und gleichberechtigt
ihr eigenes Leben zu gestalten. Harri hatte einen schweren
Stand, weil er Betriebswirtschaft studierte.

»Willst mal später viel Geld verdienen«, hänselten sie ihn.

Aber er ließ sich nicht provozieren. Die Welt braucht Be-
triebswirte genauso wie Sozialpädagogen, dachte er, und da
er die Sache angefangen hatte, würde er sie auch beenden.
Warum er diese Berufswahl getroffen hatte, wusste er selbst
nicht mehr, es war eben Schicksal oder Zufall, man kann nicht
alles begründen.

An der Mauer hatten sie nur zwanzig Minuten. Obwohl er
sie schon auf Bildern gesehen hatte, erschrak er. Das sah alles
sehr solide aus, für die Ewigkeit. Diesseits schien sich niemand
wirklich zu stören. Man hätte Empörung erwarten können,
Hungerstreikende, Dauerwachen. Stattdessen lag hinter ihnen die geschäftsmäßig brodelnde Stadt, vor ihnen der breite

Streifen, menschenleer und totenstill, und dahinter wiederum Stadt, vielleicht nicht brodelnd, aber doch voller Leben. Für ihn war der real existierende Sozialismus nie eine Alternative gewesen. So wenig man die Leistung von Marx und seinen Mitdenkern leugnen konnte, so wenig konnte man die Augen davor verschließen, dass die Umsetzung der Idee nicht funktionierte. Es erschien zynisch, dass unter der Fahne der Gerechtigkeit die gröbsten Ungerechtigkeiten verbrochen wurden, dass die Verheißung der kollektiven Freiheit zur Unfreiheit des Einzelnen führte. Und zu dem Todesstreifen, dessen sorgfältig geharkte Erde heimtückisch die Tretminen verbarg. Diese Zerschneidung der Existenz war nicht hinnehmbar, und es musste auch *dagegen* demonstriert werden. Unter allen derzeit lebenden Menschen war Leonid Breschnew der bornierteste.

Der Zug marschierte in Kreuzberg los. Eine schrille Stimme aus dem Lautsprecherwagen forderte das Recht des vietnamesischen Volkes auf Selbstbestimmung. Harri aß eine heiße Bulette im Brötchen, bei der Majoran und Senf perfekt aufeinander abgestimmt waren. Man skandierte »Gegen die rassistische Unterdrückung« und »Kein Frieden mit Staat und Kapital«. Sie gingen hinter einer über die ganze Straßenbreite reichenden Stoffbahn mit der Parole »Die Probleme der Welt lassen sich nicht mit Gewalt lösen«. Das gefiel Harri. Es enttäuschte ihn aber, dass sich die Polizisten und Passanten, die in Grüppchen am Straßenrand standen, dem Zug nicht anschlossen und zu allem Überfluss von den Demonstranten zu Gegnern auserkoren wurden.

Inmitten des Geschreis, der Trommelschläge und der Parolen entdeckte er plötzlich zwanzig Reihen schräg vor sich Max. Aus der Ferne sah es aus, als ob er einen Sonntagsspaziergang machte und dabei die Axiome der technischen Mechanik repetierte. Harri kämpfte sich durch die Reihen zu ihm durch. Im Gedränge erfuhr er, dass Max im außerparlamentarischen

»Komitee eine Welt« die Aktionsgruppe »Gerechtigkeit« leitete. Die Frage, ob er noch beim Fußball sei, verneinte Max.

»Meniskusabsplitterung«, erklärte er. »Das Knie war nicht mehr so belastbar wie früher. Ich wäre nur noch zweitklassig gewesen. Du verstehst.«

Harri verstand. Max hielt ein Buch in der Hand. Irgendetwas von Sigmund Freud.

»Was machst du denn mit dem Buch?«

»Meine neue Entdeckung«, sagte Max. »Der Mann hat begriffen. Die menschliche Psyche ist kein schwabbeliges, amorphes Etwas. Sie ist ein Apparat, der aus mehreren ineinandergreifenden Teilen besteht. Sie alle müssen gut geölt und gewartet werden. Die Leistungsfähigkeit hängt vom Funktionieren aller Teile ab.«

Harri war überrascht.

»Seit wann interessierst du dich für Psychologie?«

»Ich habe entdeckt, dass Emotionen unsere Existenz genauso bestimmen wie Rationalität.«

Welch irre Entdeckung, dachte Harri, bevor in diesem Moment eine Bewegung entstand, in die Menschenmenge hineinfuhr und sie erfasste wie eine Welle. Von allen Seiten Geschrei, plötzlich standen sie mitten in einem Tumult, der von einem Haufen vermummter, schwarz gekleideter Genossen mit Stangen in alle Richtungen schwappte, und bevor man verstand, was los war, prügelten sie sich mit Polizisten. Die Straße versank im Getümmel, Körper lagen am Boden, Steine flogen. Einer, der aussah wie Che Guevara, schlug von hinten einem Polizisten eine Stange auf den Kopf, dass der ins Wanken geriet. Sein Helm rettete ihm das Leben. Er drehte sich nun seinerseits verblüffend schnell um und wuchtete seinen Schlagstock an Che Guevaras Stirn, aus der sofort Blut spritzte und mit dem Helden zu Boden fiel. Sabine und Stella schrien, man solle aufhören, aber kein Mensch hörte auf sie. Harri zerrte die beiden auf die Seite, sie flüchteten zwei Straßen weiter in ein Café, wo nach und nach andere eintrafen, viele mit blutenden Wunden im Gesicht.

Harri begriff plötzlich, dass Demos wie diese niemals etwas an den Verhältnissen ändern würden, gegen die man antrat. Wer konnte ernsthaft erwarten, die Amerikaner würden überhaupt zur Kenntnis nehmen, dass es Zeitgenossen gab, die mit ihrer Politik nicht einverstanden waren? Die Mächtigen dieser Welt kann man nicht mit dem Geschrei einiger Idealisten beeindrucken, die nicht einmal das Geld hatten, sich ein großes englisches Frühstück zu leisten. Und darauf hatte Harri gerade jetzt ziemlich Lust. Immer wieder fiel sein Blick auf eine schwarze Tafel an der Wand, wo mit weißer Kreide behauptet wurde, man serviere jedes Frühstück bis siebzehn Uhr; ein Witz, der seine Laune ein wenig hob. Während Stella und Sabine noch immer aufgeregt den Gewaltausbruch diskutierten, schlürfte er an seinem Milchkaffee. Ihm war nun sonnenklar, dass man die gesellschaftlichen Verhältnisse nur von innen heraus ändern kann. Gerechtigkeit ist nur zu erreichen, wenn man zu denen gehört, die etwas zu sagen haben. Er fühlte sich auf einmal alt und beschloss, nie wieder bei einer Demo mitzumarschieren.

Auch Stella war geschockt. Sie begleitete manchmal noch Sabine, doch das geschah immer seltener. Immer öfter zweifelte sie dagegen, ob man sich um alle weltpolitischen Probleme kümmern müsse. Harri teilte ihre Zweifel. Man hatte schließlich eigene Angelegenheiten, die immer auch einem Hindernislauf glichen; da waren genügend Hürden zu überspringen und Wassergräben zu durchschwimmen.

Stella schloss endlich ihre Ausbildung als Innenarchitektin ab und fand einen Arbeitsplatz in einer schönen hessischen Stadt, wo sie Großraumbüros, Kantinen und Empfangshallen einrichtete. Kurz darauf machte auch Harri sein Diplom, suchte in der Nähe eine Stelle und wurde bei der Firma Herz fündig, die sich mit der Konstruktion und Fertigung von Elektropumpen befasste. Sie bezogen in der Nähe eine Wohnung.

Harri ging fröhlich jeden Tag ins Büro. Er hatte Geschick mit den Menschen und verstand es, in dem Bereich, den er bald leitete, die Vorgaben des Chefs zu übertreffen. Wie einem Glückspilz gelang ihm, was er anfasste. Seine Lebensfreude übertrug sich auf die Kollegen. Mit dem Chef, Theodor Herz, einem Patriarchen der alten Schule, verstand er sich gut. Der hatte die Firma vor dem Krieg von seinem Vater übernommen und war es gewohnt, alles selbst zu entscheiden, wobei er sich an Bewährtem und Bekanntem orientierte. Nur mühsam konnte Harri ihn immer wieder von notwendigen Neuerungen überzeugen.

»Das haben Sie ja mal wieder sehr schön hinbekommen, Korn«, pflegte sich der Chef dann im Nachhinein auf seine Art zu bedanken.

Dabei war es Harri nicht genug, zu arbeiten, Geld auf sein Konto überwiesen zu bekommen und dieses Geld anschließend auszugeben. In allem, was er in seinem Leben tat, suchte er einen tieferen Sinn, eine Mission. Wenngleich der Sinn des Ganzen undurchschaubar und unbegreiflich blieb, so akzeptierte er doch nicht, dass alles nur darin bestehen sollte, zu schlafen, aufzustehen, irgendwie den Tag zu verbringen und wieder zu schlafen. Irgendeine Aufgabe musste sein. Er wollte sich nützlich machen, seine Kraft und seine Fähigkeiten dafür einsetzen, dass sich bis zum Abend alles zum Guten wendete. Es gab immer irgendetwas zu verbessern, und sei es, dass er üben musste, Stellas Erzählungen zu folgen, denn sie konnte schneller sprechen als er denken, so dass er oft nur dem sich über ihn ergießenden Wortschwall lauschte, ihre Lippen, Zähne und Augen ansah und nichts verstand. Wenn er sie dann bat, das zu wiederholen, was sie gerade gesagt hatte, kassierte er manchmal eine Ohrfeige.

Im Jahr darauf gab es eine Hochzeit. Die Einladung an Max blieb unbeantwortet. Harri hatte auch keine Ahnung, ob er sich tatsächlich dort aufhielt, wohin er die Karte geschickt hatte. In dem weißen Kleid war Stella eine engelhafte Erscheinung. Es hätte nicht viel gefehlt, und die Leute aus ihrem Heimatdorf hätten sich ihnen vor die Füße geworfen, als sie aus der Kirche kamen. Sabine, ihre Trauzeugin, brach vor Rührung in Tränen aus. An diesem Tag verschwand das anfängliche Misstrauen ihrer Eltern Harri gegenüber, Gudrun und Joachim hießen sie nun für ihn, während Stella eigenartigerweise zu »Mama« und »Papa« zurückkehrte.

In der Nacht lag er erschöpft neben seiner Braut. Er war glücklich. Alles richtig gemacht, dachte er. Alles richtig gemacht! Mit diesem Mantra schlief er ein.

*

Einverstanden, lassen wir es für heute gut sein!

Bleiben Sie hier an der Hausecke und behalten Sie die Gesichter der von mir Beschenkten im Auge. Sie werden staunen, denn es ist merkwürdig: Die Menschen wollen eine Begründung dafür, warum man sie um Geld anbettelt – und ebenso wollen sie eine Begründung dafür, wenn man ihnen Geld schenkt. Sie sind argwöhnisch. Sie glauben, meine Gabe sei an Bedingungen geknüpft, an eine Gegenleistung; sie fürchten, die Annahme des Geldes könnte sie in jahrelange Verpflichtungen stürzen. Viele lehnen kategorisch ab.

»Nein, vielen Dank«, sagen sie. »Bitte behalten Sie Ihr Geld.«

Als ob es mein Geld wäre! Als ob ich es mehr verdient hätte als irgendein anderer. Der Investmentbanker, der auf sein Fixgehalt von zweihunderttausend am Jahresende einen Bonus von einer halben Million bekommt, der hat es verdient. Die Altenpflegerin hat die fünfzehnhundert im Monat auch verdient. Nicht weniger, vor allem aber: nicht mehr. Dafür, dass sie tagaus, tagein hart arbeitet, kommt sie als Alleinerziehende in dieser Stadt kaum über die Runden. Doch geschenktes Geld, ohne eigenen Einsatz – das steht einem nicht zu. Also entrüsten sie sich, halten mein Angebot für unehrlich und tun das, was sie den ganzen Tag tun: Sie suchen ihr Heil in der Flucht. Manchmal nehme ich einen Fünfeuroschein und halte ihn im Vorübergehen einem alten Mütterchen hin.

»Greifen Sie zu«, sage ich auf ihren fragenden Blick hin, »Geld stinkt nicht.« Im Weitergehen beobachte ich im Augenwinkel, wie die Menschen mir nachschauen, den Kopf schüttelnd über diesen Verrückten mit dem freundlichen Gesicht. Wo ist die versteckte Kamera? Der Mann sieht nicht unsympathisch aus. Und kommt mir bekannt vor. Wo habe ich ihn schon gesehen? Würde er mir auch einen Fünfziger geben? Macht er sich lustig über mich?

Ich wünsche Ihnen einen angenehmen Heimweg. Und sehen Sie sich vor, gehen Sie niemandem auf den Leim. Es sind doch erstaunlich viele Zeitgenossen unterwegs, die den Schein pflegen – ja, ich verstehe. Bis morgen also!

Mittwoch. Viktualienmarkt.

Es tut mir leid, so ein verregneter Tag ist nach allgemeiner Meinung wohl nicht das Schönste. Ich sitze schon mal von morgens bis abends im Nieselregen, mit ordentlichem Filzhut und Regenjacke, die feuchte, frische Luft in meine Lungen ziehend, und während mein Blick in den kleinen Pfützen auf dem Trottoir schwimmt, die von den Schuhsohlen der Passanten zerteilt werden, beuge ich mich noch mehr vornüber, damit sich alle Poren meiner Haut mit Demut vollsaugen. Erschreckt fahre ich dann hoch, wenn eine Münze in den Blechnapf klimpert.

Was sind solche Unbequemlichkeiten angesichts unseres Luxuslebens? Wir sind frei. Niemand hat uns in eine Neunzig-Quadratmeter-Wohnung gepfercht, wo wir nervös-entspannt zwischen Wohn- und Schlafzimmer pendeln auf der Suche nach dem ultimativen Kick, oder wenn man wenigstens das nächste Urlaubsziel schon wüsste, oder zumindest die Lesebrille, die man gerade eben noch in der Hand hielt, wiederfände. Wir müssen keinem Auftraggeber nach dem Mund reden. Wir brauchen nicht den tollen Hecht geben. Vor einem Absturz brauchen wir uns schon gar nicht zu fürchten. Was scheren uns allgemeine Geschäftsbedingungen! Sollen doch die Benzinpreise explodieren! Die Fluglotsen streiken? Na und? Längst habe ich meine Steuernummer vergessen. Ich brauche keine Identifikationsnummer für die Bankkarte, keine Personalnummer, keine Versicherungsnummer, keine Kundennummer. Ich bereite mich nicht auf eine Casting-Show vor; meine Achtung vor mir selbst leidet nicht, wenn ich ein geflicktes Hemd trage. Auf der untersten Sprosse der gesellschaftlichen Leiter ist man nicht mehr korrumpierbar.

Nur vom Wahn der Selbstverwirklichung habe ich mich noch nicht ganz heilen können.

Sehen Sie die Dame im Trachtenkostüm? Wie sie zu uns herüberschaut, in ihren Augen der Vorwurf, wir hätten eben beizeiten für das Alter vorsorgen müssen. Sie ist sich gewiss, dass uns die eigene Dummheit zum Dasitzen zwinge, dass wir im Nichtstun gefangen, zum Schmarotzen verurteilt seien, während sie selbst die Freiheit genießt, hierhin oder dorthin zu gehen, an dieser Auslage stehen zu bleiben, im nächsten Geschäft einen eleganten Bolero zu kaufen, sich dann ein Taxi zu rufen und kurzentschlossen für den Rest des Tages nach Salzburg zu fahren, denn Nockerl hat man ja schon seit längerem nicht mehr gegessen.

Die Leute denken, wir würden von der Welt nichts mitbekommen, weil wir immer nur am Straßenrand auf dem Boden sitzen. In Wahrheit sind *wir* es, denen die alltäglichen kleinen Veränderungen nicht entgehen; die beobachten, wie die vorüberdefilierenden Hunde ausnahmslos den zerfurchten Stamm der Robinie ansteuern und instinktiv in der Entfernung von zwanzig Zentimetern ein Bein heben, was in einer belebten Straße mit regem Hundeverkehr zu einer stetigen, aber einseitigen Mineralien- und Säuregabe führt und mit den Jahren die Blätter erst gelb färbt, bis schließlich der Baum seinen Standort aufgibt, was einen Passanten zu der Bemerkung veranlasst, die Stadtgärtner seien faule Hunde, hätten den Baum einfach vertrocknen lassen, und ein botanisch Kundiger findet sogar seine Abneigung gegen Fremdländisches bestätigt.

»Amerikanisches Zeugl«, schimpft er. »Hätten's halt gleich einen bayerischen Baum gepflanzt« – was insgesamt betrachtet zumindest beweist, dass auch Botaniker gegen Blödsinn nicht immun sind.

Wer äußerlich in Ruhe verharrt, kann innerlich umso mehr Bewegung entwickeln. Ich kann mich, während ich hier sitze, in Sekundenbruchteilen in die Südsee versetzen oder nach Nairobi. Im jugendlichen Vorwärtsdrang treiben meine Gedanken vom wolkenlosen Himmel Nevadas zum unvergesslichen Geschmack der Butterbreze, die der Bäcker dort drüben anbietet, und von dort geht es zurück zu jenem Abend, an dem Harri nach dem Bürotag in seine Wohnung kam.

Stella war schon da. Zwischen Flur und Küche warf sie ihre Arme um seinen Hals.

»Rate mal, was heute passiert ist«, sagte er und fuhr ohne eine Antwort abzuwarten fort: »Der Chef will mich zum Geschäftsführer machen!«

»Harri!« Sie hängte sich begeistert an ihn, umschlang ihn mit den Beinen; sie liebte es, wenn er sie beide im Kreis drehte und dabei »Huii!« rief, genoss es, Kind sein zu dürfen, und ihm bereitete das keine Mühe, sondern Spaß, wenngleich er nicht Kind sein konnte, aber sportlich trainiert war er immer noch und kräftig, Stella leicht wie eine Gazelle, und während sie sich drehten, lachend vor Freude darüber, dass Harri jetzt doppelt so viel verdienen würde wie bisher, konnten sie kaum fassen, wie leicht und schön das Leben sein kann, und in diesem Glück taumelten sie wie ein ungesteuerter Kreisel über das Parkett. Er war sich nicht sicher, ob er alles in der Hand hatte, vielleicht wollte er das gar nicht, sondern suchte den Rausch, also kreiselten die beiden, wie schon öfter, zufällig durch die offene Schlafzimmertür und landeten zufällig im Bett.

In den ausschwingenden Drehschwindel hinein versuchte Harri, ein ernstes Gesicht zu machen, und erklärte, er werde wahrscheinlich in Zukunft mehr arbeiten müssen.

»Ach du, du willst mir nur drohen.« Sie lachte und strich ihm dabei über den Hinterkopf.

»Hör mal«, sagte Harri, »du müsstest nicht unbedingt arbeiten, ich verdiene jetzt genug für uns beide.«

»Ich will aber! Meinst du, ich möchte von dir abhängig sein?« Sie löste ihre Hände von seinem Hals und ließ sie auf das Bett fallen. »Aber«, fuhr sie fort, »jetzt, da du das Thema ansprichst:

Ich habe keine Lust mehr, für andere zu arbeiten. Ich mache mich selbstständig.«

»Wow«, sagte er. Dann: »Willst du keine Familie gründen?«

»Ich?« Sie tat gerade so, als ob das ein abwegiger Einfall sei. »Willst *du* denn eine Familie gründen?«

Er spürte sich zögern.

»Ich weiß nicht, ob ich die Verantwortung für einen anderen Menschen übernehmen will. Bin ich dem überhaupt gewachsen? Habe ich nicht genug mit mir selbst zu tun – und mit dir? Aber wenn du es willst, dann vertraue ich auf deine Entscheidung.«

»Ich kann mir nichts Schöneres vorstellen, als aus uns beiden einen Menschen entstehen zu lassen. Es muss ja nicht gleich sein«, fügte sie schelmisch hinzu. »Was hältst du davon, wenn wir es einfach darauf ankommen lassen? Das Schicksal hat uns zusammengeführt – soll es doch auch darüber entscheiden, wann wir uns um Babywindeln und Schnuller kümmern müssen.«

Das fand Harri eine gute Idee. Sie ließen es gleich darauf ankommen.

Gestärkt von solchen Rundtänzchen gingen beide an die tägliche Arbeit. Stella mietete ein Büro an und stürzte sich voller Elan in die Selbstständigkeit. Raumplanung. Einrichtung. Design. Sie war kreativ, sie war zuverlässig, und sie konnte mit den Kunden und deren Wünschen umgehen.

Manchmal, wenn Harri morgens in die Firma fuhr, fragte er sich, ob er am Abend davor ein Kind gezeugt hatte. Ein Vater will, dass sein Kind glücklich wird. Der Gedanke schreckte ihn ab. Man hat doch genug damit zu tun, für das eigene Überleben und das eigene Glück zu sorgen.

Viel Zeit zum Grübeln war nicht. Als Geschäftsführer arbeitete er sechzig Stunden in der Woche. In der Firma fühlte er sich wohl. Die Kollegen waren ihm zugetan, man akzeptierte ihn als rechte Hand des Chefs. Wenn er des Morgens in sein Vorzimmer kam, erwartete ihn schon Dorothea, die energisch die Macht auf der Etage verteidigte, ein junges Energiebündel, immer zu Späßen aufgelegt und dabei mit einer Selbstverständlichkeit tipptopp gekleidet, als ob sie als Chefsekretärin zur Welt gekommen wäre. Auf seinem Schreibtisch lag der Tagesplan mit allen Terminen, und er machte sich frisch an die Arbeit. Zwischendurch genoss er den Blick aus dem Fenster im fünften Stock über das Betriebsgelände, den großen Parkplatz, dahinter lag die Bundesstraße und auf der anderen Seite ein Werk, in dem Türdrücker, Beschläge und Fensterverriegelungen hergestellt wurden. Man hörte die Geräusche aus den Werkhallen, an- und abfahrende LKWs, den Gabelstaplerfahrer; Material wurde gebracht, fertige Ware abgeholt, man telefonierte, vereinbarte im Dunst des starken Brühkaffees Termine, es wurde gerechnet und verhandelt. Der Beitrag eines jeden war notwendig, und jeder fühlte sich zwar nicht unentbehrlich, aber ausreichend wichtig, um am Ende des Monats guten Gewissens seinen Lohn in Empfang zu nehmen, mit dem man eine neue Schrankwand für das Wohnzimmer kaufen und im Sommer zwei Wochen nach Bibione fahren konnte.

Theodor Herz erkannte Harald Korns Talent und seinen guten Willen und ließ ihn gewähren. Harri entwarf neue Organisationspläne, führte Betriebsausflüge ein und wöchentliche Abteilungstreffen, und das Führungspersonal wurde in Seminare geschickt, in denen es kommunikativen Führungsstil lernte.

»Übernehmen wir uns da nicht?«, gab der Chef manchmal zu bedenken.

Harri beruhigte ihn. Es komme nicht nur auf Ingenieurskunst und saubere handwerkliche Fertigung an. Ein freundliches Betriebsklima verbessere die Leistung der Mitarbeiter. Der Wohlfühlfaktor verhalte sich direkt proportional zum

Betriebsgewinn. Auch könne man auf den Märkten nur mit einem Marketingkonzept bestehen. Zum ersten Mal in der Firmengeschichte vergab man einen Auftrag an eine Werbeagentur, die Umfragen zur Firmenmarke durchführte. Harri überredete den Chef, die Dienste einer Unternehmensberatung in Anspruch zu nehmen. Der Erfolg ließ nicht lange auf sich warten, was auch Heinz Kippeck zu verdanken war, dem Ansprechpartner bei der Unternehmensberatung. Er hatte eine besondere Art, die Dinge unkompliziert, aber nicht naiv zu sehen, und Harri genoss die Besprechungen mit ihm. Seine rheinländische Gelassenheit ließ die größten Probleme der Welt zu nebensächlichen Gesprächsepisoden werden. Ein nicht mehr ganz junger, dafür umso gewichtigerer Mann – in jeder Hinsicht, noch Stunden später wurde man durch den Zigarillogeruch an seine Anwesenheit erinnert. Das Einzige, was Harri an ihm nicht leiden konnte, weil es ihn an die Schulzeit erinnerte und seinen Vorstellungen von militärischem Umgang entsprach, war die Angewohnheit, den Anderen mit dem nackten Nachnamen anzusprechen. Weil es Harri unhöflich und kleinlich schien, die übliche Anrede einzufordern, beschloss er, zum Du überzugehen, sobald sich eine günstige Gelegenheit ergeben würde, auch wenn Heinz Kippeck fünfzehn Jahre älter war als er.

Sachkundig beraten von dem dicken Rheinländer entwickelte Harri eine Expansionsstrategie, wonach langfristig Tochterfirmen im Ausland gegründet werden sollten. Der Chef hatte wieder einmal Bedenken.

»Ist das nicht zu viel für uns?«

Als Harri bei der Firma angefangen hatte, hatte diese zweihundert Mitarbeiter gehabt, vier Jahre später waren es knapp tausend.

Man baute medizinische Pumpen, Pumpen für Cappuccino-Automaten, Tauchpumpen, Teichschlammsauger, und natürlich baute man auch Pumpen für Waschmaschinen. Harri ließ ein Firmenlogo entwerfen, ein stilisiertes Herz. Das Motto lautete: »Pumpen für die Welt«.

Die Zeiten hatten sich geändert. Harri verdiente viel mehr, als er je zu träumen gewagt hatte, aus dem Doppelten wurde das Zehnfache. Für die obersten Führungskräfte führte er eine Erfolgsbeteiligung ein, von der er sich natürlich nicht ausnehmen konnte.

»Geht das gut?« Der Chef hatte Zweifel, aber es gefiel auch ihm, dass Harri nun mit einem Mercedes vorfuhr, der mehr gekostet hatte, als die meisten in einem Jahr verdienen konnten; es wäre ja auch geradezu geschäftsschädigend, würde der Manager einer soliden Firma mit einem klapprigen Tuk Tuk herumeiern.

Ein wenig außerhalb, nicht weit von der Firma, ließen Stella und Harri eine Villa bauen; einen strahlend weißen, schnörkellosen Bau auf einer kleinen Anhöhe, im Erdgeschoss viel Glas. Wenn man die großen Schiebetüren aufzog, verschwamm die Grenze zwischen drinnen und draußen, so dass Harri immer wieder die atemberaubende Wirkung der offenen, von Sonnenlicht durchfluteten großzügigen Räume genoss. Stella war in ihrem Element. Sie suchte die Marmorböden für das Erdgeschoss aus, die Holzböden für den ersten Stock, sie gab Einbauschränke in Auftrag und bestellte Vorhänge und Lampen. Als die ersten Möbel aufgestellt waren, kam Harris Mutter zu Besuch. Sprachlos stand die kleine Frau in der hundert Quadratmeter großen Wohnhalle. Man sah ihr an, wie sie überlegte, wofür man das alles brauchte – sieben Zimmer, eine Doppelgarage und einen Wellnessbereich – und warum das weiße Ledersofa aus Italien nicht an der Wand stand, sondern so, dass man außen herumgehen konnte. Was für eine Platzverschwendung! In sein Mitleid mischte sich der angeborene Drang, sich zu rechtfertigen. Das sei Stellas Lieblingsdesignerdiwan. Etwas

Besseres fiel ihm nicht ein. Die Mutter beschränkte sich darauf, an eine alte Meinungsverschiedenheit anzuknüpfen.

»Mit Fußball wärst du nie so weit gekommen, Harald!«

»Ja, Mama«, sagte Harri. »Du hast Recht.« Er hatte sich diese Antwort angewöhnt, sie war universell einsetzbar und beendete jedes Thema.

Als alles eingerichtet war, schmiegte sich Stella an ihren Ehemann, strich ihm über den Hinterkopf und lachte aufgekratzt.

»So, das Nest ist gerichtet, jetzt könnten die Kinder kommen!«

»Ja«, sagte der, küsste sie und begann ihre Bluse aufzuknöpfen. Seit über zehn Jahren waren sie ein Paar, und er genoss den neuen Schwung, den diese Fortpflanzungsgeschichte in ihr Leben brachte. Sie nahmen keine Rücksicht darauf, ob der Zeitpunkt günstig war oder nicht, um ein Kind zu zeugen. Harri, der keine Zeit für Kinder hatte, wie er fand, jetzt weniger als je zuvor, war gerne bereit, seinen unverzichtbaren Beitrag zu leisten. Stella zuliebe.

Auf der kurzen Fahrt jeden Morgen zum Büro blieb seiner Seele kaum Zeit, sich von Stellas liebenden Augen, ihrem halb geöffneten Mund, ihren nackten Hüften und dem Duft ihrer Haut zu entfernen. Spätestens wenn er die Cheflimousine auf dem reservierten Parkplatz abstellte, war er aber in einer anderen Welt angekommen: Nachhaltigkeit! Zukunftstechnologie! Verantwortung! Im Vorzimmer begrüßte ihn Dorothea, überschwänglich, manchmal mit zu lauter Stimme. Er kämpfte sich an ihren Worten vorbei und durch ihre Parfümschwaden hindurch in sein Büro, wohin sie ihm folgte, eifrig den Tagesplan und die Neuigkeiten in fünfundvierzig Sekunden rapportierend, schwallartig, als habe sich etwas aufgestaut. Wahrscheinlich hatte man über Nacht ihren roten Lippenstiftmund mit Klebeband zugeklebt.

Nachmittags und abends hatte er immer mehr öffentliche

Termine. So wie er früher ohne nachzudenken steile Pässe in offene Räume hatte spielen können, so konnte er nun druckreife Werbesprüche bei jeder Gelegenheit, in jedes Mikrofon und in jede Fernsehkamera sprechen.

Anfang August 1986 lud Theodor Herz zur Feier seines fünfundsiebzigsten Geburtstags in seine Villa. Es war ein warmer Tag, und als Harri schwitzend aus dem Wagen stieg, ärgerte er sich über die Wahl seines Jacketts. Da er und Stella zu den ersten Gästen gehörten, kamen sie in den Genuss, von der Hausherrin durch das Erdgeschoss des gediegenen Anwesens aus der Gründerzeit geführt zu werden. Von der ummauerten Terrasse, die in einem weiten Oval dem Haus vorgesetzt war, konnte man die weitläufigen Anbauten erahnen, vor allem aber öffnete sich ein prächtiger Blick auf das Flusstal. Mit Champagnergläsern in der Hand spazierten sie durch den Park, der Arbeit für mehr als einen Gärtner garantierte. Die beiden Frauen vertieften sich in Details der Pflege von Rosen, Dahlien und Rhododendren und setzten ihr Gespräch auch nach der Ankunft und Begrüßung neuer Gäste fort. Harri, der nur wenige Anwesende kannte, gesellte sich zu Bielinger und Devermann, der eine Leiter der Buchhaltung, der andere Chefingenieur, die gerade angekommen waren. Man unterhielt sich möglichst dezent – was durch die Vielzahl der sich begrüßenden und miteinander sprechenden Stimmen erleichtert wurde – über den Luxus und seine Nähe zur Dekadenz, und Harri stellte mit Unbehagen fest, dass er nicht sicher war, ob er sich nicht auf dem besten Weg zu Letzterer befand. Als kurz darauf Heinz Kippeck eintraf, verlor das Gespräch seine Schwere, vielleicht auch, weil man sich an eines der runden Tischchen an der Brüstung setzte.

Stella wich nicht von der Seite der Hausherrin, die gerade gestenreich irgendetwas erklärte, was Stella zum Lachen brachte. Man hätte meinen können, die Hausherrin sehne sich nach einer Adoptivtochter. Der »Alte«, wie Theodor Herz inzwischen genannt wurde, hatte keine Kinder, und nicht zum ersten Mal fragte sich Harri, was mit der Firma nach seinem Tod geschehen würde. Er selbst konnte sich vorstellen, die Firma nicht nur zu führen, sondern sie auch zu besitzen, stellte aber auch zufrieden fest, dass es ihm nicht darauf ankam. Ihm war es genug, das Ganze nach seinen Vorstellungen zu gestalten und voranzubringen. Längst hatte er der Firma ein Leitbild gegeben, das seinen Anforderungen entsprach. Die Firma verpflichtete sich, nur umweltfreundliche Produkte herzustellen, die für eine militärische Verwendung nicht geeignet waren. Die Mitarbeiter waren am Gewinn beteiligt. Es gab weitgehende Mitbestimmung. Man bildete viele Lehrlinge aus, die man nach der Lehre übernahm. Die Sanitärräume waren über das gesetzliche Mindestmaß hinaus rollstuhlgerecht ausgebaut. Es gab Betriebskindergärten. Und Gleichstellungsbeauftragte, auch dort, wo sie nicht Pflicht waren. Schon früh hatte Harri Richtlinien gegen Bestechung installiert. Der Fuhrpark achtete auf den CO_2-Ausstoß. Trotz aller bürokratischen Hürden für eine mittelständische Firma hatte man sogar die Kraft – was nichts anderes hieß, als dass man Geld dafür ausgab –, die Lieferanten zu kontrollieren. Die Firma bezog ihre Bleche aus Hütten, in denen für die Arbeiter höchste Sicherheitsstandards galten. Das Holz für die Büromöbel war heimischen Ursprungs. In der Kantine gab es viele Zutaten aus biologischer Landwirtschaft.

Champagner wurde nachgeschenkt. Harri beneidete Heinz Kippeck, der skrupellos seinen krawatten- und fliegenfreien Hals zur Schau stellte. Man plauderte über das Lebenswerk des Gastgebers. Wie man nur auf die Idee kommen könne, Pumpen zu bauen, meinte Heinz Kippeck. Bielinger, schon seit dreißig Jahren bei der Firma, wusste zu berichten, dass der Alte zuerst Feinmechanik gelernt und dann ein Ingenieurstudium daraufgesetzt habe. Der habe sich schon als Jugendlicher mit Pumpen beschäftigt, das sei eine fixe Idee von ihm, wahrscheinlich habe er von seinem Vater ein Pumpengen geerbt. Großartig, sagte Harri, er sei voller Respekt, wenn einer eine gute Idee habe und die dann durchziehe. Unerwartet widersprach Heinz Kippeck. Ihm sei das eher suspekt, Menschen mit fixen Ideen würden sich häufig verrennen, ihm sei es lieber, einer passe seine Ideen der Situation an. Da auch Devermann und Bielinger nicht verstanden, was er damit meinte, nannte Kippeck Beispiele. Der junge Mann, in eine Frau verliebt, die seine Gefühle nicht erwidert, unternimmt alles, um ihr Herz zu gewinnen. Denn mit ihr möchte er sein Leben verbringen. Nur mit ihr. Er stellt ihr nach, wartet vor ihrer Haustür, folgt ihr in eine andere Stadt, lässt sich von polizeilichen Maßnahmen nicht abschrecken, geht sogar für ein paar Monate ins Gefängnis, und als er schließlich nach vielen Jahren erkennt, dass alle seine Bemühungen vergeblich waren, legt er seine kräftigen Hände um ihren zarten Alabasterhals und drückt so lange zu, bis ihr Blick endgültig erkaltet ist. Anschließend setzt er die geladene Pistole an seine Schläfe und schießt sich eine Kugel ins Hirn. Das sei doch etwas ganz anderes, meinten die Anderen. Heinz Kippeck schob die Geschichte von dem alternden Kommissar nach, der sein gesamtes Berufsleben darauf verwendet, die krummen Machenschaften eines Schulfreundes aufzudecken und den Mann hinter Gitter zu bringen, und der, da er die begangenen Verbrechen nicht nachweisen kann, ihm ein von ihm selbst inszeniertes Verbrechen unterschiebt. Oder der junge Mann, der beschließt, mindestens Minister zu werden, deshalb unter Hintanstellung mancher Bedenken in die Partei eintritt, die seine geplante Laufbahn am besten fördert, dann jedoch – obgleich brillanter Redner – nie über den Kreisvorsitz hinauskommt, weil er eine krumme Nase hat und die

Leute ihre Politiker auch nach der Nase wählen, sich deshalb einer Nasenoperation unterzieht und daraufhin prompt ins Parlament gewählt wird.

Das seien alles absurde Beispiele, fanden die anderen, bevor Devermann und Bielinger auf der anderen Seite der Terrasse einen gemeinsamen Bekannten entdeckten, einen »Angelfreund«, wie Heinz Kippeck etwas ominös formulierte, aufstanden, sich entschuldigten und zwischen den anderen Gästen verschwanden.

»Diese Zweckpessimisten!«, lästerte Heinz Kippeck.

»Zweckpessimisten?«

»Sie rechnen mit dem Schlimmsten, damit sie sich in jedem Fall über das, was geschieht, freuen können. – Und Ihnen, mein lieber Korn, wie geht es?«

»Sehr gut«, sagte Harri gewohnheitsmäßig. Da er jetzt endlich den Mut aufbrachte, die Jacke auszuziehen und über die Lehne des Nachbarstuhls zu hängen, war das sogar die volle Wahrheit. Er betrachtete es als Ehrensache, seinen Idealen treu zu bleiben. Er hatte die Kraft und die Fähigkeiten, sich um das große Ganze zu kümmern. Welch ein Luxus! Und welch eine Aufgabe! Es gibt keine wertvollere. Und es gab Fortschritte. Eine demokratische Gesellschaft, soziale Marktwirtschaft – immer mehr Menschen profitierten vom allgemeinen Aufschwung. Seine Beiträge hierzu erkannte man an, und das beflügelte ihn.

»Der Betriebsrat war letzte Woche wieder einmal anderer Meinung«, sagte er, weil er glaubte, dass Kippeck sich dafür interessierte, und weil er plötzlich eine vage Idee hatte. »Sie haben meinen Vorschlag abgelehnt, in der Firma nach amerikanischem Vorbild die Anrede mit Vornamen einzuführen.«

»Vornamen, aber ›Sie‹?«

»Richtig.« Seit Harri Geschäftsführer war, hatte er das Bedürfnis, alle, die ihn umgaben, zu duzen. Er hatte aber einsehen müssen, dass die Zeit dafür noch nicht gekommen war.

»Irgendetwas muss er doch ablehnen, der Betriebsrat«, sagte Kippeck und lachte gurgelnd.

Die vage Idee bekam angesichts der günstigen Gelegenheit plötzlich Konturen. Harri nahm sein Glas.

»Lieber Heinz Kippeck«, sagte er etwas gespreizt, »ich schlage vor, wir sagen Du zueinander.«

»Die beste Idee, die du seit langem hattest, Korn«, entgegnete Heinz, nachdem sich ihre Gläser berührt hatten.

Drei Jahre danach bot der Alte Harald Korn die Firma an. Gegen eine stille Beteiligung bei hoher monatlicher Rente und einer ordentlichen Einmalzahlung war Harri jetzt selbst Unternehmer, ihm gehörte eine Firma, die Pumpen in die ganze Welt lieferte. Er war in Aufbruchstimmung, angefeuert von Perestroika, Glasnost und Montagsdemonstrationen. Es gab eine allgemeine Bewegung hin zum Guten. Und als dann etwas geschah, was niemand für möglich gehalten hatte, dass nämlich der Eiserne Vorhang aufriss und der dahinterliegende, in Blei gegossene Teil Europas wieder lebendig wurde, da war Harri glücklich. »Wiedervereinigung« wurde zu seinem Lieblingswort.

Im Frühjahr 1990 machte er den Pilotenschein und kaufte sich eine Cessna. Stella fand das dekadent. Außerdem war sie plötzlich auf der Umweltschiene und schimpfte. Vergeblich argumentierte Harri, dass er um jede freie Minute kämpfe und das Fliegen zu den Geschäftsterminen ihm viel Zeit erspare, womit er nicht übertrieb. Es dauerte eine ganze Weile, bis er sie endlich überredet hatte, einmal mitzufliegen. Die Bedingungen waren an diesem Tag ideal: lockere Bewölkung, Kumuli in zweitausend Metern Höhe ohne besondere Thermik, kaum Wind. Sie saß neben ihm auf dem Kopilotensitz und hielt sich während des Starts und des Steigflugs verkrampft mit beiden Händen fest. Als sie dann zwischen den kompakten Wolken flogen und nachdem sie unter seiner Überwachung ein paar Minuten die Steuerung in der Hand gehalten hatte, taute Stella auf. Es sei ganz anders als in den großen Maschinen, man sei viel näher am Himmel dran, und vor allem sei es fantastisch, zwischen den Wolkenhaufen herumzufliegen. Schließlich wurde sie geradezu euphorisch, deutete auf eine größere, vor ihnen wartende Wolke mit grauem Kern, da wolle sie hindurch und schauen, ob sich in der Mitte des immer größer und dunkler werdenden Gebildes wirklich nichts befinde oder doch – so ihre plötzlich sich entwickelnde Lieblingsidee – eine unvermutete Sonnenlichtung, auf der sich ein Engel langweile, höchst erfreut, endlich ein Gegenüber für ein entspanntes Gespräch anzutreffen. Sie malte ihre Vorstellung detailreich aus und ließ den Engel sprechen. Zum Schluss lachte sie glockenhell, und Harri fand die Wolkenlandschaft ägäisch. Wieder aus dem Dampfhaufen draußen und weil ihnen danach war, sangen sie »Über den Wolken muss die Freiheit wohl grenzenlos sein«. Er schunkelte die Maschine im Takt dazu, und es war ihm egal, ob das irgendjemand beobachtete.

»Ich bin stolz auf dich, Harri«, sagte sie.

»Warum? Singe ich so gut?«

»Nein.« Wieder das ägäische Lachen. »Du fliegst mit mir durch die Wolken, und du baust Pumpen für die Welt.«

Sie summte die Melodie vor sich hin, was Harri glücklich machte. Er hatte alles richtig gemacht. Und Glück gehabt, natürlich, ohne Glück geht es nicht.

»Du könntest deine Mutter einmal mitfliegen lassen«, schlug Stella vor.

»Ich habe es ihr schon angeboten – sie will nicht, hat kategorisch abgelehnt. Genauso wie die Eigentumswohnung, die ich ihr kaufen wollte. Ihre alte Wohnung sei weder groß noch schön, aber es sei ihre Wohnung. Sie habe jetzt alleine so viel Platz, wie wir früher zu zweit gehabt hätten. Und es wäre ihr peinlich, sie wolle nicht, dass die Nachbarn über sie reden. Ich habe es aufgegeben, sie zu irgendetwas zu überreden. Sie findet unser Leben völlig übertrieben. Wenigstens darf ich ihr eine neue Küche spendieren. Da hängen noch die Schränke aus den Fünfzigerjahren.«

»Ach, geht es uns gut«, sagte Stella, seufzte und summte die Wolkenfreiheitsmelodie. »Ich bin so glücklich.«

Kurz darauf brach sie in Tränen aus, und obwohl Harri sich alle Mühe gab, verriet sie nicht warum, sondern wiegelte ab, es sei schon vorbei, sie wisse selbst nicht, was ihr fehle, vielleicht mache ihr diese Fliegerei doch Angst. Er hatte eine Vermutung, schwieg aber, nahm ihre Hand, hielt sie fest, wie man sich solidarisch beim Gang über Glatteis hält, und steuerte auf die Landebahn zu.

Harri besuchte seine Mutter jetzt öfter, da die geschäftlichen Kontakte ihn ohnehin in seine Heimatstadt führten. Sein Patentanwalt saß hier, der Werbeagent und einige Großkunden. Er hatte einen bekannten Teppichexperten kennengelernt, der in der Stadt sein Geschäft hatte. Es dauerte nicht lange, und er war mit etlichen vermögenden und wichtigen Leuten befreundet. In diesen Kreisen war man großzügig, weltläufig und unkompliziert. Man schleuste ihn mühelos an Türstehern vorbei und verschaffte ihm Zutritt zu Opernpremieren und Staatsempfängen.

Einmal wollte Heinz Kippeck zu einem Panoramaflug mitgenommen werden. Nachdem er nicht ohne Mühe den Kopilotensitz erklettert hatte und sich herausstellte, dass der zur Verfügung stehende Platz gerade ausreichend war, weigerte er sich jedoch, den Sicherheitsgurt anzulegen, erstens, weil er sich eingeengt fühle, zweitens aus Prinzip und drittens, weil es sinnlos sei. Entweder passiere gar nichts, dann sei die Gurtqual für die Katz, oder es passiere etwas, dann rette ihn auch der

Gurt nicht. Erst als Harri behauptete, gelegentlich würden die vom Tower mit dem Fernglas kontrollieren und er würde seine Lizenz verlieren, es müsse also sein, er könne sonst nicht starten, war Heinz bereit, sich anzugurten. Den Gurt zu schließen gelang ihm dann aber nicht, sosehr er sich mühte. Harri musste ihm assistieren, überrascht, dass jemand mit so viel Durchblick so wenig mit seinen Händen anfangen konnte.

»Wunderschön«, fand Heinz, als sie dann endlich oben waren. Nein, Lust auf das Innere von Wolken habe er nicht. Aber, weil Harri immer darauf beharre, Vorbild zu sein: »Vorbildlich ist das ja nicht, mein Jung', und ökologisch schon gar nicht.«

Harri, dem Kritik von Heinz nie unangenehm war, sondern eher etwas von väterlicher Fürsorge hatte, verteidigte sich. Erfolg sei nur zu erhalten, wenn man Kompromisse eingehe und auch einmal seine Grundsätze zurückstelle. Was würde es der Menschheit nützen, wenn er aus Prinzipienreiterei auf das Fliegen verzichtete? Wenn die Firma durch Verbohrtheit ins Hintertreffen geraten und pleitegehen würde, die Mitarbeiter auf der Straße stehen würden und die Konkurrenz, gedankenlos Gewinn einstreichend, ihre Auffassung von der Welt ungehindert verbreiten könnte? Sei es nicht mit den Staaten so ähnlich? Müsse man nicht gelegentlich, um die Demokratie zu verteidigen, zu undemokratischen Mitteln greifen?

»Hör mir auf mit die Politik«, sagte Heinz und zündete sich eine Zigarre an. Dann sagte er eine Weile nichts. Dann begann er feinsinnige Betrachtungen über die Unterschiede von Dampf oder Dunst einerseits und Rauch andererseits zu äußern.

Harri war von Anfang an klar gewesen, dass dieser Ausflug ein besonderer werden würde, als aber Heinz dann in zweitausendvierhundert Metern Höhe plötzlich feststellte, es sei so weit, und auf Harris fragenden Blick freimütig erklärte, er könne durch das Rauchen von Zigarren und Zigarillos seine Darmaktivität steuern, was für einen Menschen, der gerne esse, aber seit Geburt an Verstopfung leide, überlebensnotwendig sei, die besonderen Druckverhältnisse in dieser Höhe brächten aber wohl einiges durcheinander, und jetzt sei es eben so weit, allerdings sei die Maschine, dabei blickte er sich um, für so etwas ja wohl nicht eingerichtet – das fand dann Harri doch viel. Aber da er wegen Heinz gestartet war, konnte er für ihn auch landen und tat dies, wie er während des steilen Sinkflugs für sich bemerkte, ohne jeglichen Groll.

Heinz war für die Firma ein Glücksfall. Er gab die richtigen Ratschläge, und da Harri sie befolgte und selbst ein glückliches Händchen hatte, eroberte die Firma in wenigen Jahren einen starken Platz auf dem Markt. Obwohl Harri seine Mitarbeiter über Tarif bezahlte, blieb mehr als genug für ihn, und seine durch den Kauf der Firma entstandenen Schulden waren rasch getilgt. Es entwickelte sich eine Dynamik, die ihn verblüffte, doch er sagte sich, die Ergebnisse seien seinen richtigen Entscheidungen zu verdanken und im Grunde vorhersehbar gewesen. Er hatte nun viel Geld, mehr, als er mit beiden Händen greifen konnte. Harri arbeitete, sein Geld arbeitete.

Auch Stellas Geschäft entwickelte sich prächtig. Sie kümmerte sich um die Einrichtung der Räume der Firma Herz, und manchmal holte sie ihn am Schreibtisch ab, um ihn daran zu erinnern, dass er nicht mit ihm, sondern mit ihr verheiratet war.

*

Was für ein außergewöhnlich aufmerksamer Zuhörer Sie doch sind! Ihre Nachfragen zeichnen sich durch verblüffende Zielstrebigkeit aus, so dass man auf die Idee verfallen könnte, Ihre Anwesenheit sei von einer geheimen Macht gelenkt und Ihr Interesse an meiner Geschichte verfolge weitreichende, mir verborgene Zwecke. Aber ich sehe ein, wir beide haben einen Pakt geschlossen: Sie ertragen meine aufdringliche Rede, ich zügle meine Neugier, was Ihre Person angeht, und akzeptiere Ihr Schweigen.

Ein wunderbarer Platz, nicht wahr? Wenn es nicht regnet, ist der Biergarten in der Mitte schnell bis auf den letzten Stuhl besetzt. Wussten Sie, dass hier alle paar Wochen eine andere Biermarke ausgeschenkt wird? Weil der Biergarten so zentral liegt, teilen sich die sechs großen Brauereien das Geschäft.

Ich stimme Ihnen zu: Bei Regen würde ein Stammplatz einiges erleichtern. Aber unser Rotationsprinzip sorgt für Aufmerksamkeit bei den Passanten. Wer jeden Tag an derselben Ecke derselben Gestalt begegnet, empfindet dies bald als lästig. Was natürlich nicht an einem selbst liegt, sondern am Anderen. Schon wieder der! Mein Gott, dem Mann ist ja wirklich nicht zu helfen. Warum bringt der nicht endlich seinen Arsch hoch!? Und so fort. Ein neues Gesicht dann und wann belebt das Geschäft.

Freilich ist es schon vorgekommen, dass ich früh am Morgen auf dem Pflaster saß, die Steine waren kaum angewärmt, da kam einer daher und schnauzte mich an, was ich auf seinem Platz zu suchen habe. Da entschuldigte ich mich und ging drei Häuser weiter. Am Abend schaute ich noch einmal bei ihm vorbei und warf mit einer leichten Kopfbeugung fünf Euro aus meinen Tageseinnahmen bei ihm hinein. Hat der ein Gesicht gemacht!

Wir sitzen an einer für das Gemeinwesen ungeheuer wichtigen Stelle. Betteln ist hier strengstens verboten. Aber da wir uns unauffällig an den Rand des Platzes drängen, drücken die Beamten der Inspektion elf, der Tradition treu, schon einmal ein Auge zu.

Das Stück Erde, auf dem wir sitzen, hat eine wechselvolle Geschichte. Würde man hier, unter uns, etwa zwölf Meter neben der in West-Ost-Richtung verlaufenden S-Bahn-Röhre in die Erde hineingraben, erst die schweren Gehwegplatten abheben, dann den gestampften Straßenkies abtragen, so käme als Erstes eine dicke Schicht Bauschutt zum Vorschein, gemischt mit deformierten Fragmenten von Sprengbomben und den Knochenresten derer, die im Bombenhagel verbrannten. (Noch immer werden übrigens jedes Jahr bei Bauarbeiten scharfe Fliegerbomben gefunden.) Darunter fände man Fundamentreste der Verbauungen des Fischbachs, der bis zum Jahr 1810 die Fischabfälle wegtrug und dann zugeschüttet wurde. Und wiederum darunter, eingebettet in konservierende Lössbatzen: Gewehrkugeln aus dem Dreißigjährigen Krieg. Wenn man dann immer noch tiefer graben wollte, stieße man auf eine Schicht mittelalterlichen Lehms, verseucht vom Pesterreger, und schließlich auf den für diese Gegend typischen Niederterrassenschotter, den die letzten Gletscher hierher geschoben haben. In den ersten Jahrhunderten dieser Stadt erhielt der Boden einen ungewöhnlich hohen Salzanteil. Salz, das aus den Lagerstätten herausrieselte und aus den Karren, die zu Hunderten jeden Tag ihre Fracht in das Reich hineinfuhren, auf dem Weg von den Bergen im Südosten über die von Heinrich dem Löwen über die Isar geschlagene Brücke ...

Weißwürste? Doch – ich empfehle Ihnen eine der nahe gelegenen, alteingesessenen Wirtschaften. Und legen Sie einmal Messer und Gabel beiseite. Zuzeln Sie stattdessen, lassen Sie sich diese Erfahrung nicht entgehen! Man sieht sich!

***

Drei, manchmal vier, wenn er sehr hungrig war. In Hessen war es nicht einfach, gute und frische zu bekommen. Ab und zu ließ er sich welche ins Büro bringen, was im Vorzimmer zu Naserümpfen führte. Dorothea konnte weder Geruch noch Geschmack leiden. Es waren Nachmittage, an denen die Tür zwischen den Zimmern fest geschlossen blieb. Aber abgesehen davon verstanden sie sich so gut, wie sich Chef und Chefsekretärin verstehen sollten. Eigentlich verstanden sie sich viel besser. Und wenn Harri genau sein wollte, was er aber in diesem Fall zu vermeiden suchte, dann verstanden sie sich so gut, wie Chef und Sekretärin sich eigentlich *nicht* verstehen sollten. Nach einer kleinen Feier (der Umsatz war erstmals über die Hundert-Millionen-Marke geklettert), alle anderen waren gegangen und Dorothea räumte auf, sah Harri ihr erschöpft zu, nippte gelegentlich an seinem Weinglas und sinnierte darüber, wie alles gekommen war. Die Mauer, die das Land geteilt hatte, war gefallen, der Ostblock auseinandergebrochen. Die Globalisierung hatte ihren Lauf genommen und die Firma Herz als Weltmarktführer akzeptiert. Wer am Markt bestehen wollte, musste die Kosten reduzieren. Harri hatte die Produktion teilweise nach Osteuropa verlagert. Auch hatte er erkannt, dass in manchen Segmenten ein Wachstum aus eigener Kraft nicht möglich war. Man muss sich die langjährige und harte Vorarbeit anderer zunutze machen, Synergieeffekte ausnutzen. Er hatte eine Firma in Oberitalien gekauft, einen Hersteller von Spezialpumpen für Heizöl und Benzin, und außerdem eine kleine Firma übernommen, die Betonpumpen baute. Damals begannen die Metropolen der sogenannten Schwellenländer in die Höhe zu wachsen, und deshalb entwickelte man ein Verfahren, bei dem flüssiger Beton durch einen Schlauch in das hundertste Stockwerk eines im Bau befindlichen Wolkenkratzers gepumpt werden konnte, ohne dass das Zeug bei seiner Ankunft hart geworden war. Das Projekt lief unter dem Namen »Heaven«.

Dorotheas Bewegungen wischten durch seine Gedanken. Er kannte sie nun seit zehn Jahren. Sie war jünger als Stella, Mitte dreißig. Wie sie die leeren Gläser einsammelte, hinübertrug und sich beim Einräumen der Spülmaschine bückte, wie sie auf den hohen Schuhen balancierte, weit ausgriff, um von der gegenüberliegenden Tischkante Servietten einzusammeln, und sich dabei streckte und dehnte, zeigte ihm, dass sie ihm imponieren wollte. Sie wollte seine persönliche Anerkennung, über ihre Aufgabe als Chefsekretärin hinaus. Es ging ihr um etwas ganz anderes. Er hatte schon ein Glas zu viel gehabt, umso mehr war er stolz auf seinen inneren Widerstand, seine Stärke, das nicht zu wollen, was sie wollte. Das gab ihm ein sportliches Gefühl, und in diesem sportlichen Überschwang bot er ihr das Du an.

»Harri«, sagte er und hob sein Glas ihrem entgegen.

»Doro.«

Sie wollte geküsst werden, aber er widerstand. Die Sache sollte sportlich bleiben. Insgesamt war das mit dem Du ein Fehler, das wurde ihm nach wenigen Minuten bewusst. Was machte es für einen Eindruck, wenn er zu ihr als Einziger in der Firma eine persönliche Beziehung hatte? Was würden die Geschäftspartner denken? Womöglich würde es Gerüchte geben. Das wollte er schon wegen Stella nicht. Es war ja auch nichts dran. Aber wie sollte er ein Du, das noch ganz frisch in der Welt war, wieder zurücknehmen? »Liebe Doro, ich habe mich getäuscht, war voreilig, es geht leider nicht« und so weiter?

»Nur wenn wir alleine sind«, sagte er schließlich.

Sie verstand, das schlaue Mädchen, und lachte.

»Das hat doch auch was.« Dann schwenkte sie ihre Hüften elegant ins Nebenzimmer. Von diesem Abend an gab es immer wieder eine unvorhersehbare Melange aus Du und Sie.

Eines Tages klingelte das Telefon.

»Servus«, sagte eine Stimme, die Harri bekannt vorkam. »Ich habe gehört, du suchst einen technischen Betriebsleiter.«

Er brauchte ein paar Sekunden, aber dann spürte er auch

schon die Blutsbrüderschaft in seinen Adern. Ihm wurde richtig warm.

»Servus, Max! Wie geht's?«, begrüßte er ihn und fügte noch scherzhaft und in der Erwartung, Max werde den fehlenden Ernst seiner Frage sofort erkennen, hinzu: »Bist du noch politisch aktiv?«

»Nein, ich habe mich zurückgezogen. Politik ist unübersichtlich und schwerfällig. Es gibt zu viele Akteure. Kaum einer verhält sich berechenbar, und bei allem Einsatz kommt nie das heraus, was man sich vorstellt.«

Max war Ingenieur für Maschinenbau geworden und hatte zuletzt in einem großen Konzern eine ganze Produktpalette technisch betreut. Harri fragte sich zwar, wie er von der freien Stelle erfahren hatte, denn außerhalb der Firma wusste nur der Headhunter davon, aber er sagte nichts, und bald darauf hatte er es vergessen. Stattdessen freute er sich, die alte Freundschaft wiederbelebt zu sehen, war es doch ein Zeichen von Verbundenheit und ein Vertrauensbeweis, dass Max auf ihn zukam, und er ärgerte sich, dass er es zugelassen hatte, Max so lange aus den Augen zu verlieren. Auf eine Blutsbrüderschaft kann man stolz sein. Das mag eine romantische Idee sein, aber in einer durch und durch aufgeklärten und tabuarmen Welt ist das Irrationale wie das Salz in der Suppe. Ein Blutsbruder ist doch weit mehr als ein einfacher Freund. Und was heißt schon »Freund« – heutzutage muss man eher von lebensabschnittsweisen Zufallsbekanntschaften sprechen. Natürlich sollte Max den Job bekommen und fortan die Entwicklung und Fertigung der Betonpumpen betreuen, mit denen die Firma groß rauskommen wollte. Man war sich schnell einig, und wenige Tage später holte Harri ihn an der Pforte des Verwaltungsgebäudes ab.

Als er ihn dann zum ersten Mal nach über zwanzig Jahren wiedersah, erschrak er, wie markant die lange gerade Nase von Max war, nun prangte außerdem eine waagrechte Furche auf seiner Stirn, eine verwackelte, mit Ausflüchten nach oben und unten. Wie ein Aktienchart, dachte Harri. Fettreserven hatte der Mann keine, dafür ein paar graue Strähnen in den Haaren und eine ledrige Haut. Endlich wusste Harri, an wen der alte Freund ihn erinnerte, nämlich an dessen Vater in der Zeit nach dem Krieg. Max drückte die ausgestreckte Hand, er lachte sogar und legte seine Linke auf Harris Schulter.

»Mannomann«, sagte er.

»Mannomann«, sagte Harri.

Ja, er sei schon umgezogen, eine schöne Dreizimmerwohnung, nicht einmal teuer. Während sie durch das Gebäude gingen, fielen Harri wieder seine großen Füße auf. Er war doch noch der Max, den er kannte. Die Eigenart, in Hauptsätzen zu sprechen, war ihm ebenso geblieben wie die Angewohnheit, nicht mehr als nötig zu sagen. Trotzdem kam er ihm nach der langen Zeit fremd vor. Im Büro zog Max eine Brille aus der Jacke. Sie stand ihm verblüffend gut.

»Weitsichtig«, erklärte er. »Um genau zu sein: altersweitsichtig.« Er verzog das Gesicht zur Andeutung eines Lächelns.

Er war doch wirklich noch der Alte. Die Frage, wie es ihm in der Zwischenzeit ergangen sei, beantwortete er mit »Gut, danke!«, in einem Tonfall, als würde er am Telefon die Zeit ansagen. Dabei ging sein Blick aus dem Fenster hinaus zum Firmenparkplatz, wo Harri nichts Interessantes entdecken konnte. Er verstand, dass Max ihm nicht dankbar sein wollte, und hielt sich zurück, nahm sich vor, auch in Zukunft nicht davon zu sprechen, dass er ihn eingestellt hatte. Er fragte auch nicht nach seiner Familie, vielleicht fand Max das abgedroschen, vielleicht war es ihm unangenehm, darüber zu reden.

Max schaute noch immer aus dem Fenster. Wahrscheinlich zählte er die Fahrzeuge auf dem Parkplatz, eingeteilt in Limousinen, Coupés, LKWs, Cabrios und Motorräder. Schließlich wandte er sich dem Freund zu.

»Wie hast du das gemacht, Harri?«

»Was?«

»Das mit der Firma.«

»Glück, ich hatte einfach Glück. Zur richtigen Zeit am richtigen Ort, du weißt schon. Und – na klar – von nichts kommt nichts, es ist viel Arbeit.«

»Bist du verheiratet?«

»Bin ich. Kurz nach meiner Fußballgeschichte habe ich auf einer Griechenlandreise Stella getroffen. Du wirst sie bald kennenlernen.«

»Kinder?«

»Nein, aber was nicht ist, kann ja noch werden«, sagte Harri lachend. »Und was ist mir dir – und Frauen?«

»Mal so, mal so.« Es blieb unklar, was er damit meinte. »Im Grunde liebe ich die Freiheit.« Endlich kam Bewegung in das Gesicht, langsam, sehr langsam wurden seine schmalen Züge breit, er lachte. Oder weinte er? Er schien für Lachen und Weinen ein und dasselbe Gesicht bereitzuhalten. Als Harri sicher war, dass Max lachte, lachte auch er, und so lachten sie beide, wie Freunde lachen, die sich über die Freiheit unterhalten.

Statt der Fahrzeuge auf dem Parkplatz zählte Max jetzt die Schafe auf dem Ölbild, das schräg hinter Harri hing und das eine Alm vor großartiger Bergkulisse zeigte.

»Zugegeben, etwas kitschig. Aber ich liebe die Idylle«, rechtfertigte sich Harri.

Max nickte.

»Ich habe mich nur gewundert. Warum hat der Holzzaun dreiundzwanzig Pfosten? Warum hat der Maler ausgerechnet siebzehn Schafe abgebildet, davon drei schwarze? Außerdem elf Bäume und einen Hund?«

Er spinnt, dachte Harri. Dann erinnerte er sich.

»Wie weit bist du denn damals mit deinen Primzahlen gekommen?«

»Kaum der Rede wert. Graupner, unser Mathelehrer, du erinnerst dich sicher, gab mir ein Buch, da hatte ich es schwarz auf weiß: Die Zahlen waren bereits bis in astronomische Größen berechnet worden. Wirklich schlauer ist man nicht geworden. Ich sah ein, dass ich nicht dazu berufen war, das Rätsel zu lösen. Wie du weißt, habe ich kein Interesse an unlösbaren Aufgaben.«

Harri beschloss, später darüber nachzudenken, worauf Max anspielte.

»Du bist dir treu geblieben, Harri. Perfektionist und Ästhet.«

»Wie kommst du darauf?«

»Man braucht dich nur anzuschauen. Dein Outfit, die Firma«, Max machte er eine alles umfassende Armbewegung, »das ist doch alles schön, sauber, ordentlich, perfekt.«

Harri widersprach nicht, nahm es als Kompliment.

»Man tut sein Bestes«, sagte er lachend. Er meinte es ernst. Die Inneneinrichtung habe übrigens Stella zu verantworten, sie sei Innenarchitektin. Ob Max noch Kontakt zu irgendjemandem von der Insel habe. Nein, habe er nicht, und von der Idee, ein Treffen der alten Insulaner zu veranstalten, war er nicht begeistert. Harri musste an das erste Mädchen denken, in das er verliebt gewesen war.

»Was wohl aus der Susi geworden ist?«, sagte er und erkannte im selben Moment, dass er das nicht hätte sagen sollen.

»Ehrlich gesagt ist mir das egal«, erwiderte Max schroff. »Das Leben ist zu kurz. Ich halte mich nicht mit der Vergangenheit auf.«

Harri ärgerte sich über sich selbst. Wie hatte er nur so unsensibel sein können! Als Retterin in der Not tauchte in diesem Moment Dorothea auf. Während sie Harri einen Notizzettel mit Namen und einer Telefonnummer gab, beobachtete der, wie Max mit seinem Blick ihre üppigen Formen abtastete und daran hängen blieb wie ein Chamäleon an einer fetten Fliege.

Der Blick blieb starr, auch noch, als Doro längst die Tür hinter sich geschlossen hatte.

Sie war über den Neuen schon nach wenigen Tagen gut informiert. Er sei nicht verheiratet, lebe alleine. Auf die Frage, woher sie ihre Informationen habe, kam ein »Och«, mit einem Gesicht wie auf frischer Tat ertappt.

»Ich habe ein bisschen in seinen Personalpapieren geblättert. Weißt du, warum er an seiner alten Stelle aufgehört hat?«

Das wusste Harri nicht. Er wunderte sich, warum er vergessen hatte, das Naheliegende zu fragen.

Als er Max das nächste Mal in dessen Büro besuchte, thronte auf einem Tischchen ein Schachbrett mit geschnitzten Holzfiguren, die auf den ersten Blick wie Krippenfiguren aussahen.

»Aha«, sagte Harri anerkennend.

Max zögerte, wahrscheinlich hantierte er im Kopf schon wieder mit irgendwelchen Zahlen, was Harri bedauerte.

»Ich spiele selten«, sagte er schließlich.

Er würde gerne spielen, das wusste Harri. Und er war sicher: Max wusste, dass er das wusste. Aber Harri gab nicht nach. In seiner Erinnerung tauchte dieser Reptilienblick auf, der ihn getroffen hatte, wenn er sein eigenes »Schachmatt« erkannt hatte. Was war es nur, das er den Freund hatte fragen wollen? Er konnte sich nicht erinnern.

Max schlug nicht vor, zusammen ein Spielchen zu machen. Er erklärte auch nicht, welche Zahlen gerade in seinem Kopf verarbeitet wurden. Stattdessen sprach er Details seiner neuen Aufgabe an. Harri hatte den Eindruck, dass, während Max sprach, der Gedanke an ein Schachspiel weiterhin in seinem Gehirn herumirrte und einen Ausgang suchte. Typisch, dachte er. Max sprach nicht über das, was er tat. Er tat es einfach, als ob es alternativlos wäre und natürlichen Gesetzen gehorchte, zwingenden Umständen. Eine Begründung war nicht erforderlich.

Als Kind war Harri der Altersunterschied zwischen ihm und Max beträchtlich erschienen. Diesem Umstand schrieb er es zu, dass ihm vieles von dem, was Max tat, zunächst unverständlich blieb, manchmal erst nach Monaten einen Sinn für ihn ergab, manchmal nie. Obgleich er genau zu wissen schien, was er tat, und obwohl sicherlich alles einen Zusammenhang hatte, blieb sein Ziel stets verborgen. Manchmal zweifelte Harri, dass es ein solches gab. Max erledigte alles mit Ernst, aber ohne sichtbare Begeisterung. Als habe man ihm das Leben als Aufgabe übertragen, und nun musste er diese Aufgabe abarbeiten, die Last verringern. Er schien sein Leben freudlos zu leben, lachte nur selten. Das hatte ihn schon damals von den anderen unterschieden.

Max war keiner, mit dem man lange Diskussionen führen konnte. Er war zu absolut. Kompromisslos. Seine Meinung war richtig – was meistens sogar stimmte –, es gab nichts daran zu ändern. Selbst bei guten Witzen brach er nie in lautes Gelächter aus, allerhöchstens lächelte er wissend. Genauso wenig konnte man mit ihm über andere lästern. Über einen gemeinsamen Bekannten etwas behaupten, nicht ganz ernst gemeint, etwas übertrieben, vielleicht lustig, so dass es alle am Gespräch Beteiligten amüsierte – das war mit ihm nicht möglich. Dazu nahm er seine Mitmenschen zu ernst. Außerdem war sein Urteil meistens vernichtend.

Harri überlegte, was man zusammen anstellen könnte. Viele Möglichkeiten gab es für erwachsene Männer nicht, stellte er mit Bedauern fest. Billardspielen schied aus. Er verspürte nicht das geringste Bedürfnis zuzuschauen, wie Max mit mathematischer Genauigkeit den erforderlichen Winkel für die Kugeln berechnete und dann mit tödlicher Sicherheit mehrere auf einmal versenkte. Schließlich schlug er vor, sich in einer Pilskneipe zu treffen. Max war einverstanden, trank dort allerdings kein Bier, sondern ausschließlich Whisky. Weder für Bier noch für

Wein hatte er etwas übrig. Überhaupt gehörte Alkohol für ihn nicht zu den notwendigen Bestandteilen des Lebens. Auf die Frage, warum er denn Whisky trinke, meinte er, irgendein Zugeständnis an gesellschaftliche Konventionen müsse man ja wohl machen. Immerhin finde er es spannend zuzuschauen, wie lange sich der klare Verstand gegen seine Benebelung zur Wehr setzen könne. Alle paar Wochen zielten sie also mit Wurfpfeilen auf eine runde Scheibe, lernten allmählich die Stammgäste der Kneipe kennen und amüsierten sich darüber, wie diese sprachen. Dabei brauchten sie nicht viele Worte zu wechseln. Das sphinxhafte Gesicht von Max weichte auf, Harri erkannte an seinem Blick, was er meinte, und umgekehrt. Das erinnerte Harri an das stille Zusammenspiel auf dem Fußballplatz und machte ihn zufrieden.

Stella war nicht sonderlich daran interessiert, Max kennenzulernen. Harri verstand das. Sie hatte Freunde, führte ihre eigene Firma mit mehreren Angestellten und musste jeden Tag einen Haufen Arbeit erledigen. Die gemeinsamen Abende nahmen eine interessante Entwicklung. Wenn sie sich neben den vielen Terminen überhaupt sahen, besuchten sie während drei von vier Wochen lang Freunde, gingen ins Kino oder ins Theater. Während dieser Zeit hatten sie kaum Sex. Entweder man war zu müde oder musste früh aufstehen oder war im Stress, oder Stella hatte Kopfschmerzen. Dann allerdings kam eine Woche, in der sie sich fast jeden Abend trafen. Sie legte größten Wert darauf, dass Harri seine Auslandsreisen nicht in diese Zeit legte. Er fragte nie nach dem Grund, der lag auf der Hand. Sie drängte darauf, dass es in dieser Zeit jeden Tag passierte, und war sehr einfallsreich, wenn Harri einmal einen lustlosen Eindruck machte. Zum Beispiel verwickelte sie ihn in ein neckisches Gespräch und lief plötzlich weg, lachend und in der Erwartung, Harri würde ihr hinterherlaufen, was er mit größtem Vergnügen tat. Wenn er sie schließlich in irgendeinem

Winkel des Hauses eingeholt hatte, wehrte sie sich, natürlich nur zum Schein. Langweilig war es nicht.

Wenn Harri für mehrere Tage unterwegs war, lud sie manchmal Freunde ein. Meistens aber blieb sie allein in der großen Villa, worüber sie sich öfters beklagte. Harri hatte die Idee, ihr ein Haustier zu schenken, eine Katze, die brauchte nicht ständige Aufmerksamkeit, und ihm schien, so ein Tier passe zu Stella, die irgendwie doch selbst eine Katze war. Er fand seinen Einfall so gut, dass er ihn sofort in die Tat umsetzen wollte. Natürlich konnte er nicht irgendeine Katze in den Kofferraum packen. Er brauchte ein besonderes Tier, schön, elegant, edel musste es sein. Der Züchter empfahl ihm einen traditionellen Siamkater. Harri band dem vier Monate alten Wesen eine rote Schleife um den Bauch und stellte es am Abend in der Mitte der Wohnhalle auf den Boden. Der Kater blickte zuerst mit seinen großen blauen Augen ängstlich in alle Richtungen, machte sich dann aber neugierig an die Erforschung des neuen Zuhauses. Sein graues, leicht changierendes Fell ließ ihn unwirklich und rätselhaft erscheinen. Was ging in diesem Kater vor, was dachte er, was fühlte er?

Stella war wie von Sinnen. Selbst Harri, der, so weit er sich erinnern konnte, nie besonders viel mit Tieren hatte anfangen können, war in seinen Bann gezogen. Obwohl er noch lange nicht ausgewachsen war und bei manchen Bewegungen tapsig und hilflos wirkte, sah man dem Kater seine vornehme Herkunft, seinen Stolz und seinen Willen an. Stella versuchte ihn durch allerlei Geräusche und Gesten zu sich zu locken.

»Hat er schon einen Namen?«

»Nur den aus dem Stammbaum. Du kannst ihn nennen, wie du willst.«

Der Kater trottete, noch etwas unsicher, zu ihr hin, ließ sich erst am Nacken kraulen, und nachdem Stella ihn hochgehoben, auf ihren Schoß genommen und ihm die Schleife abgebunden hatte, schnurrte er.

»Was würde denn zu ihm passen?«

»Wie er dasitzt, wirkt er wie einer, der es gewohnt ist, dass man ihn bedient und dass die Welt ihm zu Füßen liegt.«

Lächelnd kraulte sie ihn am Kinn.

»Ja, wie ein kleiner Sultan. Siehst du, mein kleiner Sultan, schon bist du getauft.«

»Wunderbar«, sagte Harri und setzte sich neben sie.

Stella strahlte vor Zufriedenheit. Mit einer Hand kraulte sie den Kater, mit der anderen strich sie Harri über den Hinterkopf. Darauf hatte er schon länger gewartet.

»Der Züchter hat gemeint, man sollte ihn nicht frei herumlaufen lassen, man kann ihn allerdings an die Leine nehmen und im Garten mit ihm spazieren gehen.«

»Nicht frei herumlaufen lassen? Aber warum denn?«

»Wegen der Autos, man kann nie wissen … Außerdem ist das ein besonderes, ein teures Tier. Manche Zeitgenossen könnten auf dumme Gedanken kommen …«

»Nein, das möchte ich nicht. Katzen sind freiheitsliebende Tiere. Wir können Sultan doch nicht einsperren! Stimmt's, mein Kleiner?« Sie sah ihm ganz nah ins Gesicht. Die Haltung des Tieres konnte man nur als Zustimmung auslegen.

»Entschuldige«, begann Harri noch mal, »der Züchter sagt auch, wir sollen ihn kastrieren lassen. Er macht sonst die ganze Gegend unsicher. Es würde ihn auch häuslicher machen …«

Sie war empört. Das wolle sie auf keinen Fall, der Kater solle sein Leben unbeschnitten genießen dürfen. So schnitt der Schreiner in die wunderschöne Eichentür eine weniger schöne Katzenklappe. Sultan gewöhnte sich rasch an sein Leben und genoss die Freiheit. Harri gewöhnte sich an die Katzenklappe.

Heinz Kippeck, der längst hätte aufhören können, hatte nicht die geringste Lust aufzuhören, weder mit dem Rauchen noch mit der Arbeit.

»So leischt werdet ihr misch nischt los!«, dröhnte er und lachte dabei wie ein Flusspferd, das im Duisburger Hafen erfährt, dass es den Rhein mit dem Nil verwechselt hat.

Er machte sich selbstständig, und Harri engagierte ihn als Coach, Consultant und vor allem, aber das verriet er niemandem, als Witzeerzähler. Vielleicht wusste Heinz das auch, denn ihm konnte man, davon war Harri überzeugt, nicht viel vormachen. Für gewöhnlich erschien er mit seinem jungen, anorektischen Kollegen. Die beiden waren ein ungleiches Paar: Heinz ausnahmslos im offenen Hemd, manchmal im Polo, allerdings mit Sinn für Qualität; sein alerter Gehilfe, dessen Namen Harri sich nicht merken konnte, stets korrekt im dunklen Anzug mit Schlips. Während Letzterer sein schwarzes Köfferchen in die Buchhaltung trug oder je nachdem, wohin Heinz ihn schickte, in die Personal- oder Rechtsabteilung, setzte er selbst sich in Harris Büro, nahm ein Zigarillo aus seinem Etui, fragte, ob es störe, und zündete dann, ohne eine Antwort abzuwarten, seine Rauchware an. Nachdem Harri sich vergewissert hatte, dass er seiner Marke treu geblieben war, öffnete er zufrieden das Fenster. Zufrieden und beruhigt, denn die Toiletten waren nicht weit.

Von Heinz erfuhr Harri, dass Max zunächst ebenfalls Betriebswirtschaft studiert hatte.

»Er konnte alle mathematischen Aufgaben mit links lösen, aber für die kaufmännische Denkweise hatte er wohl nichts übrig.«

»Woher weißt du das?«

»Hat er mir erzählt.«

»Hat er dir erzählt?«

»Das wundert dich? Ich spreche gelegentlich mit deinen Mitarbeitern, Korn. Das gehört zu meinen Aufgaben. Eine Firma kann nur erfolgreich sein, wenn das Klima stimmt und ...«

»Was hat er gesagt, wie es ihm hier gefällt?«

»Er ist zufrieden. Er ist schon richtig hier, ein Techniker, ein Ingenieur – eben ein Tüftler.«

»Und was hat er sonst noch erzählt?« Harri war plötzlich neugierig, etwas über Max zu erfahren, von dem er doch eigentlich fast nichts wusste.

»Nichts, ich erinnere mich nicht.« Heinz kniff seine ohnehin kleinen Augen zusammen, intelligente, listige und zugleich gutmütige Schweinsaugen. »Doch: Er wollte wissen, ob ich Schach spiele.«

»Und?«

»Nein, das interessiert mich nicht. Aber ich habe vergessen, ihn zu fragen, ob er verheiratet ist.«

»Nicht dass ich wüsste. Ich kenne ihn schon lange, wir sind seit unserer Kindheit befreundet.«

»Er ist ganz anders als du. Ich verstehe nicht, was du an ihm findest.«

Harri fühlte sich provoziert.

»Freundschaft ist Freundschaft«, behauptete er und merkte, kaum dass er das ausgesprochen hatte, wie viel Wahrheit darin lag. »Ich suche mir meine Freunde nicht nach ihrer Gesprächigkeit aus oder danach, welchen Nutzen ich aus ihnen ziehen könnte.«

Heinz blies den Rauch an die Zimmerdecke.

»Er ist nicht der offenste Typ.«

»Stimmt. Aber was willst du damit sagen?«

»Ich weiß nicht, es irritiert mich.«

»Ich habe mich daran gewöhnt. Die einen Menschen sind so, die anderen sind anders. Es gibt Menschen, die sind gesprächiger, viel gesprächiger.« Dabei neigte er den Kopf kaum merklich zum Nebenzimmer.

Heinz lachte.

Es ergab sich dann doch eine Gelegenheit, bei der Stella und Max sich begegneten. Ein Anbau an das Verwaltungsgebäude wurde feierlich eingeweiht, Stella hatte die Inneneinrichtung übernommen. Auf dem Heimweg zu zweit im Auto nahm Stella kein Blatt vor den Mund.

»Findest du eigentlich Max sympathisch? Ich habe praktisch nichts von ihm erfahren. Er redet kaum, und wenn er zuhört, dann schaut er einem nicht in die Augen, sondern auf den Mund oder sonst wohin.«

»Was heißt sympathisch? Er ist mein Freund. Vielleicht verhält er sich nicht wie andere, vielleicht ist das gewöhnungsbedürftig. Aber er ist ein interessanter Mensch.«

»Na, ich weiß nicht«, sagte sie. »Ich habe das Gefühl, das Wichtigste ist ihm, mich zu durchschauen.«

»So war er schon immer. Er spricht nicht viel. Der geborene Denker. Er stand auch nie im Mittelpunkt. Wenn wir uns in der Pause in Grüppchen zusammenrotteten, hörte er aus einiger Entfernung zu. Man hatte sich daran gewöhnt. Dafür habe ich mich immer auf ihn verlassen können. Immerhin hat er sich auch mit Psychologie beschäftigt. Das letzte Mal, als ich ihn traf – du weißt, auf der Demo in Berlin –, studierte er Sigmund Freud.«

»Der sollte lieber selbst eine Therapie machen.«

»Du übertreibst wieder einmal maßlos«, sagte Harri und fuhr entschieden die Auffahrt zur weißen Villa hinauf.

Nach einigen Monaten wurde deutlich, dass Max ein Auge auf Doro geworfen hatte. Sie schien ihm jedoch auszuweichen. Max und Doro – eine förderwürdige Idee, fand Harri und setzte daher, soweit es die Gelegenheiten zuließen, die beiden bei Mittagessen und Besprechungen nach Möglichkeit nebeneinander. Bis Doro ihn nach einem solchen Anlass wütend ansprach.

»Wärest du bitte so gütig, mich nächstes Mal nicht mehr neben Max zu setzen?«

»Habe ich doch gar nicht. Es gibt keine Sitzordnung!«

»Na, dann setze ich mich jetzt woandershin.«

»Warum? Hat er etwas Falsches gesagt?«

»Er schaut mich so eigenartig an. Ich fühle mich beobachtet.«

»Hat er dir nicht das Du angeboten?«

»Dass ich nicht lache! Kann er das überhaupt? Er spricht kaum ein Wort, aber seine Augen sind umso anhänglicher. Er schaut mir hinterher, und wenn ich mich zufällig umdrehe, wendet er sich nicht etwa ab, sondern starrt weiter.«

»Ach, das ist typisch Max. Ein bisschen außerhalb des Normalen. Aber Geschmack hatte er schon immer.« Dabei zwinkerte er.

Doro wurde rot, richtig rot. Und Harri, der sich wieder einmal sehr sportlich fühlte, bemerkte, dass er Max schon wieder verteidigte; es schien eine Gewohnheit zu werden.

Als sie das nächste Mal auf die Wurfscheibe zielten, lenkte er das Gespräch auf Doro. Da er wusste, Max würde auf Ratschläge von ihm empfindlich reagieren, so wie man sich eben vom kleinen Bruder nicht gern dreinreden lässt, machte er nur vorsichtige Andeutungen, dass er vielleicht anders an die Sache herangehen müsse. Wie erwartet war Max nicht begeistert, und Harri wechselte schnell das Thema.

»Warum hast du denn deinen früheren Arbeitsplatz aufgegeben?«

»Ich fühlte mich ausgenutzt«, erklärte Max. »Du weißt, ich war in der Antriebstechnik. Ich habe ein paar wertvolle Erfindungen gemacht, mindestens ein Dutzend. Für einige habe ich nicht einmal einen Händedruck bekommen.«

»Das würde dir bei uns nicht passieren«, beruhigte Harri ihn und hielt seine Nase an den frischen, duftenden Bierschaum.

»Das war ungerecht, sehr ungerecht«, fuhr Max fort. »Ich will nicht eingebildet wirken, aber es ist nun mal eine Tatsache: Ich habe den besten Uniabschluss meines Jahrgangs gemacht. Habe mehrere Begabtenstipendien bekommen. Dann ein Summa cum laude hingelegt. Auslandserfahrung habe ich auch. Und der Lohn dafür? Lächerlich, wirklich lächerlich. Jeder sollte bekommen, was er verdient.«

»Das nennt man Jammern auf hohem Niveau.«

»Gerechtigkeit ist eine universelle Wahrheit.« Als er das Whiskyglas an den Mund führte, bekamen seine Augen im Widerschein der Deckenlampe einen fiebrig gelblichen Glanz. »Hast du dich schon einmal gefragt, Harri, ob du dein Luxusleben auch verdient hast? Ich verstehe, warum du nicht mehr auf politische Demonstrationen gehst.«

Er schimpfte noch eine Weile auf die Kapitalisten, die keine Ideen zum Fortschritt und zum Wohlergehen der Menschheit beisteuerten, sondern denen es nur um Geldvermehrung gehe. Harri versuchte, ihm so weit wie möglich entgegenzugehen, obwohl er wusste, dass Max an seiner vorherigen Stelle nicht wenig verdient hatte, und bei der Firma Herz war sein Lohn erst recht hoch. Schließlich fand Harri sich, ohne es zu wollen, in der Rechtfertigungsecke wieder. Er verschwieg, dass er inzwischen große Blue-Chip-Aktienpakete besaß.

»Versteh mich nicht falsch«, sagte Max. »Ich möchte keine Gehaltserhöhung, ich möchte auch keine Almosen. Es geht um das Grundsätzliche. Was wäre denn die Menschheit ohne Ingenieure? Worauf beruht unser Lebensstandard? Die Annehmlichkeiten des täglichen Lebens – Autofahren, Zentralheizung, Fernsehen, Flugzeug, Kühlschrank … Die Massen huldigen aber nicht dem Erfinder des Telefons, sondern dümmlichen Showmastern und Tennisspielern. Rennfahrer sind die großen Vorbilder geworden. Und Fondsmanager verdienen sich dumm und dämlich.«

»Ein Skandal«, bestätigte Harri und stieß sein Glas an dasjenige von Max. Er liebte es, wenn sie einer Meinung waren.

*

Schon wieder Zeit? Schade, ich sitze sehr gerne hier. Wenn man Glück hat, hört man abends die Brunnen plätschern. Die Brunnenfiguren sind unsere Volkssänger, die unablässig in die große Suppe spucken. Karl Valentin, Liesl Karlstadt, Weiß Ferdl und andere, das hat Tradition hier. Schon vor über zweihundert Jahren machten sich der Kapellmeister Sulzbeck und sein Violinspieler Huber, genannt das Canapé, über das Absurde in Politik und Alltag lustig. Anders hätten sie es vermutlich nicht ausgehalten.

Donnerstag. Ludwigsbrücke.

Nicht die, auf der wir sitzen. Eine Holzbrücke war es damals, und wenn die Salzfuhrwerke umkippten, dann schmeckte man das bis nach Freising. Als der Fluss noch ungebändigt war und seinem Namen Ehre machte, musste die Brücke häufig erneuert werden, das Hochwasser trug so manchen Brückenpfeiler fort. An einem ganz gewöhnlichen Montagabend im September 1813 standen die Menschen auf der Brücke, die bereits auf schweren steinernen Fundamenten ruhte, und sahen in die Hochwasserfluten hinab. Der Fluss war im Begriff, die Grundmauern des Eckhauses an der Entenbachstraße zu unterspülen, das Haus war bereits evakuiert, und die Zuschauer auf der Brücke staunten über die Kräfte des Schicksalsflusses, schauderten bei der Vorstellung, wie das Haus einstürzen, der dürftige Hausrat seiner jetzt obdachlosen Bewohner zwischen den Mauerbrocken hervorgespült werden würde, aber immer noch besser ein ärmlicher Hausrat als gar keiner, und dann würden halbe Bettgestelle in der reißenden Strömung schwimmen, weiß emailliertes Potschamperl, Rosshaarmatratze, hölzernes Kruzifix und unansehnliche Fleckerl würden rasch nach Norden treiben ... Das Haus stand noch, da brach plötzlich die Brücke weg, Zuschauer verwandelten sich in Hauptdarsteller, die in die Fluten stürzten; nicht einmal zum Schreien blieb Zeit. Kaum einer konnte schwimmen, die meisten ertranken. Unter ihnen übrigens auch jener Violinspieler Huber, genannt das Canapé.

Manchmal im Frühsommer, wenn tagelange Regenfälle mit der Schneeschmelze im Hochgebirge zusammentreffen und der Fluss braunes Hochwasser führt, stelle ich mir vor, die Brücke stürzt ein, während ich hier sitze. Ich falle zwischen steinernen Trümmern in kaltes Wasser, mein linker Arm und mein linkes

Bein werden gequetscht, die Schuhe laufen voll und ziehen mich nach unten, ich kämpfe, ich gebe nicht auf, schlucke Wasser, huste, schlage mit den Armen, aber nichts hilft, und mit einem Mal füge ich mich dem Schicksal und merke, wie einfach doch alles ist. Dann fallen mir in den wenigen verbleibenden Sekunden meines Lebens die letzten Worte ein, die man Karl Valentin zugeschrieben hat: »Wenn ich gewusst hätt', wie schön das Sterben ist …« Leider ist das Ende des Satzes nicht überliefert.

Wie angenehm, so tief zu sitzen! Auf Augenhöhe mit den Hunden. Das Gesäß berührt den Boden, der uns alle trägt und auf den schließlich alles zurückfällt. Spüren Sie die Erschütterung, wenn eine Trambahn in die Haltestelle einfährt? Der Junge, der eben an uns vorbeilief, der Widerhall seiner Schritte. Er hat es eilig, muss die Bahn noch erwischen, die Türen stehen offen, alle, die hinauswollten, haben den Wagen längst verlassen, man steigt bereits ein. Er hat die ersten zwei Stunden frei, der Sportunterricht fällt aus, aber diese Tram braucht er, Dominik, Stefan und Jonas warten in der Aula, jeder hat sein Päckchen Yu-Gi-Oh-Karten dabei, und dann wird getauscht …

Es fällt mir nicht schwer, der Straßenbahnfahrer zu sein. Ich warte geduldig, bis alle aus- und eingestiegen sind, warte auch auf den Viertklässler, der gelaufen kommt, sein Schulranzen auf dem Rücken hin- und herhüpfend. Ich bin milde gestimmt, die Zeitung liegt halb aufgeschlagen neben mir, manchmal werfe ich an roten Ampeln einen Blick hinein. Die Tarifverhandlungen versprechen den Arbeitnehmern im Personennahverkehr eins Komma neun Prozent mehr Lohn. Um zehn Uhr dreißig habe ich eine halbe Stunde Pause. Da esse ich eine Käsesemmel. Hoffentlich ist die Kollegin Ilonka wieder da, mit der könnte vielleicht was gehen …

Wie erfrischend ist es, in die Hüllen der anderen zu schlüpfen! Ihre Schuhe an den Füßen zu spüren, den Hosengürtel um den Bauch, den engen Hemdkragen am Hals. Ihre Wege gehen, ihre Erinnerungen träumen, ihren Hunger haben, den Durst in ihren Kehlen. Ich suche mir nicht nur die Schönen, die Erfolgreichen, die Zufriedenen. Im Gegenteil: Besorgte oder erregte Gesichter interessieren mich, Allerweltstypen, Gebrechliche, vom Leben Gezeichnete fordern mich heraus. Ich lehne keinen ab, versuche es mit jedem. Abscheu oder Ekel sind mir fremd. Wenn man sich erst einmal in den Anderen hineinversetzt und sich mit seinem Ich, seinen Gefühlen und Gedanken vertraut gemacht hat, stellt sich Sympathie von selbst ein. Da ich an Wiedergeburt nicht glaube, verschaffe ich mir auf diese Weise mehrere Leben, nacheinander und doch auch gleichzeitig, wie man es nimmt, so dass ich mehr denn je spüre, wie ich Teil dieses einzigen, gewaltigen Lebens bin, das sich ohne Vorwürfe, Schuldzuweisungen und Bedauern und ohne nach einem Grund zu fragen endlos dahinwälzt. Während ich einerseits an der Hauswand sitze, gehe ich andererseits auf der Straße, komme vom Einkaufen oder vom Zahnarzt, erleichtert, dass der Schmerz schon wieder nachlässt – oder von meiner Geliebten, deren Geruch mir noch in der Nase hängt und deren zärtliche Abschiedsworte in meinem Kopf tanzen wie ein Rudel Ohrwürmer. Mein Schritt ist federleicht, mein Inneres so warm, dass ich mühelos die frische Luft um mich herum aufheize. Auf meinem fröhlichen Weg zum Geldautomaten komme ich an einem rostigen Wagen vorbei, Abwrackprämie, denke ich und schüttle unsichtbar den Kopf, aber nur ganz kurz, denn in Gedanken stelle ich den Einkaufszettel zusammen, den ich brauche, wenn ich beim Geldautomaten gewesen sein werde, und ich nehme mir vor, nicht zu vergessen, was meine Geliebte mir aufgetragen hat: Weißen, fettarmen Joghurt soll ich besorgen, widerliches Zeug eigentlich, und dann frage ich mich, warum mir das Gesicht des murmelnden Bärtigen da auf dem Boden bekannt vorkommt. Was tut dieser Mann den ganzen Tag?, frage ich mich, vielleicht denkt er über sich und die Welt nach, betrachtet die Passanten, versetzt sich in deren Leben hinein, weil er selbst keines mehr hat –

– und so schließt sich der Kreis, manchmal wie auf einem Jahrmarktskarussell unter blau-weißem Himmel, manchmal wie in einem schlürfenden Isarstrudel, der mich hinabreißt in dunkle Tiefen.

*

Sie haben natürlich Recht: Harri hätte sich Gedanken machen müssen, ob es wirklich hatte Zufall sein können, dass Max von der freien Stelle erfahren hatte. Hatte es nicht schon einmal einen denkwürdigen Zufall gegeben? Aber Harald Korn war gutgläubig und arglos. Er hatte keine Zeit für Mutmaßungen. Warum sollte man sich ohne Not beunruhigen? Alle Welt brauchte Betreuung. Die Freunde, Geschäftspartner, Lieferanten, Kunden, Politiker, Künstler. Sie alle wollten regelmäßige Beweise der Freundschaft. Wenn er sich längere Zeit nicht meldete oder zweimal hintereinander Einladungen ausschlug, drohten sie mit dem Entzug der Sympathie, und die Drohung allein, ob ausgesprochen oder nicht, war schon ein Teilrückzug. Harri sah ein, dass man sich darum kümmern musste, aber eigentlich war das alles Klein-Klein für ihn. Er bewegte sich, nicht nur wenn er mit der Cessna unterwegs war, in höheren Regionen. Es war ihm egal, dass der eine oder andere seine Gesellschaft nur deshalb suchte, weil er sich Vorteile versprach. Er hatte weder Zeit noch Lust, über solche Nebensächlichkeiten nachzudenken. In der Wahl seiner engsten Mitarbeiter und Vertrauten hatte er ein glückliches Händchen, sein Schwung riss die Umgebung mit, das Unternehmen florierte. Seine Botschaften klangen wie das Credo einer neuen Religion.

»Verantwortungsvoll, kompetent und ehrlich: Das ist die Richtlinie für uns und unsere Arbeit. Als global agierendes Unternehmen messen wir unserer gesellschaftlichen Verantwortung höchste Priorität zu und reduzieren mit einem ganzheitlichen Umweltmanagement die negativen Auswirkungen in allen Produktionsbereichen. Das Prinzip der Nachhaltigkeit bestimmt unser Handeln im Rahmen der multinationalen Gemeinschaft ebenso wie höchstmögliche Standards in gesellschaftlich-sozialer Hinsicht. Die Exzellenz unserer Produkte ist das Ergebnis einer proaktiven Grundhaltung. Mit innovativer Leidenschaft leisten wir Herausragendes zum Wohle unserer Kunden und der weiteren Verbesserung der allgemeinen Lebensverhältnisse ...«

Entschuldigen Sie, ja, bitte entschuldigen Sie! Hin und wieder vergesse ich mich, dann reißt mich das alte Fahrwasser mit, und ich kenne kein Halten mehr. Weitergehen, bitte gehen Sie weiter – mein Gott, die Leute bleiben stehen, wenn ich derart gestenreich in Fahrt komme. Womöglich halten sie mich für einen Prediger, einen Propheten, oder sie freuen sich auf die kostenlose Darbietung eines absurden Straßentheaters. Ich liebe absurdes Straßentheater, und glauben Sie mir: Würde mein Beruf mich nicht vollständig ausfüllen, ich würde Deklamation und Pantomime üben. So aber lege ich die Hände ineinander, senke Blick und Stimme. – Sie können mich noch hören? Aber was haben Sie denn da? Eine Miniaturvideokamera? Unwichtig, sagen Sie, ich solle nicht insistieren? Na gut, aber neugierig haben Sie mich gemacht, und ich werde das Gefühl nicht los, dass Sie etwas vor mir verbergen.

– Ich habe den Faden verloren. Welcher Tag ist heute? Schon Donnerstag! Zeit, vom Überfluss zu berichten. Von dem Geld, das nicht ausgegeben werden konnte, aber nach einer Rechtfertigung schrie, denn noch hatte Harri nicht alles vergessen.

Nachdem er einen Film über Bangladesch gesehen hatte, einen grausamen, weil offensichtlich wahren Film, der schonungslos Elend und Hoffnungslosigkeit zeigte, gründete er eine Stiftung für Waisenkinder in Dhaka. Für die nötigen Formalitäten und die Arbeit vor Ort war ein Beirat verantwortlich, dem Harri zwar angehörte, an dessen Sitzungen er mangels Zeit jedoch nie teilnahm. Er gab das nötige Kapital. Das erachtete er als seine Pflicht, und das beruhigte ihn.

Er begann sich für Orientteppiche zu interessieren, vor allem für alte Exemplare, kaufte das eine oder andere wertvolle Stück. Einen legte er auf den Boden, die anderen hängte er an die Wand und stellte sich voller Freude und Stolz davor. Die Erhabenheit des Kunstwerks durchdrang ihn und machte ihn selbst erhaben. Diese Gartensymbolik, das zentrale Medaillon, das untere und das obere Medaillon, von blauen Wasseradern umflossen, die Arabesken … So hatten die umherziehenden Nomadenfamilien stets ein Bild des Paradieses dabei. Mehr als einmal ertappte er sich, wie er vor einem Teppich stand und seine Gedanken von der Betrachtung der Bordüre abschweiften, das Wasser floss in den gemauerten Kanälen über den streng geometrischen Grundriss, vorbei an den in reizvollem Gegensatz dazu stehenden geschwungenen Blumenbeeten und Wasserbecken, auf deren Marmorsimsen allerlei bunte Vögel landeten, sich am Nass erfrischten und wieder fortflogen.

Stella war nicht begeistert.

»Staubiges Zeug«, schimpfte sie.

Leider entdeckte auch Sultan eine Vorliebe für persische Knüpfarbeiten. Er stolzierte eine Weile auf dem Teppich herum, als ob er in dem feinen Muster einen Fehler suchte, bis er schließlich irgendwo verharrte, erst reglos, dann aber schlug er seine Krallen in das Gewebe und versuchte die Fäden herauszuziehen. Erziehung war zwecklos. Alles war zwecklos. Als

Harri den Kater einmal mit lauter Stimme wegscheuchte, kam Stella dazu.

»*Harri!*«, sagte sie, sonst sagte sie nichts, aber ihr Blick hätte Panzerkreuzer versenkt, und es war Harri klar, dass er im Vergleich zu diesen ziemlich schutzlos war. Die wertvollen Perser emigrierten. Ein majestätischer Sarough aus dem neunzehnten Jahrhundert bedeckte von nun an die wenig benutzte Seite im Büro. Für die anderen wertvollen Exemplare wurde auf dem Nachbargrundstück ein Gästehaus mit geregelter Luftfeuchtigkeit und Temperatur gebaut, wo die schönen Stücke, nach ihrer Herkunft geordnet, an den Wänden hingen.

Das Gästehaus wurde, kaum dass die Handwerker die Klinke an die Haustür geschraubt hatten, dringend benötigt. Stellas Eltern trennten sich. Joachim hatte sich in eine zwanzig Jahre jüngere Frau verliebt und kehrte dem Familienheim von einem Tag zum anderen den Rücken. Gudrun blieb in dem riesigen Haus sitzen, orientierungslos und unfähig, irgendeine Vorstellung von der Zukunft zu entwickeln. Moralische Unterstützung erhielt sie von Stella, die auf den treulosen Vater schimpfte. Sie sei maßlos enttäuscht, erklärte sie, während sie in der Küche aufräumte.

»Dass er tatsächlich im Stande ist, meiner Mutter so etwas anzutun!«

Harri trocknete die Weinkelche vom Vorabend, ängstlich darauf bedacht, das dünne Glas nicht zu zerdrücken. Ein paar Wochen zuvor hatte er bei derselben Tätigkeit plötzlich Scherben in der Hand gehabt.

»Ich glaube nicht, dass er einen Weg gesucht hat, deine Mutter zu ärgern. Man verliebt sich nicht absichtlich. Es ist passiert, da kann man nichts machen. Das ist Schicksal.«

»Das darf nicht passieren. Er hätte sich zusammenreißen müssen.«

»Mir hat er am Telefon erzählt, wie er mit sich gerungen

habe. Wie er seiner Neuen einen Korb gegeben habe, wegen deiner Mutter. Aber er habe sein Verliebtsein nicht unterdrücken können und sei jede Minute unglücklich gewesen. Was hätte er denn tun sollen?«

»Eine Weile kann man schon mal leiden. Für die Frau, der er immerhin vor dem Altar ein Versprechen gegeben hat.«

Harri unterdrückte seine Zweifel und gab ihr Recht. Dann prüfte er gegen das Licht die Fleckenlosigkeit des Glases. Jedenfalls war es eine gute Sache, der Schwiegermutter helfen zu können.

Es dauerte nur wenige Tage, bis Gudrun das Gästehaus in Beschlag nahm. Vorläufig, wie es hieß, bis sie eine andere Bleibe finden würde. Harri versuchte sich über die Bedeutung von »vorläufig« keine Gedanken zu machen. Da sie auf Männer generell nicht mehr gut zu sprechen war, bekam er seine Teppiche nur noch selten zu Gesicht. Er fand es bemerkenswert, dass Mutter und Tochter sich plötzlich so gut verstanden, und stellte dabei fest, dass auch Stella, wohl aus angeborener Solidarität, sich irgendwie ungerecht behandelt fühlte und beleidigt war.

Harris Mutter war alles andere als begeistert von Gudruns Einzug. So etwas gehe selten gut, es gebe da ein Sprichwort, das falle ihr gerade nicht ein, aber die Schwiegermutter im Haus, nein, unmöglich, er solle das unbedingt schnell beenden. Jeder, mit dem er darüber sprach, war dieser Meinung. Das forderte Harri heraus. Er fand, er habe es nicht nötig, ein klischeehaftes Verhältnis zu seiner Schwiegermutter zu pflegen. Amüsiert beobachtete er, wie Gudrun nicht nur das Gästehaus umorganisierte, sondern auch in der weißen Villa wirkte, obgleich sie diese äußerst selten betrat. Man merkte es an banalen Kleinigkeiten. In der Küche gab es statt Steinsalz plötzlich nur noch Meersalz. Zur Verbesserung der Raumluft wurde ein Topf mit einer Zimmerlinde aufgestellt. Stella wies den Gärtner an, ein spitz auf das Haus zulaufendes Blumenbeet zu versetzen und tangential anzulegen. Vermutlich waren dem Gärtner die Gründe egal, denn er wurde für seine Arbeit gut bezahlt. Harri zog es vor, nicht danach zu fragen. Er wollte sich die Meinung bewahren, es handle sich um gewichtige Gründe.

Die Sache mit ihren Eltern lenkte Stella zwar ab, konnte allerdings nicht darüber hinwegtäuschen, dass sie nicht schwanger wurde. Ihre Lust, es zu versuchen, ließ nach und schlug mehr und mehr in Unlust um. Sie litt sichtbar und tat Harri leid. Im Bett war sie melancholisch, manchmal ließ sie es einfach geschehen. Tageweise war sie schlecht gelaunt und explodierte bei der kleinsten falschen Bemerkung. Ein unausgesprochener Vorwurf schwebte im Haus. Wer weiß, vielleicht hatte Harri in seiner ersten Nacht zu viel Bombenrauch eingeatmet, das goutieren die Organe nicht. Da er wissen wollte, ob es seine Schuld war und er ein schlechtes Gewissen haben musste, ließ er sich untersuchen. Vorsichtshalber erfuhr Stella nichts davon. Das führte prompt zu einem schlechten Gewissen.

Ängstlich wartete er auf den Untersuchungsbefund, dabei schwankend, welches Ergebnis das schlimmere sein würde. Die Diagnose war eindeutig: Harri war zeugungsfähig, »ohne Einschränkung«, wie es im Untersuchungsbericht hieß. Stella durfte davon nichts wissen. Ihre biologische Uhr lief unerbittlich ab, und inzwischen wünschte sich Harri nichts mehr, als dass sie endlich einen dicken Bauch bekommen würde.

Max, dem er davon erzählte, war sichtlich beeindruckt und bemüht, ihm einen sinnvollen Rat zu geben.

»Wie wäre es mit Insemination? Habt ihr das schon versucht? Zur Not gibt es noch die In-vitro-Fertilisation.«

Harri war überrascht, dass Max sich auskannte.

»Das interessiert mich«, sagte Max. »Da funktioniert etwas nicht, was im Bauplan vorgesehen ist. Du weißt, ich bin Ingenieur aus Überzeugung.«

»Ich weiß. Aber der Mensch ist keine Maschine.«

»Im Prinzip schon. Eine komplizierte, eine, die wir noch nicht bis in jedes Detail verstanden haben.«

Harri dachte, dass er froh war über diesen unverstandenen Rest, sagte aber nichts, auch nicht, als Max behauptete, es sei ein Irrglaube anzunehmen, dass Menschen autonome Entscheidungen träfen.

»Im Grunde«, sagte er, machte eine Pause und warf einen Pfeil, »bist du ein Sklave deiner Vergangenheit, deiner Erbanlagen und deiner persönlichen Geschichte. Dann kommt der Input von außen, und …« – mit einem trockenen Geräusch grub sich die Metallspitze in die Zielscheibe.

Nun war Harri an der Reihe, seine drei Pfeile zu werfen.

»Du glaubst also nicht an einen freien Willen?«

»Es ist wie beim Roulette: Die Kugel rollt mit einem bestimmten Impuls im Kreis. Wenn die Schwerkraft den Vorwärtsimpuls überwiegt, dann fällt sie in die schwarze Siebzehn. Was für ein Zufall!, rufen alle aus. Tatsächlich wäre die Siebzehn vorhersehbar gewesen, wenn man den Impuls der Kugel vorher gemessen hätte.«

»Du würdest den Spielern ihren Spaß nehmen. Ich möchte mir ein Leben in aller Berechenbarkeit nicht vorstellen. Wie unromantisch! Sieh mal: Für Stella ist es eine heilige Angelegenheit, ein Kind zu bekommen. Sie steht der Labormedizin skeptisch gegenüber. Sie ist mehr der romantische Typ. Aber vielleicht kannst du sie überzeugen. Du solltest endlich einmal bei uns zu Hause vorbeikommen.«

»Romantik hin oder her – das Wichtigste ist, dass sie das eigene Kind selbst austragen kann. Ich würde alles versuchen. Es ist verdammt schwierig, so eine Ungerechtigkeit zu ertragen.«

Er warf den letzten Wurfpfeil mit Kraft auf die Scheibe. Sie legten die Pfeile beiseite und setzten sich an den Tresen.

»Das Leben ist eines der ungerechtesten«, sagte er mit bitterem Lächeln, dann widmete er sich seinem Whisky. »Wenigstens ist der Schnaps gut. Leider gelten im Leben nicht für alle dieselben Spielregeln. Mancher geht bereits mit einem gewaltigen Vorsprung an den Start. Die einen haben Glück, die anderen nicht. Die einen sind im Slum geboren, die anderen in der Villa. Und bei uns ist es nicht anders. Die wirklich Guten werden nicht genügend gefördert. Und die Früchte der Arbeit sacken andere ein.« Max kam jetzt richtig in Fahrt. »Das Leben besteht nicht darin, zu arbeiten und möglichst viel Geld zu verdienen, das man dann für die Selbstverwirklichung ausgibt. Selbstverwirklichung! Was für ein großer Irrtum. Ein Zeichen von Dekadenz. Wenn alles einen Sinn haben soll, dann den, die Entwicklung der Menschheit voranzutreiben. Dein Leben erschöpft sich ja auch nicht in Konsum und Drogen. Das Leben ist zuallererst einmal Anstrengung. Und wenn alle Anstrengung vergebens ist, nennt man das Schicksal. In Wahrheit bedeutet das nichts anderes als Ungerechtigkeit. Deshalb ziehe ich das Spielbrett vor. Dort gelten für jeden dieselben Regeln. Niemand kann Sonderrechte beanspruchen. Nicht der gewinnt, der die besseren Beziehungen oder das nichtssagendste Lächeln hat. Es gewinnt nur der Bessere.«

»Du bist viel zu streng mit dir und den anderen!«

»Wenn ich religiös wäre, würde ich Calvinist sein oder Mormone. Aber ich kann es nun mal nicht glauben, dass irgendeine höhere Instanz sich so ein ungerechtes Leben ausgedacht hat. Es sei denn für ihr eigenes Amüsement. Wir als dumme, halb blinde Figuren, die herumstolpern, sich blutige Nasen holen und damit galaktisches Gelächter provozieren.« Darauf leerte er den Whisky, der sein Gesicht augenblicklich verwandelte, als wollte er den Ausdruck des galaktischen Gelächters vormachen.

Harri, der nicht davon überzeugt war, dass es Gott gab, der aber genauso wenig davon überzeugt war, dass es ihn nicht gab, hatte keine Ahnung, welcher Kirche er beitreten würde.

Aber er wusste, dass er nicht streng mit sich sein wollte. War es nicht gerade so, dass nur der, dem es gut geht, ein wertvolles Mitglied der Gesellschaft sein kann? Er trank sein Glas leer.

»Das Leben ist nun einmal ungerecht«, sagte er in einem Tonfall, der keine Antwort erwarten ließ, »da kann man nichts machen.«

»Du hast gut reden«, erwiderte Max prompt. »Du bist doch selbst ein Profiteur der Verhältnisse. Die Ungerechtigkeit wird aufrechterhalten. Du lässt andere für dich arbeiten.«

»Ach Max, jetzt bist du selbst ungerecht. Du weißt genau, dass sie ohne mich keine Arbeit hätten. Und du weißt, dass ich alle gut behandle.«

Max schwieg, offenbar war er anderer Meinung. Harri beschloss, dieses Thema nicht mehr anzusprechen, denn er wollte nicht streiten, sondern sich an den Gemeinsamkeiten freuen. Auch Max war also ein Weltverbesserer. Sie hatten wirklich einiges gemeinsam.

Auf dem Heimweg im Taxi fiel ihm auf, dass Max auf seine Einladung, ihn und Stella zu Hause zu besuchen, schon wieder nicht reagiert hatte. Wenn er nicht schwieg, dann erfand er eine unangreifbare Ausrede.

Umgekehrt war Harri einmal in der Wohnung des Freundes, die blitzsauber und vorbildlich aufgeräumt war, gewesen. Max hatte die Räume auffallend praktisch möbliert, manches war derart ausgetüftelt, dass man sofort sah: Hier wohnt der Ingenieur. An einer Wand in der Toilette hing ein Emailschild: »Töte die Spinne erst, wenn du keine Fliegen mehr im Haus hast.«

Da Max großes Geschick hatte, technische Abläufe zu optimieren, überließ Harri ihm die Verantwortung über die Fertigungshallen in der Slowakei. Die Fliegerei hatte es Max offenbar angetan. Eines Tages erklärte er stolz, er wolle nun auch den Pilotenschein machen. Harri bemerkte, dass sein Freund eine Tendenz hatte, ihn nachzuahmen, allerdings würde er wohl nicht das Geld haben, sich auch eine Maschine zu kaufen.

An Harris guten Vorsätzen hatte sich nichts geändert. Doch es gelang ihm unmerklich, sie immer seltener anwenden zu müssen. Einem anderen Menschen im Zug den Sitzplatz zu überlassen oder einer alten Dame den Rollator über die Türschwelle zu heben – das kam nicht mehr vor, weil er öffentliche Verkehrsmittel nicht mehr benutzte. Auch konnte er sich nicht mehr bedanken, wenn ein freundlicher Zeitgenosse sein Fahrzeug vor dem Zebrastreifen hielt, um ihn die Straße überqueren zu lassen, denn er ging nicht mehr zu Fuß durch die Straßen. Seine Chauffeure setzten ihn zielstrebig direkt vor den Hoteleingängen, Hochhausportalen, Firmenzentralen und Feinschmeckerrestaurants ab. Weil er sich schlicht eine langsame, gewöhnliche Fortbewegung nicht leisten konnte, kam er nur noch selten in Kontakt mit der Straße. Während sein Fahrer am Steuer saß, überarbeitete er eine Rede für die örtliche Mittelstandsversammlung oder studierte Vertragsentwürfe. Den Kaffee boten andere an, auf den sogenannten Meetings wurden die Sitzordnungen von anderen gemacht. Die unangenehmen Aufgaben des alltäglichen Organisierens nahm ihm mehr und mehr Dorothea ab. Sie managte einfach alles, wofür er keine Zeit oder wozu er keine Lust hatte.

Er hatte sich verändert, fand das aber nicht beunruhigend. Man wird älter, also ändert man sich. Bei den Sitzungen, die er leitete, war seine zuvorkommende Art etwas ganz Selbstverständliches, er musste sich dazu genauso wenig anhalten wie zum Anlegen des Sicherheitsgurts im Auto. Ach, was war das in den ersten Jahren, dieser beengende, bürokratische Sicherheitsgurt! Aber irgendwann einmal hat man sich an den Griff über die Schulter gewöhnt, und wenn man ihn dann vergisst, wird man das Gefühl nicht los, etwas sei nicht in Ordnung.

Wenn er zum Beispiel die Teilnehmer der Bereichsleiterkonferenz begrüßte, dann spulte er der Situation entsprechende Floskeln ab. In Wahrheit war ihm diese Konferenz ein Gräuel. Das Thema interessierte ihn nicht. Die Leute interessierten ihn nicht. Eigentlich interessierte ihn auch das Ergebnis nicht.

Allmählich machte sich eine gewisse Ermüdung breit. Er war nicht mehr der Jüngste. Er musste sich damit befassen, was ihn im Leben noch erwartete, was er noch erreichen, noch tun wollte – und konnte. Er war stolz auf das Erreichte. Er hatte sich eingesetzt. Nun konnten doch einmal die anderen, die Jüngeren. Schließlich war er nicht für alles in der Welt verantwortlich, gewisse Umstände würde er bis zu seinem Lebensende sowieso nicht mehr ändern können.

Nach außen gab er keinen Anlass zur Klage. Seine Freundlichkeit den anderen gegenüber war vielleicht ein wenig zur Routine erstarrt, aber von der Idee her blieb er rücksichtsvoll. Dass sich die Idee in der Wirklichkeit nicht auswirkte, dafür konnte er ja nichts. Wenn er als Erster durch eine Tür ging, anstatt den anderen den Vortritt zu lassen, so lag es daran, dass man dies von ihm erwartete. Und er war stets bemüht, den in ihn gesetzten Erwartungen zu entsprechen.

Gelegentlich war es notwendig, sich zu entspannen und das Leben nicht nur als Pflichterfüllung zu begreifen. Harri trug Verantwortung für viele Menschen, denen er einen Arbeitsplatz zur Verfügung stellte. Da war es seine Pflicht, dafür zu sorgen, dass es ihm gut ging, dass er weder in eine Midlife-Crisis schlitterte noch auf ein Burn-out zusteuerte. Dann, aus purem Vergnügen, setzte er sich an das Steuer seines Cabrios (es stand immer eines der neuesten Modelle in der Garage) und unternahm eine Ausfahrt, so wie andere zu Pferde ausreiten. Nun gehörte die Straße ihm. Er dachte zwar an den unnötigen Lärm und an das unnötige CO_2, das er produzierte, beruhigte sich aber damit, dass es nur geringe Mengen waren. Diesen

Umweltwahn fand er übertrieben. Jahrzehntelang war gejammert worden, der deutsche Wald sterbe. Jedes Jahr wurde die Statistik veröffentlicht, wie viele Prozent der Eichen, Tannen und so weiter geschädigt, sogar schwer geschädigt waren. Harri hat es dem Wald zwar nicht angesehen, aber Statistik ist Statistik. Das machte Angst. Ein schlechtes Gewissen. *Der deutsche Wald stirbt.* Und das zu allem Überfluss an Katastrophen, zur profitgierigen und menschheitsgefährdenden Abholzung des brasilianischen und indonesischen Urwalds. Mit dem Finger auf andere zeigen kann man nur, wenn vor der eigenen Haustür gekehrt ist. Was ist aus dem deutschen Wald geworden? Er bleibt geschädigt, und auch schwer geschädigt. Aber man sieht es nicht.

Manche Landstraßen schienen ihm von weitsichtigen Straßenbauingenieuren so angelegt, dass man mit hoher Geschwindigkeit die Kurven durchfahren konnte, um dabei das größtmögliche Vergnügen zu empfinden. Man musste den Ingenieuren wirklich dankbar sein. Gerade wenn es eine leicht hügelige Strecke war. Wie langweilig und lebensunkundig schienen ihm dagegen die Bürohengste, die an den Straßenrand Schilder mit Geschwindigkeitsbeschränkungen stellten! Für ihn galten diese Gebote nicht. War es nicht sowieso mehr eine Mahnung, ein Ratschlag als ein Gebot? Man solle vorsichtig fahren. Ja, ja. Das galt vor allem für diejenigen, die nicht gut Auto fahren konnten oder schrottreife Gefährte durch die Gegend schaukelten. Er aber, in seinem Hochglanzmobil, technisch und optisch perfektioniert, hatte die moralische Vorfahrt und überholte auch bei hoher Geschwindigkeit in der Kurve jeden anderen mühelos. Es kam so weit, dass es ihm weniger Spaß machte, wenn keine Verbotsschilder am Straßenrand standen.

Und wenn er einmal geblitzt wurde, so war auch das kein Problem: Die hohen Anwaltskosten waren einkalkuliert. Die Fahrzeuge waren nie auf ihn zugelassen. Fahrtenbücher wurden nicht geführt. Beim Halter hieß es auf Anfrage, man wisse nicht, wer zur angegebenen Zeit gefahren sei. Bis man die Spur zu ihm verfolgt hatte, war die Sache längst verjährt.

Als man ihm an einer kleinen Universität eine Vorlesung anbot, war er geschmeichelt. Das Thema »Modernes Unternehmertum und soziale Verantwortung« hatte es ihm angetan. Da war er in seinem Element! Er predigte mit Begeisterung und stellte fest, dass er umso überzeugender wirkte, je enthusiastischer er war. Es kam nicht so sehr auf den Inhalt seiner Vorträge an als auf die Form, die Wahl der Begriffe und die Selbstverständlichkeit, mit der er Wahrheiten verkündete. Er kam nicht umhin, Ausflüge in allgemeine volkswirtschaftliche Betrachtungen zu unternehmen, und auch hier glänzte er mit plakativen Theorien, obwohl er von der Sache keine Ahnung hatte.

Beim Jahrestreffen des Mittelstandsvereins kam er mit der Chefin eines Haute-Couture-Hauses ins Gespräch. Sie behauptete, sie könne erkennen, ob ein Herrenoberhemd frisch aus der Näherei komme und zum ersten Mal getragen werde oder ob es bereits einmal in der Waschmaschine gewesen sei. Das neue Hemd verstrahle mehr Glanz, erklärte sie. Die Appretur sei frisch, die Nähte seien glatt. Zudem meinte sie, ein Mann mache in einem neuen Hemd eine viel bessere Figur, seine Rede wirke überzeugender, seine Witze seien amüsanter, und sein Charme werde unwiderstehlich.

Harri beauftragte Dorothea, bei seinem Herrenausstatter immer im Vorhinein für einen Monat neue Hemden auszusuchen. Sie schaute ihn überrascht an.

»Du willst die Hemden wirklich nur einmal tragen, Chef?«

»Ja«, sagte Harri, wobei ihm dämmerte, worauf sie hinauswollte.

»Und anschließend? Was soll ich mit den vielen Hemden tun?«

»Wir schenken sie einem Verein für Hilfsbedürftige«, erwiderte er, als habe er das von Anfang an beabsichtigt. »Die waschen sie und haben dann haufenweise praktisch neue Hemden.« Ein guter Vorschlag, wie er fand. Zwei Fliegen mit einer Klappe. Später fand er heraus, dass der Vorstandsvorsitzende seiner Hausbank es genauso machte.

Er fühlte sich durch das Lob, das ihn von allen Seiten erreichte, geschmeichelt, und entdeckte, dass er sich dann besser fühlte, als wenn er den Eindruck hatte, man bemerke seine Anstrengungen nicht. Gezielt arbeitete er auf gesellschaftliche Ehrungen hin, indem er sich bei den richtigen Leuten selbst ins Gespräch brachte. Denn es war ihm längst klar: Geehrt wird, wer schon viel Ehre hat. Zuerst ließ er sich kleinere Orden verleihen. Die Ehrenmedaille der städtischen Feuerwehr, der er am Jahresanfang einen Scheck mit einer hohen fünfstelligen Summe überreicht hatte. Dass er sich die Auszeichnung im Grunde erkauft hatte, irritierte ihn für kurze Zeit, aber er beruhigte sich schnell. Immerhin hatte er einen wirklich stattlichen Preis bezahlt. Auch sah er keinen wesentlichen Unterschied zu seinem Vorgänger, der den Preis erhalten hatte, weil während seiner Führung die neue Einsatzzentrale gebaut worden war. Dabei hatte er sich nicht mehr dafür eingesetzt, als es jeder an seiner Stelle getan hätte. Mit Harris Geld konnte man dafür einen neuen Löschzug kaufen. Als Nächstes folgte die Müller-Armack-Plakette des rechtsrheinischen Unternehmervereins, danach das Ehrenkreuz der Arbeitnehmergesellschaft. So zeigte er sich allmählich würdig, Orden zu tragen. Man fasste Vertrauen in ihn. Mancher kam überhaupt erst auf die Idee: Wir könnten unseren Orden dadurch schmücken, dass wir ihn dieses Jahr diesem hochverdienten Mitbürger verleihen. Es dauerte keine zwei Jahre, da neigte er elegant und demütig sein Haupt und ließ sich das Ehrenband für soziale Verdienste umhängen. Der Laudator hob Harris Erfolge als sozialer Unternehmer hervor, ihm sei in der

Firma der Spagat zwischen Eigenverantwortung des Mitarbeiters und notwendigen unternehmerischen Leitlinien gelungen, er habe sich vorbildlich für das Gesamtwohl sowie den Bestand und die Fortentwicklung der sozialen Marktwirtschaft eingesetzt. Man könne sich wirklich ein Beispiel nehmen an ihm.

Gelegentlich versammelte Harri alle Ehrungen auf seiner Brust. Er war stolz. Er hatte es verdient.

»Du siehst blendend aus«, sagte Stella. Sie meinte es anders, als er es verstand.

Wie man sich beim Schwimmen im warmen Meer in Einklang fühlt mit dem die Haut sanft umspülenden Wasser, sich so dahintreiben lässt oder eine Richtung parallel zum Strand einschlägt, entspannt kraulend das Wasser durchwühlt in einer vermeintlich geraden Linie, ohne zu bemerken, dass eine tückische Strömung einen immer weiter vom Festland fortzieht – so trieb auch Harris Leben dahin.

*

Sie machen einen gelangweilten Eindruck. Aber ich versichere, ich habe den Faden nicht verloren. Nebenbei bemerkt: Ich würde zwar grollen, Sie aber nicht aufhalten, wenn Sie mir untreu würden und zum Beispiel zu Schorsch wechselten, den wir am Montag gesehen haben. Ein prächtiger Erzähler. Er würde von seinen Söhnen berichten. Von dem, der bei einem banalen Verkehrsunfall in Südtirol ums Leben kam. Und von dem anderen, der fünf Jahre vergeblich gegen Leukämie kämpfte. Dann würde er auf den depperten Schwammerlsucher schimpfen, der am Sonntag in der Früh um halb sechs mit dem Pilzmesser den Strick durchschnitt, so dass Schorsch sieben Monate lang im Bezirkskrankenhaus verbringen musste. Aber wie ich Sie kenne, interessieren Sie sich nicht für Krankengeschichten.

Danke!

Doch, das ist durchaus üblich. Viele kommen mittags hierher, unterhalb des Müller'schen Volksbades gibt es Kiesbänke und auch weiter vorn am Kabelsteg. Mancher legt Anzug, Hemd, Längsbinder und Wäsche auf den Steinen ab und tauft sich im Gebirgsbach, der aus den Quellen des Karwendel gespeist wird. Die Münchner haben ein besonderes Verhältnis zu ihrem Fluss entwickelt. Nach dem Bau von Staumauern ist die Angst verschwunden. Nun hegt man fürsorgliche Gefühle, kümmert sich um eine artgerechte Haltung, indem man das Flussbett renaturiert, für einen leicht mäandernden Wasserlauf, für Kiesbänke und Weidengebüsch sorgt und größten Wert auf klares Wasser legt. An heißen Sommertagen sind es Tausende, die (immer das Paradies vor Augen) die Mittagspause für einen Sprung in das kalte Lebenselixier nützen oder ihre Büroseelen in den manikürten, pedikürten, rasierten, deodorierten, parfümierten und eingecremten Leibern auf die runden Steine legen, vom Rauschen des Wassers und den Strahlen der Sonne reinigend durchflossen. An manchem Donnerstag geselle ich mich zu ihnen, denn ich bevorzuge Flüsse als Badestellen. Dort wird man über die Strömungsabsichten des Wassers nicht im Unklaren gelassen.

Manchmal schließe ich die Augen. Dann wird mir ganz anders. Das Geräusch des vorübersprudelnden Wassers dringt in mich ein. Meine Erinnerungen werden hinausgespült, alles fließt, Gedanken und Gefühle rinnen dahin, bis nichts mehr übrig bleibt, alles ist leicht und leer, und käme ein kräftiger Windstoß, dann würde die Hülle des alten Mannes fortgetragen, irgendwohin, weit weg.

Ja, gehen Sie, auch ich suche mir einen Schluck zu trinken.

***

Diese schwüle Luft! Alles klebt, und auch die Gedanken lassen sich nicht sauber einer vom anderen trennen. Kommen Sie, wir ziehen vor das Deutsche Museum, in den Schatten der Schiffsschraube dieses Zweiundvierzig-Tonnen-Kolosses! Unglaublich, wozu die Menschheit in der Lage ist.

Deutsches Fabrikat, natürlich. Ich gebe Ihnen Recht: Es gibt bescheidenere Völker. Übrigens gehören die Deutschen auch zu den größten Spendern der Welt. Es scheint ein existenzielles Bedürfnis dieses Volkes zu sein, seine Erbsünde auf ein erträgliches Maß zu reduzieren. Wie viel befriedigender, wie viel schöner ist es aber, statt einer lapidaren Online-Überweisung auf das Konto irgendeines Wohltätigkeitsvereins selbst die harte, glänzende Münze einem anderen in die Hand zu legen. Dafür sitzen wir – ein Angebot, wenn Sie so wollen, Wiederbelebung einer alten Tradition in einer Stadt, in der vor nur zweihundert Jahren noch jeder Dreißigste ein Bettler war und von der es heutzutage heißt, sie habe gemessen an der Zahl ihrer Einwohner die wenigsten Bettler in ganz Europa. Keine Außenseiter sind wir, keine heimlichen Eremiten. Wir sitzen in der Mitte der Gesellschaft als tragende Säulen des ganzen Brimboriums.

Solange ich hier meinem Beruf nachgehen kann, ohne die Faust eines angeblich notwendigen Gesetzes im Nacken spüren zu müssen, fühle ich mich als Garant für einigermaßen gesunde Verhältnisse. Erkennt man doch eine freie Gesellschaft auch daran, ob sie souverän mit unsereinem umgeht.

Bitte entschuldigen Sie, schon wieder eine Weisheit! Es ist eine Marotte von mir, anderen das Leben erklären zu wollen, obgleich ich es selbst nicht verstanden habe. Widmen wir uns besser den Tatsachen.

*

Bei einem seiner regelmäßigen Besuche in Harris Büro paffte Heinz Kippeck seine Zigarillos. Harri paffte mit, indem er dieselbe Luft einatmete, die zuvor aus Mund und Nase von Heinz gequalmt hatte, aber es störte ihn nicht, denn mit Heinz verstand er sich, und er hätte dieselbe Luft auch ohne Rauch eingeatmet, und so empfand er das leichte Kratzen im Hals, das sich nach ein paar Minuten einstellte, als Zeichen der Ehrlichkeit, die er begrüßte und auskostete, wie er auch die Ruhe genoss, die Heinz ausstrahlte. Er war keiner dieser Zappler, die nicht sitzen bleiben konnten, sondern unruhig im Büro herumliefen, während sie Gedanken entwickelten, Projekte, Strategien, Konzepte, beiläufig den Briefbeschwerer inspizierten und mit Büroklammern zwischen ihren Fingern jonglierten – eine von Harris Vorlieben, der selbst zum Zappler neigte. Mit Heinz dagegen kehrte Ruhe ein. Wenn er einmal saß, dann saß er, und es bildete sich ein Schwerpunkt, ein vertrauenserweckendes Gegengewicht zu all den Flüchtigkeiten außen herum.

Harri war unkonzentriert. Er dachte daran, dass Stella tags zuvor durch einen dummen Zufall von seiner Fruchtbarkeitsuntersuchung erfahren hatte. Sie war enttäuscht, weil er ihr nichts davon gesagt hatte. Sie fühlte sich alleingelassen. Verraten. Er verstehe sie nicht, sei nur an seinem Schwanz interessiert und daran, ob er selbst Kinder zeugen könne, für sie interessiere er sich gar nicht. Noch viel mehr war sie von sich enttäuscht, weil sie selbst es war, die sich am Kinderkriegen hinderte. Sie brach in Tränen aus und lief aus dem Zimmer. Harri konnte sie erst Stunden später mühsam beruhigen. Er schlug ihr vor, es mit Hormonbehandlung und Insemination zu versuchen. Aber sie wollte nicht, beides seien unnatürliche Eingriffe, fand sie, das passe nicht, denn schwanger werden und ein Kind bekommen gehöre zu den natürlichsten Vorgängen des menschlichen Lebens. Ein Kind adoptieren wollte sie aber auch nicht, behauptete, sie würde nicht vergessen können, dass es das Kind einer anderen Frau wäre, und sie habe Angst, sie könnte dem Kind nicht so unbefangen, so natürlich begegnen wie eine Mutter dem eigenen Kind.

»Was ist los, mein Jung'?«, sagte Heinz durch den Rauch hindurch.

Harri hatte keine Lust, darüber zu sprechen, obwohl er es hasste, nicht zu sagen, was er dachte.

»Ich habe Kopfschmerzen«, log er.

Heinz schien damit zufrieden.

»Ich muss mit dir über Max sprechen.«

»Wieso?«

»Mein Jung'«, sagte Heinz. »Er hat kein Gespür dafür, dass eine Firma nicht existieren kann, wenn sie keinen Gewinn abwirft. Mag sein, dass er die Fertigung immer schneller macht, billiger wird sie dadurch nicht. Er kauft die teuersten Maschinen. Außerdem kann er mit anderen nicht gut reden. Also ich kann mit ihm nicht reden. Er sagt nichts. Man weiß einfach nicht, was er denkt. Er spricht die anderen nicht mit Namen an, weil er sich die Namen nicht merkt. Er läuft grußlos an ihnen vorbei, weil er ihre Gesichter nicht wiedererkennt.«

»Bei mir hat sich noch keiner über ihn beschwert. Er hat die Fertigungshallen im Griff. Man schätzt seine Fähigkeit, immer noch ein technisches Detail zu entdecken, das verbessert werden kann, irgendeinen Ablauf zu finden, der beschleunigt werden kann, irgendeine Maschine zu mehr Präzision zu bringen. Er versteht sich mit Stella. Sie haben ja nun auch geschäftlich öfter miteinander zu tun.«

Heinz blieb skeptisch.

»Was macht der in seinem Leben?«

»Keine Ahnung. Er erzählt nicht viel von sich. Das war schon immer so. Als sein Freund habe ich mich längst daran gewöhnt.«

»Kaum zu glauben, dass der Mann verheiratet war. Kanntest du seine Frau?«

»Er war nicht verheiratet.«

»Doch, ich weiß es aus sicherer Quelle.« Heinz lachte und machte eine ausschweifende Armbewegung, die das ganze Firmengebäude umfassen sollte und an deren Ende der Finger in Richtung Nebenzimmer deutete.

Typisch Dorothea, dachte Harri. Dieses Plappermäulchen. Sicherlich irrt sie. Max hätte von seiner Frau erzählt. Harri nahm sich vor, der Sache nachzugehen.

»Wie kam es, dass ihr euch befreundet habt?«, wollte Heinz wissen.

Harri erzählte ihm von der Insel. Er wusste selbst nicht genau, wie es gekommen war. Freundschaft entsteht eben.

»Wir haben irgendwie eine gemeinsame Wellenlänge. Schon beim Fußball war es so, dass wir blind zusammenspielen konnten. Jeder wusste instinktiv, wohin der andere laufen würde.«

Etwa drei Jahre, nachdem Max zur Firma gekommen war, gab es im Herbst einen Betriebsausflug für alle Mitarbeiter der Verwaltung. Man durchwanderte tagsüber Wälder und Weinberge und kehrte dann in einem Weingut ein, das idyllisch auf einer Terrasse über dem Fluss lag. Über eine Treppe aus Sandstein, deren Trittkanten von zahllosen Sohlen abgerundet waren, ging es in einen geräumigen, stilvoll beleuchteten Gewölbekeller hinunter. An den Wänden des ovalen Raums lagerten Holzfässer, dazwischen hatte man schwere Holztische gestellt. Zur üppigen Vesper wurde ein eleganter Riesling serviert. Der Betriebsratsvorsitzende, immer wieder von Applaus unterbrochen, hielt eine launige Rede. Harri saß an einem Tisch mit Heinz, dessen alertem Gehilfen, Doro und dem Hauptbuchhalter Bielinger, von dem sich Harri bis zu diesem Abend nicht hatte vorstellen können, dass er Alkohol trank, außerdem saßen die

Personalchefin dabei, der Einkaufsleiter, der Vertriebschef und der leitende Ingenieur, Paul Devermann. Harri sah sich nach Max um und entdeckte ihn an einem seitlich abgelegenen Tisch bei Kollegen, mit denen er nichts zu tun hatte – und mit denen er sich ganz offenbar nicht unterhielt. Mein Gott, der Mann ist wirklich schüchtern, dachte Harri, ging zu ihm und holte ihn an den Tisch, wo man zusammenrückte, so dass noch ein Stuhl dazwischenpasste. Es war nicht einfach, einen Platz zu finden, der weder neben Doro lag noch ihr gegenüber. Verlegen nahm er zwischen Heinz und dem alerten Gehilfen Platz. Ein Trio, bestehend aus Ziehharmonika, Violine und Kontrabass, begann routiniert zu spielen, die Stimmung stieg, es herrschte ziemlicher Lärm, was aber niemand bemerkte, da jeder selbst eifrig dazu beitrug. Man erzählte sich Anekdoten aus dem gemeinsamen Büroalltag. Experten fanden sich und diskutierten die Kunst des Fliegenfischens oder tauschten sich über die Qualitätsunterschiede beim Service der diversen Fluggesellschaften aus.

Harri unterhielt sich eine Weile mit Devermann, der glücklicherweise weit von Max entfernt saß. Doro hatte Harri verraten, dass der Ingenieur enttäuscht war, dass Harri ihn nicht berücksichtigt hatte, als er, Devermann, sich auf die Stelle von Max beworben hatte. Devermann versuchte seitdem, Max von oben herab zu behandeln, was allein schon wegen dessen Körpergröße nicht einfach war. Da Harri auf jeden Mitarbeiter Wert legte, hatte er schon beschlossen, umzuorganisieren und Devermann mit der Leitung eines neu zu schaffenden Betriebsteils zu betrauen.

Doro hatte sich dem alerten Gehilfen zugewandt. Es sah aus, als ob sie mit ihm flirtete, was Harri irgendwie nicht recht war. Sie mochten in etwa dasselbe Alter haben, passten aber so gut zusammen wie Stockfisch und Schwarzwälder Kirschtorte. Max unterhielt sich nicht. Er starrte Dorothea an und versuchte erfolglos, dies zu verbergen.

Stella, die an der Wanderung nicht teilgenommen hatte, kam nach einer Weile dazu. Man hatte sich daran gewöhnt, dass sie Harri bei besonderen Gelegenheiten begleitete. Sie war als Einzige im Raum schick angezogen und umarmte ihn zur Begrüßung. Er zwängte noch einen Stuhl zwischen seinen und den von Devermann.

Nach dem Essen wanderte Harri von Tisch zu Tisch. Überall hieß man ihn willkommen. Alle waren guter Laune, es wurde auf die Firma getrunken, und Harri musste mit jedem anstoßen. Irgendwann tauchte der Gedanke auf, dass er eigentlich genug getrunken hatte. Er nahm sich vor, diesen Gedanken nicht zu vergessen.

Als er zu seinem Stuhl zurückkam, hatte sich die Sitzordnung geändert. Doro war mit der Personalchefin ins Gespräch vertieft. An ihren Gesten erkannte man, dass sie sich über wallende Gewänder austauschten. Stella saß neben Max und redete gestenreich auf ihn ein. Offenbar war er doch nicht so langweilig, wie sie zuerst behauptet hatte. Der Lärmpegel war enorm, man verstand kaum sein eigenes Wort. Diejenigen, die sich unterhielten, hatten die Köpfe zusammengesteckt, manche sprachen direkt ins Ohr des anderen. Es war die Gelegenheit, Geheimnisse laut auszusprechen, ohne fürchten zu müssen, dass sie unbefugte Ohren erreichen würden. Harri wollte Wasser bestellen, vergaß es jedoch. Kraftlos betrachtete er die Szene, endlich musste er mit niemandem reden. Der kühle, frische Wein war eine willkommene Medizin gegen Erschöpfung und Wärme. In der dampfigen Luft glühten seine Ohren. Er betrachtete das weiß gekalkte, aber unverputzte Ziegelgewölbe, das an den Rändern weit heruntergezogen war, fast bis zum Boden. Eine schöne Arbeit. War sie hundert, zweihundert oder dreihundert Jahre alt? Doro und die Personalchefin lachten unanständig. Auch Stellas sonst vornehm blasses Gesicht war gerötet. Ihre Augen glänzten im rötlich goldenen Lichtschein. Sie hörte schweigend, konzentriert zu, während Max langsam sprach, wobei das Schweigen und das Langsame bei dem Lärm nur auffielen, wenn man genau hinsah. Max wählte seine Worte mit Bedacht, er schien aufgeräumter Stimmung, auch sein Gesicht hatte eine lebendige Farbe bekommen. Die Musik machte eine Pause, eine wohltuende Pause. Jetzt hörte man den Hall der vielen Stimmen, des Gelächters, der aneinandergeschlagenen Weinkelche. Es war immer noch unerhört laut. Harri schwamm in einer glückseligen Stimmung, er war stolz und zufrieden, manche der Mitarbeiter kannte er nun schon seit bald zwanzig Jahren. Sie waren wie eine große Familie, die sich amüsierte, deren treibende Kraft er war. Er hielt alles zusammen.

Mildes, warmes Licht durchflutete die gelbgrüne Flüssigkeit im Glas. Er erinnerte sich daran, einen Gedanken gehabt zu haben, den er nicht hatte vergessen wollen. Er fiel ihm nicht mehr ein. Die Fässer an der Wand hielten still. Sie hatten sich den ganzen Abend nicht bewegt. Warum waren sie beleidigt? Ein Teil der Mannschaft an einem von Harri aus nicht sichtbaren Tisch sang ein Lied, eine Melodie, die er einmal gekannt hatte, die aber jetzt ebenso unbekannt war wie der Text unverständlich. Eine prächtige Mannschaft auf einem prächtigen Schiff in wilder Fahrt. Bei dem heftigen Seegang verwackelten sogar die lauten Befehle der Bedienung, wurden zu Silbenbruchstücken, die keinen Sinn mehr ergaben. Die Mannschaft soff und lachte. Ein starker Kapitän wäre notwendig gewesen. Wo war überhaupt der Kapitän? Wer war es? Der Steuermann, der früher einmal Devermann geheißen hatte, erhob sich, lehnte mit den Oberschenkeln an der Tischkante, stemmte sein Glas empor und schrie ein zackiges Kommando zum Nebentisch hinüber, wo ein Offizier mit dem lächerlichen Namen Bieslinger ebenfalls sein Glas erhob und mit einer wollüstigen Grimasse irgendetwas zurückschrie. Sie erzählten sich Witze in fremden

Sprachen. Wie konnte ihnen das bei diesem Schlingern gelingen? Womöglich planten sie eine Meuterei. Einige gafften Harri an. Offenbar warteten sie, dass auch er lachte. Es blieb dabei: Harri verstand kein Wort. Es ist auch alles Unsinn, was sie dahererzählen. Ein Rausch, dachte Harri, konnte aber den Gedanken nicht festhalten. Eine dralle Braune mit rotem Kussmund hauchte ihm Riesling ins Gesicht. Hast du schon genug, Chef? Er versuchte zu antworten, hatte aber den Text vergessen. Wenigstens fiel ihm ihr Name ein. Doro, sagte er. Da zog sie sich zurück. Eine bekannte Gestalt tauchte auf, beugte sich gleich einem Engel zu ihm herab und zog ihn am Arm.

»Komm, es wird höchste Zeit«, sagte Stella.

Auf dem Heimweg, im Fond des Wagens, machte sie ihm Vorwürfe, warum er sich betrunken habe. Aber da sie sich an ihn lehnte und mit der Hand über seinen Hinterkopf strich, war er mit allen Vorwürfen einverstanden.

Natürlich schämte er sich am nächsten Morgen.

»Was haben denn die anderen gesagt?«, fragte er Stella.

»Ich glaube, außer Dorothea, die selbst ziemlich betrunken war, hat sich keiner gekümmert. Es muss ganz schnell gegangen sein. Fünf Minuten vorher habe ich noch zu dir hingeschaut und nichts bemerkt.«

Harri wusste, dass sie ihn schonte. In Wahrheit war die ganze Belegschaft Zeuge gewesen. Er wollte das Thema wechseln, sie aber kam ihm zuvor. Ob es sein könne, dass seine Sekretärin ihm schöne Augen mache. Wieder dieser Blick, der ihn ungeschützt traf.

»Nicht dass ich wüsste«, behauptete er, fühlte sich aber doppelt unwohl, denn wenn er das Ganze einmal ehrlich betrachtete, dann reizte Doro seine Sportlichkeit bis an die Grenze. Manchmal musste er sich abrupt von ihr abwenden, solange es noch möglich war. Er liebte Stella und blieb ihr treu. Den vielen attraktiven Frauen, die er auf Geschäftsreisen kennenlernte, zeigte er die kalte Schulter. Eine Trübung seiner Ehe duldete er nicht.

»Das wäre ja auch lächerlich«, sagte Stella endlich, was ihn, ohne genau zu wissen warum, ärgerte.

»Und, hast du etwas Interessantes von Max erfahren?« Endlich gelang es ihm, das Thema zu wechseln.

»Ja«, sagte sie. »Er ist nicht so spröde und kühl, wie es auf den ersten Blick wirkt. Er sprüht zwar nicht vor Humor, dafür hat er eine interessante Lebenseinstellung.«

»Ich finde, er nimmt einiges zu ernst.«

»Entschuldige, aber ich glaube, jemand wie du tut sich schwer, das zu verstehen.«

»Jemand wie ich?«

»Na, so Sonnyboy-Typen eben, Sonntagskinder, die sorglos durchs Leben gehen – und sich dann auch noch in aller Öffentlichkeit besaufen.«

Harri fand das übertrieben, es war nun wirklich nicht so, dass er keine Probleme zu lösen hatte oder die Probleme gar nicht erst gesehen hätte. Er wollte sich von ihnen nur nicht den Spaß verderben lassen. Er hatte schon immer gefunden, dass »Friede, Freude, Eierkuchen« nicht die schlechteste Variante war. Dass Stella sich nun auch mit Max einigermaßen verstand, freute ihn. Auf die Idee, das Besäufnis könnte ein Warnsignal gewesen sein, kam er nicht.

»Übrigens«, sagte sie, »habe ich beschlossen, zu einem Spezialisten zu gehen. Hormonbehandlung und Insemination. Ich habe mich informiert, das ist heute kein großes Problem. Ich hoffe, du hast nichts dagegen.«

Er wunderte sich, hatte aber nichts dagegen, vor allem nicht, dass sie ihn umarmte.

Sultan hatte sich in der Zwischenzeit zu einem stolzen und verwöhnten Hausherrn entwickelt. Stella kümmerte sich rührend um ihn. Sie beobachtete ihn täglich, immer wachsam, ob es nicht Anzeichen gab, dass es ihm nicht gut gehen könnte. Einmal war sie beunruhigt, weil er eine Zeitlang kaum etwas fraß, man ihm das aber nicht ansah. Ganz im Gegenteil: Er war eindeutig dicker geworden.

»Das ist doch nicht normal«, sagte sie besorgt. »Da ist irgendetwas nicht in Ordnung. Wahrscheinlich wird er woanders mitgefüttert.«

»Das wäre ja nichts Schlechtes«, erwiderte Harri arglos. »Und es scheint ihm auch zu schmecken.«

»Du hast wirklich keine Ahnung von Katzen! Ich will auf keinen Fall, dass er auswärts gefüttert wird. Wer weiß, welchen Fraß man ihm dort vorwirft. Vielleicht verträgt er das Futter gar nicht.« Sie untersuchte seine Ohren und auch sonst jeden Quadratzentimeter.

»Ich würde mich da auf seinen Instinkt verlassen.«

»Du und dein Instinkt! Das ist ja lächerlich. Wie soll das arme Tier denn merken, wenn man ihm etwas ins Futter mischt!«

Er sah ein, dass es hier um ein sensibles Thema ging und er mit seinen Äußerungen nicht gepunktet hatte.

»Na gut«, meinte er versöhnlich, »wir achten in der nächsten Zeit darauf, dass er etwas frisst, bevor er das Haus verlässt, dann hat er nicht so viel Appetit darauf, fremdzugehen.«

»Eine gute Idee.«

Er war gerettet.

Kurz darauf begann die Behandlung bei Dr. Mayski, einem Spezialisten in Frankfurt. Stella war aufgekratzt. Ihre Stimme wurde wieder fester, ihr Lachen aber wirkte manchmal übertrieben, so dass Harri sich fragte, ob das die Nebenwirkungen waren. Ihre Zusammenkünfte erhielten wieder eine besondere Bedeutung, genauer gesagt steigerten sie sich zu hochoffiziellen Staatsereignissen, bei denen nicht nur der Zeitpunkt genau einzuhalten war, sondern es auch die sonstigen Umstände penibel zu beachten galt. Die Energie musste stimmen. Das Ganze ist eine sensible Angelegenheit, wer weiß schon wirklich, ob nicht gerade der Schein einer Kerze den entscheidenden Unterschied ausmacht! Offenbar wollte sich Stella nicht alleine auf die modernen Methoden des Dr. Mayski verlassen, sie besuchte zudem ein Fortbildungsseminar zum Thema »Feng-Shui für Innenarchitekten«, was einige Änderungen in der weißen Villa mit sich brachte, und auf einem Sideboard tauchte ein Buch mit dem Titel *The Power of Modern Belief* eines amerikanischen Fernsehpredigers auf.

Das Leben im Haus nahm mitunter bizarre Formen an. Nach dem Betreten wurde als Erstes überprüft, ob der Kater da sei. Wenn dem so war, musste die Katzenklappe geschlossen werden, und das Tier erhielt sein Futter. Freiwillig rührte Sultan den Napf nicht an. Er wollte überredet und gestreichelt werden, man musste ihm Geschichten erzählen, ihn zwischendurch ablenken. Harri rapportierte meistens den vergangenen Arbeitstag, da ließ sich der Kater sogar zu einem Schnurren hinreißen. War der Napf leer, wurde die Klappe wieder geöffnet, und Sultan stolzierte hinaus in die Katzennacht, mit erhobenem Kopf und vor Verachtung triefendem Blick.

Als Nächstes musste Gudrun kontaktiert werden. Die Rollläden konnte man erst herunterlassen, wenn nebenan das Licht gelöscht war. Gudrun hatte sich beschwert. Wenn man die Rollläden herunterlasse – auf Knopfdruck fuhren an allen Seiten des Hauses anthrazitfarbene Metallpaneele vor Fenster und Türen –, mache ihr das Angst. Sie fühle sich dann ausgeschlossen, zurückgewiesen, allein. Es sehe so aus, als wolle man sich abschirmen und mit niemandem etwas zu tun haben – auch mit ihr nicht. Was Harri betraf, hatte sie damit Recht, aber er hütete sich, ihr das zu sagen. Er hütete sich auch, es Stella zu sagen. So betrachtet war es ein glücklicher Umstand, dass er selten vor acht Uhr nach Hause kam. Dadurch entging er dem gemeinsamen Abendessen mit Gudrun. Meistens ging Stella noch hinüber.

»Sie hat im Fernsehen ein Magazin über Neuanfänge nach Scheidungen gesehen. Angeblich hat es bei allen Betroffenen einen Aufbruch gegeben. Nur bei ihr nicht. Jetzt ist sie am Boden zerstört. Außerdem ängstigen sie die vielen Teppiche.«

»Die Teppiche?« Ihm schwante Übles. »Aber die hängen doch ganz unschuldig an den Wänden!«

»Sie sagt, die Muster seien verwirrend, man werde nicht schlau aus ihnen. Sie glaube, so viele Teppiche an einem Ort würden die natürlichen Schwingungen aus dem Gleichgewicht bringen, die Muster könnten zueinander in Kontakt treten und manipulative Kräfte entfalten.«

»Manipulative Kräfte?«

»Du hältst sie für verrückt?«

Er hielt es für besser, auf diese Frage zu schweigen.

»Sie hat ein schweres Schicksal. Du musst sie verstehen. Nimm doch die Teppiche ab, vorläufig, wir hängen ein paar Blumenbilder auf.«

Harri ließ die Teppiche ab- und Blumenbilder aufhängen. Er versuchte, das Wort »vorläufig« gänzlich von der Liste bedeutsamer Begriffe zu streichen, was erheblich leichter ging, wenn er dazu einen Schnaps trank.

Wenn schließlich Gudrun versorgt war, begann das Haus zu duften. In Wasserschälchen, die über einer Kerze hingen, wurden tröpfchenweise ätherische Öle gegeben. Mal gab es einen Sandelholzabend, mal war es Rose, mal Amber – die jeweilige Wahl hing irgendwie mit der aktuellen Stellung der Planeten zueinander und zur Sonne zusammen. Er hatte vollstes Vertrauen in Stellas Kenntnisse auf diesem Gebiet. Seine Aufgabe war es, Musik aufzulegen, was er gerne tat. Die Walzer von Chopin waren sehr beliebt. Auch afrikanische Trommeln. Kerzen wurden verteilt. Manchmal ertappte er sich bei dem

Gedanken, ob das nicht alles ein wenig albern sei. Aber er liebte Stella. Hätte sie ihn gebeten, nur noch auf Zehenspitzen durch sein Haus zu gehen und dabei Weihnachtslieder zu singen, ihr zuliebe hätte er es getan. Am liebsten natürlich den Evergreen »Wir erwarten den Messias«. Selbst die Intervention des Heiligen Geistes hätte er hingenommen.

Monate vergingen, sie wurde nicht schwanger.

Eines Tages wollte sie wissen, was es mit der Schachspielerei von Max auf sich habe. Sie habe das Schachbrett gesehen und ihn darauf angesprochen. Er habe ausweichend reagiert und gleich das Thema gewechselt. Harri berichtete ihr von seiner Leidenschaft und der Begegnung mit dem russischen Großmeister.

»Ich habe noch nie in meinem Leben Schach gespielt. Meinst du, das wäre etwas für mich?«

»Ich weiß nicht«, sagte er, überzeugt, dass es nichts für sie war, denn sie war viel zu emotional. Aber in der gegenwärtigen Situation schien ihm jede Art von Ablenkung das Richtige. »Du kannst es ja mal probieren, Max freut sich bestimmt. Aber mache dir keinerlei Hoffnungen, jemals gegen ihn zu gewinnen.«

Max war offenbar ein geduldiger Lehrer. Nach einiger Zeit behauptete Stella, Max habe sie gelobt, sie habe Talent, jedenfalls mehr als Harri. Das schien ihr zu gefallen und sie ein wenig stolz zu machen. Etwas, was ihr Selbstbewusstsein zu dieser Zeit gut vertragen konnte. Auf Harris Frage, ob ihr das Spiel denn überhaupt gefalle, meinte sie, es beruhige sie. Sie finde zu sich selbst. Das ist ja nicht schlecht, dachte Harri, ohne zu wissen, was genau sie meinte. Er hatte selbst nur eine vage Vorstellung davon, was es heißt, zu sich selbst zu finden, und ging wie viele erwachsene Menschen davon aus, sich längst »gefunden« zu haben.

In der Firma überkam ihn seit dem Betriebsausflug, den er in

Gedanken Betriebsunfall getauft hatte, manchmal das Gefühl, dass man ihm mitleidig hinterherlächelte. Sicher war er aber nicht. Er war auch nicht sicher, was er davon halten sollte, dass Stella den teuren Marmorboden im Erdgeschoss der weißen Villa mit einem hellgrauen Teppichboden zudecken wollte. Mama sei der Überzeugung, ein harter Steinboden schade der Fruchtbarkeit, man müsse das Kind, das man herbeiwünsche, mit einer vertrauensstiftenden, weichen Atmosphäre locken. Harri war dankbar für die vielen Termine, die er absolvieren musste und die ihm keine Zeit ließen, über alles, was in seiner Umgebung passierte, nachzudenken.

Als er zur Verleihung des Verdienstordens an die Gründerin eines Kinderhilfswerks eingeladen wurde, schlug er Max vor, ihn zu begleiten.

Der lehnte schroff ab.

»Ich? Was soll ich denn dort? Die Frau wird doch für ihre Arbeit ausreichend entlohnt. Ist dir schon einmal aufgefallen: Die Orden werden meistens denen umgehängt, die auch so schon genug Geld und Ehrung erfahren und deren Ego auch ohne Verdienstband stark genug ist. Warum ehrt man denn nicht einmal eine einfache Krankenschwester? Die macht ohne zu mucken seit vierzig Jahren ihre Arbeit. Schlecht bezahlt. Oder eine Altenpflegerin?«

»Du hast ja Recht«, sagte Harri und dachte an die vielen Orden, die bei ihm zu Hause lagen. Max bezog seine Kritik sicherlich auch auf ihn. »Aber was soll ich machen? Die Orden ablehnen? Sie zurückgeben? Du kannst gerne die Hälfte haben, freie Wahl.«

»Nein, Harri, danke. Behalte du deine Orden.« Dann ging er.

Das Thema Orden, beschloss Harri, war in Zukunft Max gegenüber tabu.

Zu dem Empfang ging er dann alleine, weil Stella an diesem Abend Mutter Gudrun »unterstützen« musste. Die Gründerin des Kinderhilfswerks war eine bescheidene Person, die sich aufopfernd für Waisenkinder in der Sahelzone einsetzte. Diese Frau hätte Max sehen sollen. Die hatte weder Geld noch einen Haufen Ehrungen. Zufrieden klatschte Harri Beifall.

Dann wurden auf einer Leinwand Bilder gezeigt. Die Geehrte vor zwanzig Jahren an einem Brunnen am Rand der Wüste, neben sich ein Dutzend ausgemergelter Kinder. Die Geehrte vor zwei Monaten an derselben Stelle mit einem Dutzend ausgemergelter Kinder, die jetzt bunte Hemden trugen. Einige Bäuche waren grotesk aufgebläht. Die Geehrte vor einer staubigen, fensterlosen Baracke, in der Türöffnung eine Mutter mit Säugling, davor Kinder mit bunten Hemden, eingefallenen Gesichtern, aufgeblähten Bäuchen und spindeldürren Beinen. Die Geehrte inmitten einer Schar Kinder, die in den Händen Brotkanten hielten, als ob sie nicht wüssten, was sie damit tun sollten.

Harri hielt es nicht länger aus. Er schlich zur Toilette und war dabei der Geehrten doppelt dankbar, nämlich auch dafür, dass sie sich kümmerte und er sich nicht kümmern musste.

Anschließend kam ein bekannter Verleger auf Harri zu. Er solle doch seine Autobiografie schreiben, meinte er, derzeit nehme der Markt so etwas begierig auf, es wäre auch eine gute Werbung für die Firma. Er habe mit Autobiografien Erfahrung, und ihm schwebe bereits ein Titel vor: *Unternehmer mit Herz*, aber das sei natürlich nur ein Vorschlag. Harri brauchte sich auch nicht mit Satzbau und Rechtschreibung und so weiter herumzuschlagen, denn dafür habe man eigene Leute, Schreiber, die das routiniert und geräuschlos erledigten; es genüge, die Stationen seines Lebens, einige Höhepunkte und Anekdoten, Jahreszahlen, Namen und Ortsangaben in Stichpunkten zu notieren. Was für eine absurde Idee, dachte Harri zuerst, während er von einer exquisit nach Spinat und Lachs riechenden Teigtasche abbiss, und wie peinlich. Aber je länger der

Andere redete, desto überzeugter war Harri; auch hoffte er, beim Schreiben festzustellen, ob er bereits zu sich selbst gefunden hatte oder nicht. Man wurde per Handschlag einig. In einigen Monaten würde Harri die erforderlichen Notizen beim Verleger abliefern.

Bevor er die Veranstaltung verließ, übergab er noch einen Scheck mit einer Spende, einer »ordentlichen«, wie er fand.

Es ergab sich keine Gelegenheit, mit der Autobiografie anzufangen, was womöglich an den Schlafproblemen lag, die ihn quälten. Ein merkwürdiger Albtraum verfolgte ihn. In diesem Traum war er ein Fensterputzer und erhielt den ehrenvollen Auftrag, die größte Fensterscheibe der Stadt zu reinigen. Voller Stolz und Elan machte er sich an die Arbeit, tauchte den Lappen in das heiße Seifenwasser, wischte über das Glas, rieb die Randflächen und zog mit einer Gummilippe von oben beginnend in eleganten Achterkurven das gesamte Fenster ab. Endlich war er fertig, trat einen Schritt zurück, um das Ergebnis zu begutachten – und erschrak: Die Scheibe war noch genauso verdreckt wie zuvor. Als habe er nicht richtig geputzt. Sofort machte er sich wieder an die Arbeit, diesmal noch sorgfältiger. Längst schon schweißgebadet. Doch am Ende war das Fenster noch immer nicht sauber. Das wiederholte sich mehrmals, bis er durch das Glas hindurch Leute auf der Straße bemerkte, die mit dem Finger auf ihn zeigten und lachten. Er schämte sich. Mit einem Mal verstand er ihre Heiterkeit. Er hatte übersehen, dass die Scheibe zwei Seiten hatte. Er hatte die ganze Zeit die falsche, weil längst saubere Seite geputzt.

*

Sie fragen sich, wo ich nächtige? Ja das frage auch ich mich täglich. Als ich aus der großen Welt in diese Stadt zurückkehrte, hatte ich kein festes Quartier. Ich entsann mich der gemeinsamen Ausflüge mit Max – wir waren vielleicht zwölf, dreizehn Jahre alt – an den Hang des Isarhochufers, bei den stillgelegten Gleisen der Isartalbahn. Auf Höhe des Golfplatzes gibt es im Nagelfluh Höhlen, enge, modrige Löcher, die wir mit funzeliger Taschenlampe und Herzklopfen erforschten. Eine solche Höhle bezog ich. Manchmal des Nachts, wenn das Millionendorf schlief, saß ich vor dem Höhleneingang, sah über den Baumwipfeln die Lichter des gegenüberliegenden Hochufers, die Villen und Terrassenwohnungen in Harlaching, und es wurde mir warm ums Herz.

Aber die Feuchtigkeit war Gift für meine Gelenke, und so tauschte ich die Höhle gegen die Mulden, Nischen und Überhänge der Stadtlandschaft ein. Betonwechten schützen mich ebenso vor Regen wie Schaufensterpassagen vor dem Wind. Ich schlafe unter Brücken, in Bahnhofsanlagen, Tiefgaragen, Parkanlagen, Buswartehäuschen und Barockportalen. Eine erhellende Erfahrung: Ist man erst einmal ohne festes Obdach, dann ist man überall zu Hause. Die Nacht ist noch immer vorübergegangen. Im Morgengrauen mache ich mich auf den Weg zu meinem Arbeitsplatz, abends suche ich gelegentlich eine öffentliche Badeanstalt auf, um mich dann in einer Wirtschaft niederzulassen, wo die Menschen rasch Vertrauen zu mir fassen und sich an meinen Tisch setzen. Ich sorge allerdings dafür, dass nie mehr daraus wird als eine flüchtige Bekanntschaft.

Wir haben nicht viel eingenommen. Kein Wunder, mit geschlossenen Augen bekommt man nichts. Die Leute denken, man ruhe sich aus. Oder noch schlimmer: Man lenke den Blick nach innen. Gschpinnerter Esoteriker! Das erregt kein Mitleid. Und zwei, die mit geschlossenen Augen miteinander reden – das sieht aus wie ein geselliges Ereignis, als würden wir uns lustig machen. Gibt es doch die allgemeine Regel, dass jeder für sein Geld etwas tun muss, und sei es nur, die missliche

Situation, in der man gelandet ist, mit offenen Augen und bei vollem Bewusstsein zu erleiden.

Da fällt mir ein Erlebnis ein, das ich vor einiger Zeit hatte ... Es war ebenfalls ein Donnerstag, ich saß wieder einmal mit geschlossenen Augen da und konzentrierte mich auf die Orchestermusik, die aus der Ferne herüberklang. Vielleicht hielten sie drüben in der Philharmonie die Generalprobe. Eine ernste, getragene, fast wehmütige Melodie, die sich gegen den Verkehrslärm behauptete. Plötzlich mischte sich ein nahes, fließendes Geräusch in das Largo. Ich öffnete die Augen. Ein Schritt vor mir stand ein Dackel auf dem Gehweg. Mit selbstbewusster Miene hatte er ein Bein gehoben und urinierte an den weißen Plastikbecher. Seither mache ich mir Gedanken darüber, zu welchen Absichten Hunde fähig sind.

Freitag. An der Kreppe.

Eng für zwei, Sie sagen es. Die Wurzeln der Platane, die in dem von Bierkellern durchlöcherten Untergrund kaum Halt finden, haben einen Teil des Gehwegs erobert. Aber wenn wir uns an das Gitter lehnen, reicht der Platz für uns beide, und Sie werden sehen: Man wird uns für unsere Zurückhaltung belohnen. Denn statt in der Mitte des Platzes, bei den Marktbuden oder drüben bei der Straßenbahnhaltestelle, vor dem Eingang zum Biergarten oder gar am Maibaum, haben wir uns für alle sichtbar am Rand platziert, wo wir nach allgemeiner Meinung auch hingehören.

Die kleinen Herbergshäuschen stehen unter Denkmalschutz. Auch meine Mutter stammte aus einer einfachen Familie, fünf Geschwister, der Vater Lohnarbeiter. Man hauste in einer Zweizimmerwohnung im Rückgebäude, nicht weit von hier, wo sich vier Familien das Stockwerksklo teilten; ein Badezimmer gab es nicht. Nach der Schule wurden die Kinder mit einem Stück Brot auf die Straße geschickt. Abends gab es einen Teller Suppe. Danach musste meine Mutter für ihren Vater im Steinkrug drei Quartel Bier holen, von der Gassenschänke an der Straßenecke. Zu mehr reichte der Lohn nicht. Selten wurde die Hoffnung enttäuscht, der Wirt war großzügig und füllte den Maßkrug bis zum Rand mit dem dunklen, malzigen Gebräu.

Das Höchste für meine Mutter war, wenn sie ein Zehnerl ergattert hatte. Dafür bekam man beim Metzger einen Wurstverhau, eine Tüte voller gemischter Zipfel, die der Metzger nicht an Hausfrauen verkaufen konnte, die sich aber hervorragend auszuzeln ließen. Damit war dann spätestens Schluss, als mein Großvater sich in die lange Schlange vor dem Arbeitsamt einreihte, wo man ihm keine Arbeit gab, aber gerade so viel Geld, dass es das Verhungern von einem Tag zum nächsten hinausschob. Er beschwerte sich nicht, behielt ein reines Gewissen und gab Adolf Hitler seine Stimme, der sich bald darauf mit einem Arbeitsplatz revanchierte.

Und in diesem Kreislauf von Geben und Nehmen zog Großvater in den Krieg. Als sei es das Selbstverständlichste auf der Welt, trug er die deutsche Fahne nach Nordafrika, wo Rommel, der für seine eigenwillige Kriegführung bekannt war, eines Tages einen Spähtrupp, dem Großvater angehörte, losschickte, um in den Bergen das Lagerleben der Engländer unter die Lupe zu nehmen. Der Trupp geriet in einen üblen Hinterhalt, Großvater wurde ausersehen, unter Dauerbeschuss des Feindes auszubrechen, um Hilfe zu holen. Während die Kameraden hinter Felsblöcken kauerten und den Gegner hinzuhalten versuchten, flüchtete der Auserwählte wie ein Stück Wild, auf das man die Jagd eröffnet hat, von einer Deckung zur nächsten, und als er schließlich an einem Höhenrücken ohne Baum und Strauch angelangt war, noch eine ganze Weile in Schussweite der Engländer, schlug er unerwartete Haken. Wie ein flüchtender Hase lief er möglichst unvorhersehbar, ohne nachzudenken und seinem Instinkt folgend, einen aberwitzigen Zickzack, während rechts und links von ihm die Geschosse im Wüstenboden einschlugen. Entgegen aller Wahrscheinlichkeit kam er unverletzt ins Lager zurück, und seine Kameraden wurden aus dem Hinterhalt befreit. Der Sieg, der keiner war, aber man brauchte einen, wollte gebührend gefeiert werden. Man versammelte sich, der Kompaniefotograf rückte mit seiner Leica an, und dem Anlass entsprechend durfte der Held erhöht Platz nehmen: Da saß er auf einem prächtigen Dromedar, das man von den Beduinen im Austausch für ein paar veraltete Gewehre bekommen hatte.

Sei es, dass das Tier das unerwartete »Vivat!« der Kompanie missverstand, sei es, dass es nicht die geringste Neigung verspürte, auf welcher Seite auch immer in den Weltkrieg hineingezogen zu werden – jedenfalls versetzte es sich ruckartig in eine rasche Vorwärtsbewegung, so dass der im Ruhmesglück lächelnde Kriegsheld das Gleichgewicht verlor und auf einen unnütz im Sand liegenden Stein fiel, wo er sich das Genick brach.

Nein, stört mich nicht. Lachen Sie nur. Habe ich schon erwähnt, dass der Freitag unser schwierigster Tag ist? Am Freitag haben die Bewohner dieser Stadt nichts Wichtigeres zu tun, als die Arbeitswoche abzuschließen, um sich in das von Freizeitterminen überladene Wochenende zu stürzen. Da hat man erstens wenig Muße und zweitens keinen Nerv. Bei einigen hat sich in den letzten Tagen auch die Wut darüber aufgestaut, dass die Woche nicht, wie am Montag erhofft, die große Wende gebracht hat, nicht einmal eine kleine Wende; die Wut also gegen sich selbst, weil man nichts dafür getan hat, und die Wut auf die anderen, weil auch sie nichts dafür getan haben. Missbilligende, hämische, ja verächtliche Blicke streifen uns. Man sucht nach einem Mittel der Demütigung. Gerade freitags landen Fünfcentstücke oder ein alter französischer Franc in der Pappschachtel. Die Geber würden schäumen, wüssten sie, dass diese Münze meine liebste ist. Wie raffiniert, auf den Rand eines Geldstücks so schöne Worte zu prägen: »Liberté, Egalité, Fraternité«!

*

Es war auch an einem Freitag, als Harri vom Patentanwalt erfuhr, dass irgendjemand das Heaven-Projekt torpediere. Ausgerechnet das Projekt, auf das Harri besonders stolz war. Die Ingenieure hatten ein geniales Verfahren entwickelt und dafür Patente angemeldet, die Sache stand kurz vor der Marktreife. Auf zehn Jahre winkte ein zusätzlicher Umsatz von achtzig Millionen jährlich. Und nun war ihnen irgendein unbekannter Konkurrent zuvorgekommen und hatte dasselbe Patent angemeldet. Das roch nach Sabotage. Harri konnte es nicht glauben. Der Anwalt glaubte sogar an Sabotage aus den eigenen Reihen. Das mochte Harri schon gar nicht glauben. Aber er war beunruhigt, und die Sache war zu wichtig, man musste ihr nachgehen. Auf Anraten der Firmenanwälte schaltete er eine spezialisierte Detektei ein und kümmerte sich in der Zwischenzeit um die anderen beunruhigenden Umstände in seinem Leben.

Da war zum Beispiel die Tatsache, dass Gudrun einen Wünschelrutengänger engagiert hatte. Der gute Mann war bei seinem Gang durch die weiße Villa auf unterirdische Wasseradern gestoßen. Stella verlegte das Schlafzimmer an das andere Ende des Hauses. Harri lagerte auf dem Lieblingsdesignerdiwan und starrte auf die Zimmerlinde, sich darüber wundernd, dass die einst herrlich grünen Blätter an den Rändern vergilbten. Er erinnerte sich: Die Pflanze war angeschafft worden, um die Luft zu verbessern. Von Grünzeug hatte er keine Ahnung, aber der Verdacht tauchte auf, dass dieser Pflanze das Raumklima nicht passte. Erstaunlich, welche Gemeinsamkeiten man mit Pflanzen haben kann, dachte er. Denn auch ihm passte das Raumklima jetzt nicht. Er sollte Gudrun wirklich einmal so richtig seine Meinung sagen. Ungeschminkt die Wahrheit vor ihr auf den Tisch legen. Dass sie sich zu viel in seine Ehe einmischte, dass sie störte und aus seiner Reichweite verschwinden sollte. Er malte sich ihr Gesicht aus, wie sie zuerst ungläubig schauen, dann das große Gezeter losbrechen würde, wie herzlos er sei, dass er ihre Tochter nicht verdient habe, dass jeder sehen könne, was aus ihr geworden sei – haltlose, unsinnige Vorwürfe, aber sie würde einfach nicht mehr aufhören mit dem hysterischen Getue, und so würde er sie rechts und links ins Gesicht schlagen, so lange, bis es endlich still sein würde.

Er schämte sich. Wie konnte er auf die Idee kommen, jemanden zu misshandeln? Er, der für Frieden und Gewaltlosigkeit eintrat? Nein, so leicht konnte man ihn nicht provozieren, so billig würde er sich nicht hergeben.

Er ließ sich Gudrun gegenüber nichts anmerken, und wenn sie ihn um Hilfe bat, dann trug er die Einkaufstüten nicht nur an die Haustüre, sondern bis in ihre Küche; stolz auf sich selbst, dass er sich von ihrem unsinnigen Gerede nicht zu Unüberlegtem reizen ließ, nicht einmal, als sie ihm esoterisch infizierte Ratschläge zur erfolgreichen Zeugung eines Kindes erteilte. Immerhin verfolgte Stella den Unsinn, den edlen Marmor mit einem Teppichboden zu überdecken, nicht weiter.

Nach acht Wochen lieferte die Detektei ihren Bericht ab: Der unbekannte Konkurrent sei ein Subunternehmen einer chinesischen Firma. Diese befinde sich zu einundfünfzig Prozent im Besitz einer Briefkastenfirma auf der britischen Insel Man, die wiederum von einem Steuerberater in Zürich betreut werde. Es sei äußerst schwierig gewesen, aber schließlich gelungen, dessen Auftraggeber festzustellen. Und da stand dann der Name schwarz auf weiß. *Dr. Maximilian Reichling.* Der Bericht endete mit dem Hinweis, dass man »unter Umständen das Patent zurückholen« könne.

Was interessierte Harri das Patent! Der Impuls, zu Max hinzurennen und ihm eine in die unbewegte Schildkrötenfresse zu hauen, sich einen Whisky einzuschenken und auf eine Erklärung zu warten, war außergewöhnlich schwer zu unterdrücken. Im Vergleich damit war es nur eine leichte Vorübung gewesen, der Gudrun-Versuchung zu widerstehen. Von allem, worauf Harri brannte, tat er nur eines: Er schenkte sich einen Whisky ein. Und der blieb nicht der einzige in jenen Tagen. Diese Angelegenheit war nicht auf einem irgendwie üblichen Weg zu lösen, womöglich, indem man darüber sprach und sich auseinandersetzte – notfalls im Streit. Wenn er mit Max darüber redete, konnte er nicht sicher sein, dass der ihm die

Wahrheit sagen würde. Oder vielmehr: Er konnte sicher sein, dass Max ihm nicht die Wahrheit sagen würde. Aber nur daran, an der Wahrheit, war er interessiert. Er musste sich also etwas einfallen lassen.

Nicht darüber zu reden, schien allerdings fast unmöglich. Jeder normale Mensch hätte den anderen zur Rede gestellt. Harri schwankte unsicher hin und her, und dabei kam ihm die mechanistische Weltsicht von Max in den Sinn. Wie konnte man ernsthaft behaupten, seine Entscheidung, Max zu konfrontieren oder dies nicht zu tun, sei vorhersehbar! Das war vollkommen unmöglich. Gerade seine Unentschlossenheit war der beste Beweis dafür, dass es einen freien Willen gab. Harri beschloss, erst einmal nichts zu beschließen.

Als er Max am darauffolgenden Montag traf, konnte er nur mit Mühe seine Fassung bewahren. Ein Glück, dass man nicht unter vier Augen war, sondern in einem Tross von Spezialisten für Gebäudetechnik, Architekten, Ingenieure, alle bei der Besichtigung einer neuen Halle, einem Rohbau, bei dem die einzigen Fenster in das Dach geschnitten waren, warum, das wusste niemand. Harri wunderte sich über die harten Kanten an den Übergängen vom Boden zu den Wänden. Max wies darauf hin, dass mit einer erheblichen Staubentwicklung gerechnet werden müsse, Staubfilme auf Membranen seien indiskutabel, also spreche man über die Staubdichtigkeit von Türen, dann über die Schalldämmung der Zwischenwände, gerade bei der Testung von Geräuschemissionen der Prototypen medizinischer Pumpen sei das wahnsinnig wichtig.

Harri war in der bequemen Lage, sich im Hintergrund halten zu können und Max zu beobachten, den er mit anderen Augen sah, als würde er ihm zum ersten Mal begegnen. Wie der seine Hand auf ein Treppengeländer stützte, sein Gewicht auf einem Fuß, den anderen Fuß überkreuzend mit der Schuhspitze auf dem rohen Estrich aufstützend, locker, mit italienischer Eleganz, die Augenbrauen hervorgehoben, weil sein Gesicht von einer Neonröhre direkt über ihm beleuchtet wurde, während er dem Statiker zuhörte. Harri hatte den Eindruck, die Augen von Max seien unablässig bemüht, sich der kantigen Form seiner Titanbrille anzupassen. Zum ersten Mal bemerkte er, dass das Gesicht von Max ganz offenbar nicht das widerspiegelte, was in seinem Inneren vor sich ging. Warum war ihm das in all den Jahren nicht aufgefallen? Er hatte es ja bemerkt, fiel ihm nun ein, aber nicht für wichtig genommen. Er durfte sich nicht anmerken lassen, dass er ihn beobachtete. Sollte Max inzwischen bemerkt haben, dass er beobachtet wurde, dann hatte er sich gut im Griff, nahm die eine Hand vom Geländer und stützte sich stattdessen auf die andere, ein seltsamer Anblick, denn er musste nun, um den Statiker weiter anschauen zu können, seinen Kopf verdrehen, was seine eigene Statik gefährdete. Das schien er jetzt auch zu merken, nahm die Hand an sich, so dass beide Hände an seinen Seiten herunterhingen, und um sie nicht nutzlos baumeln zu lassen, klinkte er sie an den Gürtelschlaufen der Hose ein, ein typischer Max'scher Stellungswechsel, wie Harri sich nun erinnerte, der ihn schlagartig um zwanzig Jahre jünger machte, ein Westernheld mit Überblick. Aber auch damit war Max nicht zufrieden, nun nahm er die Hände und verschränkte sie vor der Brust, wobei ihm auch diese Pose bald keinen Spaß mehr bereitete, vielleicht hatte er selbst erkannt, dass er wie ein Stammeshäuptling wirkte, der auf die Huldigung der Squaws wartete. Deshalb ein erneuter Stellungswechsel, der, wiewohl zigtausend Mal eingeübt, nicht glatt ablief, nicht stimmig war, irgendetwas holperte, als er nun die Hände in die Hüften stützte, so dass auch das Ergebnis des allzeit Bereiten, vor Kraft Strotzenden, dem alles, was er anpackt, gelingt, nicht recht überzeugte, was er selbst merkte, denn er war viel zu clever, um sich nicht selbst erkannt zu haben. Ein glückliches Gesicht machte er nicht dabei, vielmehr:

Er ärgerte sich, er hatte keinen Spaß daran, ständig eine andere Figur darzustellen, aber er konnte nichts dagegen tun, denn seine rechte Gehirnhälfte war verkümmert; so unbeholfen es auch wirkte, da waren irgendwelche Hürden oder Schranken, da war irgendein unüberwindliches, unsichtbares und damit nicht zu greifendes, also unbegreifliches Hindernis, so wie es einem Bergwanderer mit Höhenangst ergeht, der nicht näher als drei Schritte an die Kante des Felsabsturzes herantreten kann, aus Angst, eine magische, unkontrollierbare Kraft könnte ihn hinabziehen in den Abgrund, und um dem zu entkommen fand Max in der Innentasche des Jacketts einen Kugelschreiber, den er abwägend auf den Zeigefinger der anderen Hand schlug, dazu der Gesichtsausdruck des unantastbaren Söldners eines international agierenden Geheimdienstes, aber auch das nicht glaubwürdig, in keiner Weise wahrhaftig, und da Harri das jetzt nicht mehr aushielt, wandte er sich ab.

Während Max mit einer Seelenruhe über technische Details von Betonpumpen sprach (zum Schreien), beschloss Harri, ihm zu kündigen, ihn mit einem Fußtritt hinauszuwerfen. Es wäre schön, wenn sich dabei die Gelegenheit zu einer kräftigen Watschn ergäbe, dachte er. Er würde mit Heinz darüber sprechen. Später. Ein wenig später. Wie konnte Max davon ausgehen, dass er ihm nicht dahinterkommen würde? Er musste doch damit rechnen, dass man eine Detektei einschalten würde!

Bis dahin hatte Harri sich mit der Gegenwart und der Zukunft befasst. Es wurde höchste Zeit, sich mit der Vergangenheit zu beschäftigen. Hatte es schon zuvor Anzeichen gegeben? Hatte er denn nicht Zweifel gehabt? Hatte er die Zweifel unterdrückt getreu dem Motto: »Es kann nicht sein, was nicht sein soll«?

Das Verhalten von Max, wenn Harri vom Trainer gelobt worden war, erschien ihm jetzt in anderem Licht. Ein nicht zu unterdrückender Verdacht kam auf, als er sich an die Grätsche erinnerte, die Grätsche, die zum Ende seines Fußballlebens geführt hatte. Der Chirurg hatte anlässlich einer Visite nach der Operation gemeint, er habe schon viele ähnliche Verletzungen gesehen, in diesem Fall müsse das aber ein besonders harter Tritt gewesen sein, wie von einem Betonfuß. Harri nahm sich vor, den Trikotwart ausfindig zu machen, der sich damals um die Schuhe von Max gekümmert hatte.

Außerdem beschloss er, Max nicht hinauszuwerfen und nicht mit Heinz zu sprechen. Diese Sache musste er mit Max allein ausmachen, und der nächste Schritt wollte wohlüberlegt sein. Nur Stella sollte davon wissen.

An diesem Tag fuhr er früher nach Hause. Sie hockte auf dem Sofa, mit untergezogenen Füßen, völlig verheult.

»Du lässt mich stundenlang hier sitzen, kümmerst dich nur noch um die Firma, ich bedeute dir gar nichts!«, brach es aus ihr hervor.

»Stella, was ist denn los?« Er setzte sich zu ihr.

»Es ist so ungerecht! Wie viele dumme und hässliche Frauen gibt es auf dieser Welt, aber alle dürfen Kinder bekommen. Warum ich nicht? Was habe ich falsch gemacht?«

»Das ist doch nicht deine Schuld!«

»Doktor Mayski gibt mir kaum noch eine Chance. Er sagt, je länger die Behandlung andauere, ohne dass sich etwas tut, desto geringer würden die Chancen.«

»Na, das hätte ich dir auch sagen können!«

»Du«, sie schubste ihn weg und stand auf. »Du weißt immer alles! Für dich ist nie etwas ein Problem! Hauptsache, deine Firma macht Umsatz und du kannst dir deine Orden umhängen. Harald, der Große! Du hast keine Ahnung! Du verstehst nicht, was das für mich bedeutet. Du hast immer bekommen, was du wolltest. Dein Leben hat dich immer satt gemacht. Du weißt überhaupt nicht, was es heißt, unglücklich zu sein. Deshalb verstehst du mich auch nie.«

Harri fand eigentlich, er habe Stella immer sehr gut verstanden. Auch jetzt, als sie ihm vorwarf, er habe nie in seinem Leben einen Schicksalsschlag erlitten. Er wusste, dass sie irrte, aber es erschien ihm klüger, darüber zu schweigen.

»Du hast überhaupt kein Mitgefühl!«, fuhr sie fort, durch sein Schweigen wohl bestärkt. »Du weißt nicht einmal, was das ist. Weil du immer oben mitgeschwommen bist, weil du immer Glück gehabt hast. Du warst immer der Sonnyboy.«

Er schwieg. Natürlich war sie ungerecht, aber es hatte keinen Sinn, ihr das zu sagen. Immerhin war es ein Unglück, dass sie nicht schwanger wurde, und dieses Unglück war schon längst auch sein eigenes geworden. Außerdem war da die Sache mit Max, aber es war einfach nicht der Zeitpunkt, darüber zu reden. Stella hatte Tränen in den Augen. Harri verstand sie, ihre Wut, ihre Verzweiflung. Die mussten irgendwohin. Er stand auf, aber sie erkannte seine Absicht und verschanzte sich auf der anderen Seite des Tisches.

»Nimm dir ein Beispiel an deinem Freund Max«, forderte sie. »Der hat erkannt, dass das Leben nicht so leicht ist. Solche Menschen sind mir sympathisch.«

Er war sich nicht sicher, ob sie das Wort »solche« besonders betont hatte. Jedenfalls ging ihm das Ganze nun doch zu weit.

»Max?« Er versuchte vergeblich, ihren Blick zu fixieren. »Du hast keine Ahnung. Du willst, dass ich mich mit – das ist doch absurd! Es ist vor allem ungerecht.«

»Mir egal!«, schrie sie. »Denn ich habe Recht. Kümmere dich auch mal um andere Menschen!« Dann schloss sie sich in ihrem Badezimmer ein.

Harri verstand Stella nicht immer. Und wie so häufig in dieser Zeit verbrachten sie den Abend und die Nacht in getrennten Räumen.

Am nächsten Morgen saß er in seinem Büro, und um nicht ständig auf die fest in den Pumps sitzenden Fersen von Doro-

thea zu starren, die mit dem verchromten Fußgestell des Dreh-
sessels flirteten, starrte er aus dem Fenster, auf die winterlichen
Baumsilhouetten entlang der Straße. Waren es Eschen oder
Graupappeln? Wenn monatelang auf der Nordhalbkugel die
Bäume kein Laub tragen und kein Sauerstoff produziert wird,
wirkt sich das auf die Luft aus, fragte er sich, oder wird die Sau-
erstoffarmut durch globale Windbewegungen ausgeglichen?

Sein Vater im Winter an der Ostfront. Den erschossenen
Russen wurden die Stiefel ausgezogen, die wesentlich wärmer
waren als die der Wehrmacht. Als endlich das Ende des Win-
ters absehbar war, erhielt er Fronturlaub. Zwanzig Tage. Vier
Reisetage in die Heimat, vier Tage zurück an die Front. Das
ließ ihm zwölf Tage zuhause bei seiner Frau. Die er lange nicht
gesehen hatte, an die er sich erst wieder gewöhnen musste, und
umgekehrt. Sie vollzogen die Ehe, in diesen wenigen Tagen
wurde Harri gezeugt. Die Not ist fruchtbar. An der Ostfront
war der Tod längst Normalität, und sein Vater ahnte vielleicht,
als er sich von seiner Frau verabschiedete, dass er sie nie mehr
sehen würde.

Stella und er hatten dagegen alle Zeit der Welt. Doch der
Überfluss, in dem sie lebten, war unfruchtbar. Es fehlte nicht
an Nahrung, nicht an Wärme und einem Dach über dem Kopf.
Als hätte die Natur beschlossen, es sei unter diesen Umständen
nicht erforderlich, sich fortzupflanzen. Unsinn, dachte Harri.
Ursache und Wirkung liegen auf der Hand. Alles andere ist
esoterische Spekulation. Aber sicher war er nicht.

Er sah zu Dorothea hinüber, die immer beschäftigt war,
die telefonierte, wobei der Drehstuhl ruckelnd dem Gespräch
folgte, so dass er sie mal mehr von der Seite, mal mehr von
hinten sah. Es hatte sich in letzter Zeit so ergeben, dass die
Tür meistens offen blieb, und manchmal, selten zwar, aber
doch gelegentlich, wenn er aufsah, ruhte Doros Blick auf ihm,
wenn sie während des Telefonierens den Drehstuhl um hun-

dertachtzig Grad gedreht hatte oder auf der anderen Seite des Tisches Ablagen sortierte. Inzwischen hatte er Übung darin, ihren Blick nicht zu bemerken. Die Gedanken sind frei, und es kommt nur auf das an, was man tut – oder viel eher: was man nicht tut.

Außer in ihr Badezimmer flüchtete Stella in ihre Arbeit. Sie war fast so viel unterwegs wie Harri, und wenn nicht Gudrun gewesen wäre und deren Erwartung, die Tochter werde am Abend bei ihr vorbeischauen, dann wäre sie auch abends nicht vor ihm nach Hause gekommen. In der Pumpenfirma Herz war sie mit der Innenausstattung der renovierten Betriebskantine beauftragt worden. Die Halle wurde mit anthrazitfarbenen Fliesen ausgelegt. Ovale schwarze Pflanztröge gaben Sichtschutz. Von der mit ebenfalls anthrazitfarbenen Kunststofflamellen verkleideten Decke hingen meterlange silberglänzende Röhrenlampen, am unteren Ende aufgebogen und an Dunstabzugshauben erinnernd, was offenbar beabsichtigt war. Sehr elegant und modern, für die Kantine einer Pumpenfirma vielleicht etwas zu exklusiv. Und wie Harri fand: zu teuer. Vor allem aber sah man auf dem matten Boden jeden Tropfen, und insgesamt war der Raum einfach zu dunkel. Daran änderten auch die beigen Tische und Stühle nichts, ein sonniges Gefühl vermittelten sie ebenso wenig. Man wurde in exklusiver Umgebung in die Depression geschickt.

Als die Kantine fertig war, wollte Stella seine Meinung hören.

»Sehr gelungen«, sagte er. »Wunderbar stilvoll. Du wirst von allen Seiten gelobt.«

Da strahlte sie wie schon lange nicht mehr. Und er rückte näher, weil ihm das Leuchten ihres Gesichts guttat.

»Ja, auch Max hat mich gelobt«, sagte sie.

Der Heuchler, dachte er zuerst. Dann: Gut vorstellbar, dass das kühle Ambiente der Kantine ihm wirklich gefällt.

Harri lobte Stella so oft wie möglich, ohne dass es auffällig wurde. Dabei nahm er ein schlechtes Gewissen in Kauf. Wenn es hingegen darum ging, sie zu trösten, versagte er. Sie wollte nicht abgelenkt werden. Liebkosungen wich sie aus. Nicht einmal in den Arm nehmen durfte er sie. Wenn er ihrem Problem alle Aufmerksamkeit, auch im Detail, widmete, handelte er sich den Vorwurf ein, überheblich zu sein, alles besser zu wissen und sich in ihre Angelegenheiten zu mischen – oder sich nur um sie zu kümmern, um sein schlechtes Gewissen zu beruhigen. Umgekehrt war sie beleidigt, wenn er sie nicht zu trösten versuchte. Dann warf sie ihm umso mehr vor, sich nicht um sie zu kümmern.

Eines Abends, sie war wieder einmal mit ihrer Busenfreundin Sabine unterwegs, wartete er auf dem Lieblingsdesignerdiwan und betrachtete die neue Zimmerlinde. Die alte war, bevor sie in Ruhe hatte zugrunde gehen können, weggeworfen worden. Die neue, die erst seit ein paar Wochen dastand, hatte auch schon braune Ränder. Harri ertappte sich dabei, Mitleid mit Zimmerlinden zu haben. Als Stella endlich zur Tür hereinkam, mit gerötetem Gesicht, warf sie wütend die Handtasche in die Ecke. Die Begrüßung fiel aus, stattdessen ging sie nervös auf und ab und beschimpfte Sabine.

»Unglaublich, nicht auszuhalten, mit der kann man nicht mehr reden. Du hättest sie erleben sollen – nein, sei froh, dass du nicht dabei warst. Die hat ihr inneres Gleichgewicht völlig verloren, ist an nichts anderem interessiert als an ihren Kindern. Nicht auszuhalten! Zuerst erzählt sie eine Stunde von den Schulproblemen ihrer Tochter, dann eine Stunde von den sportlichen Erfolgen des Sohnes. Als ob sie kein eigenes Leben hätte! Was geht mich das pubertäre Getue ihrer Göre an? Erst groß tönen, sie wolle Karriere machen, sie werde sich nie als Gebärmaschine hergeben oder als Hausfrau, und jetzt ist sie genau das geworden. Wie verlogen! Die kann mich mal!«

Harri sagte nichts. Das half zwar auch nicht, machte es aber wenigstens nicht schlimmer. Er fragte sich, wer sein inneres Gleichgewicht verloren hatte. Jedenfalls war von Sabine danach niemals mehr die Rede.

*

Und wieder habe ich Doro vor mir, die mein Erinnerungsfeld kreuzt, ihre kräftigen Waden, das glänzende, lockere Haar, und ich weiß gar nicht mehr, ist es noch angenehm oder wird es schon unangenehm?

Freitag? Ja, Fisch oder Mehlspeise. Ach, Sie haben es nicht so mit den Fischen. Wie wäre es mit frischen Reherl mit … Ja, doch: vegetarisch. Das sind keine Wildtiere, sondern Pilze.

***

Sehen Sie dort drüben das helle Eckgebäude? In der Seitenstraße dahinter findet man nach wenigen Schritten den Laden eines gemeinnützigen Vereins, der Kleidung für Bedürftige abgibt. Einige meiner Hemden hängen noch immer an den Kleiderstangen, vermutlich haben sie damals meine Spenden im ganzen Land verteilt. Manchmal sehe ich Kollegen mit leeren Plastiktüten in der Straße verschwinden und mit gefüllten wieder herauskommen, zufrieden einer neuen Schlafstätte entgegen strebend, und noch immer geschieht es, dass einer von ihnen vorübergeht und mich plötzlich die Erkenntnis schüttelt: Der trägt ein Hemd, das ich auch schon mal getragen habe. Ich spüre dem Hemd auf der Haut des Anderen nach, ein wohliges, zufriedenes Gefühl, nach langem Herumhängen wieder getragen und geliebt zu werden, harte Schultern umschließen zu dürfen und mit meinem edlen Kragen dem Hals Form zu geben, ihn ein Stück weit aufzurichten …

Ihnen gefällt der Begriff »inneres Gleichgewicht« nicht? Von mir aus nennen wir es »Seelenfrieden«. Ich will ja keine Wortklauberei betreiben, wenngleich es doch ein besonderer Genuss ist, einer Sache den passenden Namen zu suchen, finden Sie nicht? Das Einteilen der Dinge ist eine Schwäche von mir. Ich liebe es, Kategorien zu bilden, Abteilungen und Unterabteilungen, Gattungen, Ordnungen und so fort. Ein unförmiger Gegenstand wird auf diese Weise zu einer Sitzgelegenheit, bei näherer Betrachtung zu einem Sessel, genauer zu einem Ledersessel, einem antiquarischen; um nun endlich präzise zu werden: zu einem Schreibtischstuhl aus dem Biedermeier, amerikanischer Mahagoni, an der Volute der rechten Armlehne abblätternder Schellack. Bei abermaliger Betrachtung dann der Schreck: eine Kopie, nichts als eine billige Kopie!

Sie fragen sich also schon seit einigen Tagen, ob ich, der ich immer eine Brille getragen habe, jetzt ohne Brille genug sehe? Ich würde sagen: Es genügt. Ich bin kurzsichtig und weitsichtig zugleich. Nicht viel, es reicht gerade, dass alles in der Nähe und in der Ferne mit einem goldenen Schimmer umgeben ist. Am schärfsten sehe ich auf zwei Schritt Entfernung. Den Dankbarkeit erwartenden Blick eines Passanten, der sich ein wenig herabgebeugt hat, damit die Münze nicht danebenfällt, erkenne ich genau. Wenn ich dann unmerklich nicke und in meinen Blick alle Milde lege, zu der ich fähig bin, flutet die Dankbarkeit auch das Gesicht des Anderen. Für Bruchteile einer Sekunde verschwinden alle Unterschiede zwischen Geben und Nehmen, zwischen Arm und Reich, Alt und Jung, Frau und Mann.

Ja, es sind dies Glücksmomente!

Abgesehen davon: Nehmen Sie doch einmal selbst Ihre Brille ab – Sie werden sehen, die verschwommene Sichtweise hat Vorteile: Man entspannt. Details werden unwichtig. Man konzentriert sich auf die großen Formen und ihre Stellung zueinander, auf ein Gleichgewicht im Ganzen. Auch erleichtert es den Blick in die Leere, wenn ich so sagen darf, beispielsweise in das Nichts zwischen den Turmzwiebeln des Doms. Und wenn ich soeben behauptet habe, ich würde es lieben, die Welt zu benennen, so war das nur in dem Sinn richtig, in dem der Säufer seine Flasche liebt. Täglich bedrängen mich meine Gedanken, täglich brauche ich Ruhepausen. Hat nicht Siddhartha Gautama einmal gesagt, wie ein Affe in den Wäldern bei seinen Spielen einen Zweig ergreife, um ihn sodann loszulassen und einen anderen zu ergreifen, so entstehe das, was man Geist, Gedanke oder Erkenntnis nenne, im ständigen Wechsel von Tag und Nacht. Die Evolution hat die Gehirne der Lebewesen anwachsen lassen und sie zu komplexen Leistungen befähigt. Dem Menschen hat sie das Großhirn und mit ihm die Selbsterkenntnis gegeben. Wir sind zu geistigen Höchstleistungen in der Lage. Aber es ist Ironie des Schicksals, dass die Krönung aller geistigen Tätigkeit darin liegt, den Verstand abzuschalten. Nur so ist dem Affenspiel zu entkommen. Dafür braucht es einen Trick: Ich suche mir ein Stück Straßenpflaster, eine Hauswand, das Laub eines Baumes, die glänzende Karosserie eines Automobils. Dann lasse ich alles verschwimmen, und ich muss nicht mit gekreuzten Beinen dasitzen und die Hände mit der Innenseite nach oben im Schoß übereinanderlegen, denn wie von selbst tauchen die geschwungenen Konturen der Turmhauben auf, vorübergehend nur, bis auch sie verblassen, sich schließlich auflösen, und nun kann ich ungestört hineinsehen in mein Inneres, in das Innere der Welt, in dieses Wunder, in seine Wahrheit und Schönheit. Berauscht und nur allzu willig lasse ich mich weiter forttragen, und alles, was schließlich bleibt, ist das … Ja, wir müssen weiter.

*

Die Sache mit dem Betonfuß ließ Harri nicht mehr los. Er begann in den Zeitungsarchiven zu blättern. Leider gab es von dem Vorfall keine Filmaufnahme. Wie er herausfand, war im Stadion eine Fernsehkamera installiert gewesen, doch hatte man sie im entscheidenden Augenblick auf die Grimassen der gegnerischen Trainerbank gerichtet.

Ehemalige Kontakte in die Fußballwelt wurden reaktiviert, wodurch er den Trikotwart der damaligen Mannschaft von Max ausfindig machte. Unter dem Vorwand, ein Buch über seine Fußballzeit und jene für ihn schicksalhafte Begegnung schreiben zu wollen, besuchte er ihn zu Hause. Bulitta lebte alleine. Die gute Stube mit Regalen voller Pokale, an den Wänden Plakate. Stolz zeigte er ein Trikothemd mit den Unterschriften der deutschen Spieler der WM 74. Man trank ein Bier. Den Fernseher wollte er nicht ausmachen. Ja, er könne sich jetzt erinnern. Das sei doch der lange, schlaksige Kerl gewesen, ein ungewöhnlicher Bursche, immer ernst, aber auf dem Spielfeld ein Blitzläufer. Der sei immer wieder gut für Überraschungen gewesen. Wenn er zu einem Freistoß angelaufen sei, habe man befürchtet, er werde sich in seinen schlenkernden Armen und Beinen verheddern. Und dann habe er den Ball mit äußerster Präzision ins lange obere Eck gezirkelt.

Er habe nicht verstanden, warum dieser Max Reimeling – Reichling, korrigierte Harri –, warum der nach ein paar Jahren aufgehört habe. Er habe zwar nicht das Zeug zu einem Spitzenspieler gehabt, sei einfach zu eigensinnig gewesen, aber deshalb hätte man doch nicht gleich aufhören müssen! Der alte Mann machte sich eine zweite Flasche auf. Harri erklärte, Max habe wegen einer Meniskusverletzung aufhören müssen. Aber Bulitta gehörte zu den Menschen, die sich die Ergebnisse jedes Spiels ihrer Mannschaft bis an ihr Lebensende merken – und auch stolz darauf sind. Er war sich, was Max anging, ganz sicher.

»Nein, nein, da kann ich mich jetzt genau erinnern. Es gab mal Ärger mit ihm, und seither hatte ich ihn im Auge. Ich bin sicher, er hat einfach aufgehört. Ich glaube, er war beleidigt, dass er nicht zum Kapitän gemacht wurde. Aber er hat nichts dazu gesagt, war ja kein redseliger Mensch.«

»Sind Sie sicher?«

»Bin ich. Weißt du, Junge, wenn einer erst Mannschaftsführer werden will und kurz darauf das Handtuch ganz schmeißt – das hat man nicht alle Tage.«

»Es gab Ärger?«

Ja, dieser Reimeling, oder Reichling, sei ein eigenwilliger Typ gewesen, man habe das Gefühl gehabt, er nehme einen nicht ernst. Irgendwann nämlich habe er sich beklagt, seine Schuhe seien viel zu klein, er habe aber Schuhe verlangt, die gleich zwei Nummern größer waren. Die Schuhe seien damals vom Verein für die ganze Mannschaft beim Sponsor gekauft worden. Er habe sich über den ungewöhnlichen Wunsch schon gewundert, dann aber die bestellten Schuhe besorgt. Das sei nicht so einfach gewesen, denn Reimeling habe mit Schuhen Größe 47 gespielt, nun habe er Größe 49 gewollt, dafür sei eine Spezialanfertigung nötig gewesen. Der Reimeling habe diese Schuhe dann auch getragen, allerdings nur zwei oder drei Partien, dann sei er wieder mit den alten Schuhen auf den Rasen gelaufen. Das habe ihn als Trikotwart wieder gewundert, schließlich habe er auch darauf zu achten gehabt, dass mit dem Material kein Schindluder getrieben wurde. Er habe sich auch geärgert und Reimeling angesprochen. Der habe erklärt, die großen Schuhe hätten zwar nicht gedrückt, aber er könne in ihnen nicht so schnell laufen, dann lieber Druckstellen und Blasen. Er, der Zeugwart, sei zornig gewesen. Er habe sich auf den Arm genommen gefühlt. Deshalb habe er die Schuhe, als er sie zurückbekommen habe, genauer inspiziert als üblich. An der Spitze des einen Schuhs sei ihm ein Riss im Leder aufgefallen.

»Ein Riss? Was für ein Riss?«

»Bei einem neuen Schuh kann es so etwas nicht geben. Das kann es normalerweise bei keinem Schuh geben. Es sah so aus, als ob jemand von innen absichtlich das Leder durchstoßen hätte. Ich konnte mir das nicht erklären.«

Er nahm wieder einen Schluck und schaute in den Fernseher hinein. Der Innenverteidiger der Grün-Roten bekam gerade eine gelbe Karte dafür, dass er einem Gegner von hinten ins Kreuz gesprungen war, ohne dass sich dadurch seine Chancen, an den Ball zu gelangen, auch nur im Geringsten erhöht hätten. Der Kommentator pries den stämmigen Mann, sein außergewöhnliches Potenzial und dass er ja bekanntlich in der nächsten Saison nach Spanien wechseln werde, mit einem Jahressalär von nicht einmal einer Million, womit man sein Potenzial nun wirklich unterschätze. Harri verabschiedete sich. Er wusste genug. Natürlich gab es diesen Schuh nicht mehr, und natürlich gab es am Ende keinen Beweis. Dass man keinen Beweis hat, macht die Dinge aber nicht ungeschehen. Der Verdacht blieb: Max hatte den Schuh irgendwie präpariert, um dem Tritt größere Durchschlagskraft zu verleihen.

Harri verstand nicht. Er brauchte Zeit und Ruhe, um darüber nachzudenken, was er beides nicht hatte. Das alles erschien ihm unsinnig und unwirklich. Der Instinkt warnte ihn, doch wusste er nicht, ob seinen Instinkten noch zu trauen war, nachdem sie ihn bisher so im Stich gelassen hatten. Er wünschte sich eine Erklärung, trotz der Befürchtung, die wahren Gründe nicht auszuhalten. Sein Erfolg fiel ihm ein. Und Stella. Aber beides hatte es damals nicht gegeben. Damals hatten beide in derselben Liga gespielt, und Max war als Kapitän gehandelt worden. Dann tauchte in seinen Gedanken Susi auf. Möglicherweise hatte es an ihr gelegen. Harri war keiner, der die Erklärungslosigkeit liebte. Ganz im Gegenteil war er damit überfordert, dass man das ganze galaktische Brimborium nicht erklären kann. Dann bitte wenigstens die klitzekleinen Klei-

nigkeiten des Alltags, wie zum Beispiel welchen Sinn Blutsbrüderschaften haben, von denen man sich nichts kaufen kann,
die sowieso Glaubenssache sind, genauso wie diese fantastische
Idee mit einer Menschheit aus sich liebenden Brüdern und
Schwestern.

Er beschloss, dass es besser sei, nicht einmal mit Stella darüber zu sprechen.

Und er beschloss, auch Max nicht darauf anzusprechen, denn
offenbar hatte dieser das alles geplant. Es erschien ihm deshalb
ratsam, mit Vorsicht seine nächsten Schritte zu gehen. Er tat so,
als wäre die Sache mit dem Patent eine Routineangelegenheit,
die keines besonderen Aufhebens bedürfe. Als wäre auf dem
Fußballrasen nie etwas gewesen. Als gäbe es keinen Grund,
enttäuscht zu sein.

Seine Nachforschungen bestätigten, dass Max verheiratet
gewesen war. Ein Jahr nach seinem Diplom hatte er eine grie-
chische Bankangestellte geheiratet. Die Flitterwochen hatten
sie auf Santorin verbracht. Ausgerechnet Santorin!

Beim nächsten Dart-Abend wollte Harri ihn unauffällig aus-
fragen.

»Du hast mir gar nicht erzählt, dass du verheiratet warst.«

»Das ist auch nicht erzählenswert«, erklärte Max. »Das Glück
war mir nicht treu und meine Frau auch nicht. Wir sind schon
seit vielen Jahren geschieden.« Ein Wurf an den äußeren Rand
der Scheibe.

Harri musste sich zusammenreißen. Er spürte seine Wut
und zugleich die Angst, sie könnte ihn verraten. Er zielte zwar,
konnte sich jedoch nicht auf die Scheibe konzentrieren. Der
Pfeil traf den innersten Kreis, was sonst nicht so häufig geschah.

»Na ja«, fügte er mit einem möglichst lockeren Lachen hinzu,
und weil ihm das zu ernst erschien, sagte er noch: »Drei Kinder
werden schon noch gehen – du musst dir nur eine gebärfähige
Frau suchen.«

Er erntete ein müdes Lächeln in Zeitlupe.

»Nein danke, kein Interesse.«

Ob das die Wahrheit war? Er wusste es nicht. Er konnte sich Max allerdings nicht als Vater vorstellen. Wie sollte das Kind denn jemals sprechen lernen? Sie schwiegen, die letzten Worte hallten nach, dann kamen ein paar magere Sätze, wieder Schweigen. Wie anstrengend! Harri war gewohnt, einfach draufloszureden. Das ging nun nicht mehr. Er fühlte sich wie ein Schauspieler und fragte sich, ob es Max genauso erging.

»Was Kinder betrifft«, sagte er dann, »habe ich mich geändert. Inzwischen kann ich mir eigene Kinder gut vorstellen.« Das war die Wahrheit. Er musste sich auf Wahrheiten konzentrieren. »Abgesehen von Stella«, fügte er hinzu. »Das ist eine eigene Geschichte, aber man hätte wieder eine Aufgabe.«

»Du hast doch Aufgaben genug«, sagte Max.

»Ja, aber sie machen mich nicht mehr zufrieden.« Auch das war die Wahrheit. »Aufgaben, die ich erledigen muss, obwohl ich nicht will, mag ich nicht. Und je älter ich werde, desto mehr frage ich mich, warum es diese Aufgaben überhaupt gibt und warum ausgerechnet ich sie erledigen soll. Das ist doch im Grunde alles sinnlos.«

»Ich mache mir keine Gedanken darüber.« Er warf fast daneben. »Man wird geboren. Man erhält seine Aufgaben zugewiesen. Die erledigt man, und dann geht's ins Grab. Was soll ich darüber sinnieren? Ändern kann man eh nichts.«

Harri wusste nicht, ob Max das wirklich meinte oder ob es nur Gerede war. Er fühlte sich herausgefordert.

»Übrigens täten auch dir Kinder ganz gut«, behauptete er und erkannte zugleich, dass es gelogen war. Er hatte begonnen zu lügen. Er begab sich in eine Lügenwelt hinein, eine für ihn neue Welt. Man muss auf der Hut sein, die Entlarvung wartet hinter jeder Ecke. Harri zielte auf die Scheibe. Auch das eine Lüge. Es interessierte ihn gar nicht, ins Schwarze zu treffen, es war ihm völlig egal. Er spielte nur zum Schein und warf zum Schein mittelmäßige Pfeile. Warum Santorin?, fragte er sich, schwieg aber. Im Geflecht der Lügen und Gegenlügen war es weniger anstrengend und weniger gefährlich zu schweigen oder Fragen zu stellen. Eine Frage drückte ihn schon seit längerem.

»Wie weit bist du denn mit deinem Pilotenschein?«

»Aufgeschoben. Mir fehlt das Geld. Das solltest du wissen.« Er zielte und warf. Die Stahlspitze bohrte sich in den schwarzen innersten Kreis, die Federn vibrierten noch ein wenig. »Das ist die Rache«, sagte er.

Harri tat so, als glaubte er, Max meinte damit seinen guten Wurf. Und für ihn war völlig klar, dass Max so tat, als glaubte er, dass Harri das glaubte.

Der Abend verlief belanglos anstrengend. Entgegen der Gewohnheit trank Harri kein viertes Pils. So oder so, das wusste er, kam er aus der Lüge nicht mehr heraus. Und verplappern wollte er sich auf keinen Fall.

Wenigstens die Sache mit Santorin wollte er Stella erzählen. Vielleicht interessierte es sie. Doch mehrmals verpasste er den geeigneten Augenblick. Oft, wenn er sie ansah, wich sie seinem Blick aus. Und wenn er ihr einmal in die Augen sehen konnte, war es nicht wie früher, als er das Gefühl gehabt hatte, direkt in sie hinein, in ihr Herz zu blicken. Nun blieb er an der feuchten Oberfläche ihrer Augäpfel hängen. Da er ihre Anspannung spürte, wollte er sie schonen, und so kam es, dass sie nicht mehr viel miteinander sprachen. Sie blieb in schlechter Laune. Jedes Mal, wenn er ihr einen Rat geben wollte, explodierte sie. Er wisse alles besser, doch eigentlich habe er keine Ahnung.

Einmal war sie besonders geladen. Irgendeine Kleinigkeit passte ihr nicht, worauf sie ihn zu beschimpfen begann. Es gipfelte darin, dass sie behauptete, er sei ein selbstverliebtes Arschloch. Dann brach sie in Tränen aus und stürmte aus dem Zimmer. Den Abend und die Nacht verbrachte sie im Nachbarhaus bei ihrer Mutter.

Harri blieb allein in der großen weißen Villa zurück, das heißt, ganz allein war er nicht, denn Sultan leistete ihm Gesellschaft, und als Harri den Fressnapf füllte, fragte er sich, wann wohl auch der Kater in die Nachbarschaft umziehen würde. Aus der Perspektive des Sofas wirkte die Wohnhalle ziemlich leer. Die bequeme Lage, zu der ihn die Polsterung verführte, empfand er plötzlich als völlig unpassend, geradezu als Affront gegen die kühle Eleganz des Raums, die eigentlich, wie er sich jetzt eingestand, eine Kälte war, die ihm so noch nie aufgefallen war. Der weiße Marmorfußboden, die spärliche Möblierung, die wenigen modernen Bilder. Was sollte er tun? Er fühlte sich ratlos. Als er sein Gesicht im Spiegel des polierten Tisches betrachtete, musste er feststellen, dass es anders aussah, als er erwartet hatte. Das mochte an der Wirkung des Zerrbilds liegen, aber sicher war er nicht. Und um sicher zu gehen und weil ihn ein dunkler Fleck auf der Nase beunruhigte, holte er den Vergrößerungsspiegel aus Stellas Badezimmer. Seine Haut war ziemlich großporig, vor allem an der Nase. Der dunkle Fleck entpuppte sich als Ansammlung von Mitessern. In jeder Pore der Nasenhaut saß ein Mitesser. Er führte sein Gesicht ganz nah an den Spiegel und überflog die sich bietende Landschaft aus niedriger Höhe. Eine Steinwüste, übersät mit Mulden, Dolinen, Kratern, dunklen Lavabrocken. Einzelne, nach einem verheerenden Vulkanausbruch stehen gebliebene Baumstämme, nackt, kaum Schatten bietend. Eine Landschaft, auf deren Aussehen und Entwicklung er keinen Einfluss hatte, die ohne sein Zutun und ohne seinen Willen existierte und sich veränderte. Flussläufe versiegten, Bäume starben ab, Vulkane bereiteten Eruptionen vor, Gräben vertieften sich … Er erinnerte sich, dass dieses Geschehen zu ihm gehörte. Ekelhaft!

Er legte den Spiegel weg. Sobald als möglich musste er mit

Stella über eine Neumöblierung reden. Freundlicher sollte es sein. Und nicht so ordentlich, oder besser gesagt: nicht so durchgestylt und aufeinander abgestimmt. Man müsste irgendein Möbelstück heranschleppen und an einen freien Platz stellen, egal, ob die Farbe, das Material und die Oberflächenstruktur zur Umgebung passten oder nicht. Der Kater kam, nachdem er gefressen hatte, zu ihm und blieb in gehörigem Abstand mit fragenden Augen stehen. Was tust du?, schien er zu sagen. Eine gute Frage, dachte Harri. Was tust du? Nach Gesellschaft war ihm nicht, nach Konsum auch nicht, nachdenken wollte er erst recht nicht. Er war doch eigentlich ein sprühend kreativer Mensch, der in seinem Leben nie Langeweile empfunden hatte. Vielleicht war es das. Seine Arbeit machte ihm keinen Spaß mehr. War es nicht sinnlos, jeden Tag in die Firma zu fahren, sich mit allen möglichen Hindernissen und Querelen herumzuschlagen, um am Abend erschöpft nach Hause zu kommen und keine Kraft und kein Geschick für Stellas Probleme zu haben? Gerade jetzt, da man auf dem asiatischen Markt erfolgreich Fuß gefasst hatte und alle Hände voll zu tun waren! Hatte er das alles verdient? Das eine wie das andere?

Er hatte sich zu sehr treiben lassen. Alles hatte sich entwickelt, auch ohne sein Zutun und ob er wollte oder nicht. Er musste wieder das Kommando übernehmen. Max hätte seinen Zustand nie zugelassen. Max würde jeder Regung, jeder Bewegung einen Befehl voranstellen. Er würde jetzt, da er den Vergrößerungsspiegel ins Bad zurückbrachte, Max sein. Als Erstes: Auf. Dann los und hinüber. Und Tür auf, vor, links hinüber, drehen, jetzt vor, wieder auf, hoch und hinein, und wieder zu, jetzt drehen und ab und zurück. Bei genauer Betrachtung teilte sich die Bewegung des Beins in zahllose Teilbewegungen, deren jede ein Kommando erforderte, jeder noch so kleine Muskel wollte angewiesen werden, unzählige Manöver. Wahnsinn! Er gab auf.

Sein Blick fiel auf die Tageszeitung auf dem Couchtisch, auf bunte Bilder eines Fußballspiels. Er stand auf, nahm die Zeitung und zerfetzte sie in tausend Teilchen. Dann sah er den Kater, der in den hintersten Winkel geflüchtet war und der ihn nun verschreckt, verständnislos und vorwurfsvoll anstarrte. Leise fluchend sammelte er die Papierfitzelchen wieder ein.

Als Dorothea ihn am nächsten Morgen daran erinnerte, er müsse los, zum Flughafen, er dürfe den Termin in London nicht verpassen, bat Harri sie, dort anzurufen und ihn zu entschuldigen, er fühle sich nicht reisefähig, man könne ja eine Videokonferenz machen. Dann saß er am Schreibtisch, überlegte, welche Schriftstücke wirklich unterschrieben werden mussten. Einige Papiere nahm er, zerknüllte sie und warf sie in den Papierkorb. Wenn er traf, fühlte er sich besser. Dann starrte er wieder vor sich hin, schaute zu Dorothea hinüber, die freundlich und mit etwas zu lauter Stimme Anrufer abwimmelte, Termine verlegte, energisch Unterlagen abheftete. Eine gute Chefsekretärin ist ein Segen. Und Anlass, der Gedankenfreiheit zu frönen.

Seit dem Betriebsausflug ging er nur noch selten durch die Firma, und wenn ihm jemand begegnete und lächelte, fragte er sich, ob der ihn auslache. Endlich nahm er einen leeren Notizblock und schrieb auf die erste Seite »Autobiografie«, strich das Wort durch und schrieb »Mein Leben« darunter. Auf die nächste Seite setzte er das Wort »Kindheit«, daneben »unauffällig«. Weiter kam er nicht an diesem Tag, aber ein Anfang war ein Anfang. Am nächsten Tag und am übernächsten Tag fügte er ein paar Stichworte, Zahlen, Namen hinzu, sich dabei immer mehr fragend, ob dieses Leben wirklich jemanden interessieren würde. Er fand, man könne nicht über ein Leben schreiben, das sich praktisch in der Schwebe befand, in einem allgemein unklaren, ungewissen und unentschiedenen Zustand.

Einige Wochen danach gab es auf dem Betriebsgelände eine Schlägerei zwischen Arbeitern. Fünf Schwerverletzte und ein Dutzend Leichtverletzte. Serben und Kosovo-Albaner waren mit Eisenstangen und Messern aufeinander losgegangen. Einige Fahrzeuge waren beschädigt worden. Harri war zuerst reflexartig schockiert. Er empörte sich über den Krieg mitten in Europa. Im zivilisiertesten Teil der Welt. Es musste unbedingt verhindert werden, dass diese Auseinandersetzung in der Firma fortgesetzt wurde. Als er später wieder am Schreibtisch saß, merkte er, dass ihn die Sache eigentlich kalt ließ. Er war gar nicht schockiert. Die prügelten sich schon seit Jahrhunderten. Was ging ihn das an? Sollten sie sich doch die Köpfe einschlagen. Den Vorschlag des Betriebsrats, zwischen den Verfeindeten zu vermitteln, lehnte er ab. Er habe keine Zeit. Auch der Empfehlung von Heinz Kippeck, die beiden Lager innerbetrieblich zu trennen oder sogar auf die einen oder die anderen zu verzichten, folgte Harri nicht. Er fand, man solle dem Ganzen nicht so viel Aufmerksamkeit widmen. Das werde sich schon wieder legen.

Vier Wochen später sah er beim Einfahren in den Firmenparkplatz schon von weitem viele Menschen in der Nähe der Pforte. Der Pförtner kam gleich auf ihn zu. Zwei von denjenigen, die in die Schlägerei verwickelt gewesen waren, seien tot. Harri bahnte sich grußlos einen Weg durch die schweigende, auf die Toten starrende Versammlung. Der auf dem Bauch lag, trug eine dunkelblaue glatte Jacke. Ein Knie hatte er leicht angezogen, einen Arm neben sich, den anderen angewinkelt am Kopf. Man hätte von seiner Körperhaltung her meinen können, er schlafe. Unter seinem Rumpf hatte sich allerdings eine dunkelrote Pfütze gebildet, die sich sichtbar ausdehnte. Der andere lag auf dem Rücken, beide Arme gerade an den Seiten abgelegt. Sein kräftiger Oberkörper war nur mit einem hellblauen Hemd bedeckt, in der Mitte steckte ein großes Küchenmesser, von dessen Klinge nur noch ein schmaler Streifen zu sehen war. Der rotbraune Fleck außen herum wirkte unwirklich, und Harri dachte einen Moment lang, es handle sich um Kunstblut und die Szene sei für Filmaufnahmen gestellt. Aber die Illusion verpuffte schlagartig, als er dem Toten in die Augen sah.

Die Sirene eines Notarztwagens näherte sich, lächerlich sinnloses Gejaule. Harri wandte sich zum Pförtner. Er sei im Büro, falls man ihn brauche. Dann ging er. Helfen konnte er nicht. Er wollte mit der Sache auch nichts zu tun haben. Es war genug, dass das in seiner Firma passiert war. Gerüchteweise hörte er einige Zeit später, der serbische Geheimdienst sei in die Sache verwickelt. Er entließ alle, die in die Sache verwickelt waren.

Eines Abends kam er nach Hause und fand Stella in verzweifelter Stimmung. Sultan hatte sich seit drei Tagen nicht mehr blicken lassen.

»Er wird bestimmt bald wiederkommen«, versuchte er sie zu beruhigen. Doch so einfach war es nicht.

»Ich habe Angst«, sagte sie. »So lange war er noch nie weg. Vielleicht ist er hinter einer Kätzin her, bekommt dort etwas zu fressen und will nicht mehr zurück. Es wird ihm doch nichts passiert sein! Womöglich hat er jemandem gefallen, der hat ihn eingepackt und ist mit ihm weggefahren. Ach, ich will gar nicht daran denken!«

»Wenn er heute Nacht nicht wieder auftaucht, rufen wir bei der Polizei an.« Er hoffte, dass die Angelegenheit sie wieder näher zusammenbringen würde, so wie damals, als Sultan auswärts gegessen und sie gemeinsam einen Plan geschmiedet hatten, um ihn davon abzubringen.

Der Beamte, dem sie am nächsten Morgen gegenübersaßen, war sehr beflissen und wollte alles genau wissen. Als er nach ein paar Minuten realisierte, dass man nicht ein Kind vermisste, sondern einen Kater, warf er das Formular, in dem er schon einiges eingetragen hatte, in den Papierkorb. Dann komplimentierte er die beiden mit den Worten hinaus, der Steuerzahler finanziere ihn nicht, um das verlorene Spielzeug erwachsener Leute zu suchen. Stella war fassungslos gekränkt, Harri empört. Er schimpfte den ganzen Tag auf diesen Mann, seine unsensible Beamtenmentalität, den aufgeplusterten, anonymen Staatsapparat, bürgerfern und nur an reibungsloser Verwaltung interessiert, der Einzelne werde mit seinen existenziellen Fragen alleine im Regen stehen gelassen. Dabei inspirierte ihn die Hoffnung, die allgemeine Staatskritik werde Stella irgendwann zu viel werden und sie werde ihn mäßigen. Einmal den Weg der Mäßigung eingeschlagen, werde es ihr hoffentlich leichter fallen, die ganze Sache nicht so dramatisch zu nehmen. Aber sie hörte sich alles an, ohne ein Wort zu sagen. Es interessierte sie offenbar nicht. Sie wollte nur wissen, wo Sultan war und wie sie ihn finden konnte. Ihre Firma ließ sie Firma sein, unruhig und verzweifelt saß sie in der Wohnhalle, das Lieblingswollknäuel von Sultan in ihren Händen drückend. Harri war sicher, dass sie den Glauben an Magie von ihrer Mutter geerbt hatte. Er ließ einen Zettel mit einer Suchanzeige und der Telefonnummer tippen und an allen Lichtmasten und Trafohäuschen im Umkreis von zehn Kilometern ankleben. Es gab zwei Anrufe. Zum großen Glück war *er* es, der sie entgegennahm. Der eine Anrufer begann sofort auf Katzen im Allgemeinen und auf die gesuchte Katze im Besonderen, wie auch immer sie aussehen möge, zu schimpfen. Er fluchte, seine Gemüsebeete seien regelmäßig aufgewühlt, und einmal habe er so ein Vieh dabei erwischt, wie es einen kleinen Piepmatz – Harri legte auf. Der zweite Anrufer, es war kaum zu glauben, hatte tatsächlich Sultan. Er forderte eine Aufwandsentschädigung von fünfhundert Mark, die Mühe, die er habe, das Futter und so weiter. Zwei

Minuten später war allerdings klar, dass er Harri irgendeinen Kater andrehen wollte, jedenfalls nicht Sultan.

Stella fieberte in einem Dauerzustand von existenzieller Unruhe zwischen Verzweiflung und jäher Hoffnung. Harri fuhr mit ihr die Straßen ab. Sie fürchtete, der Kater könnte, von einem rücksichtslosen Zeitgenossen angefahren und jämmerlich nach Hilfe schreiend, im Straßengraben liegen.

Vielleicht weil er schwieg, weil er keine Lösung wusste, er, der doch sonst immer eine Lösung parat hatte, der Hinz und Kunz kannte und, wenn es sein musste, mit Hilfe von Ministern und Chefbankern eine Oper auf der grünen Wiese stattfinden lassen konnte, nun aber unfähig war, einen kleinen, unschuldigen Kater zurückzubringen, und diese Unfähigkeit nicht einmal erklären konnte – vielleicht fühlte sie sich deshalb provoziert und katapultierte ihre Verzweiflung in alle Richtungen.

»Es kann ja auch sein, dass du ihn überfahren hast«, sagte sie. Dabei tigerte sie in der Wohnhalle auf und ab, mit Straßenschuhen, als ob jede Sekunde der Anruf käme, wo man das Tier abholen könne. »Du fährst bei deinen sogenannten Spazierfahrten sowieso immer viel zu schnell.«

»Aber Stella, du weißt, dass ich mich an die Tempolimits halte.« Weil das doppelt gelogen war, fügte er noch beschwichtigend hinzu, er wüsste das doch, wenn es so wäre. Da sei er sich ganz sicher.

»Wie willst du ganz sicher sein? Du fährst oft auch in der Dunkelheit.« Sie drückte mit beiden Händen inbrünstig das Wollknäuel, als ob das die Rückkehr von Sultan beschleunigen würde.

Er schwieg. Bei Dämmerung und Dunkelheit fuhr er natürlich immer mit Licht, eine Selbstverständlichkeit, die man nicht zu erwähnen brauchte, also schwieg er weiterhin.

»Versuche nicht, dich darauf hinauszureden, dass du immer mit Licht fährst«, giftete Stella. »So ein kleines Tier übersieht man leicht.«

Harri fand, damit war noch gar nichts bewiesen, aber er sagte nichts mehr, sondern tat schuldbewusst und demütig. Außerdem war er sich plötzlich gar nicht mehr so sicher. Hätte er es wirklich in jedem Fall bemerkt? Genügte womöglich ein Niesen oder ein längerer Blick in den Rückspiegel, um das Tier auf der Straße zu übersehen? Und der Schlag an die Karosserie, den man hören würde, war der von quietschenden Reifen in der Kurve oder von den wummernden Bässen der aufgedrehten Stereoanlage überdeckt worden?

Immerhin entschuldigte sie sich ein paar Minuten später.

»Harri, ich weiß nicht, was mit mir los ist! Max sagt, solche wertvollen Katzen seien begehrt, die würden öfter gestohlen.«

Auch der Züchter, den Harri anrief, hatte nichts von einem streunenden oder plötzlich irgendwo aufgetauchten Siamkater gehört.

»Er sagt, wir hätten ihn nicht aus dem Haus lassen dürfen.« Offenbar fasste sie das als Vorwurf auf. Harri wollte gerade jetzt auf ihrer Seite stehen, darum fügte er hinzu: »Aber deine Entscheidung, ihn aus dem Haus zu lassen, war trotzdem richtig. Sultan hatte ein schönes Leben, ein freies.« Ihr Gesicht verriet ihm, dass er trotz allen guten Willens soeben einen groben Fehler gemacht hatte.

Für Stella wäre es leichter gewesen, man hätte ihn endlich tot gefunden, dann hätte sie ihm im Garten ein Grab schaufeln können. So war sie lediglich gezwungen, die Ungewissheit weiter auszuhalten. Sie stellte eine Kerze auf, legte einige von Sultans Lieblingssachen außen herum und versuchte sich abzulenken, indem sie von morgens bis abends arbeitete. Auch Harri wünschte sich eine Ablenkung. Wenn einige der Nato-Flugzeuge, die nun Belgrad bombardierten, versehentlich einen Acker in Mitteleuropa getroffen hätten, hätte man wenigstens Gesprächsstoff gehabt.

Als nach einigen Tagen die Kerze verschwunden war, machte

er ein freundliches Gesicht und legte seinen Arm um ihre Schultern mit dem Bemerken, das Leben gehe weiter.

Sie vermied es, ihn anzusehen, und ging ein paar Schritte weg.

»Ich habe die Kerze in meinem Zimmer aufgestellt«, sagte sie. »Es war mein Kater, es ist meine Trauer, ich möchte damit alleine sein. Ich möchte dich damit auch nicht stören.«

»Aber Stella, du störst mich nicht! Du hast mich noch nie gestört, und du wirst mich auch nie stören!«

Sie schwieg.

»Es nützt nichts«, sagte sie dann plötzlich und verschwand im oberen Stockwerk.

Was sollte das heißen? Harri war beunruhigt. Er merkte, dass er schon längst hätte beunruhigt sein müssen. Damit er sich mehr um sie kümmern konnte, hängte er die Vorlesungen an den Nagel und verbrachte die beiden freien Abende in der Woche zu Hause bei Stella. Aber es war unklar, ob sie das überhaupt wollte. Er solle sie bitte in Ruhe lassen, sie brauche ihren Freiraum, brauche Zeit zum Nachdenken. Von Sex wollte sie nichts wissen. Wenn er nach Wochen einen vorsichtigen Anlauf nahm, erntete er einen verständnislosen Blick und den Vorwurf, er setze sie ständig unter Druck und quäle sie. Ob er sie denn nicht liebe. Doch, natürlich, sagte er. Eben gerade deshalb, dachte er, sagte aber nichts. Außerdem dachte er: *Dumme Ziege*. Wegen eines blöden Katers einen solchen Affenzirkus zu veranstalten! Das mit der dummen Ziege nahm er wieder zurück. Trotzdem hatte es einmal gedacht werden müssen. Er hatte es schon längst denken wollen, sich aber nicht getraut.

Er gab sich besonders großzügig und hilfsbereit und war schon glücklich, wenn sie ein paar normale Worte mit ihm sprach. Jedenfalls war es richtig gewesen, die Vorlesungen einzustellen. Erleichtert und peinlich berührt stellte er fest, dass er jahrelang Unwichtiges, Unsinniges gelehrt hatte. Blödsinnige, nebulöse Theorien, die niemandem halfen. Da er den wegen seiner Autobiografie vereinbarten Termin schon überschritten hatte und sicher war, dass der Verleger sich nur aus Höflichkeit noch nicht gemeldet hatte, nahm er den Notizblock wieder zur Hand. *Ich hatte Glück*, schrieb er. *Denn ohne das Ende meiner Fußballkarriere hätte ich wohl Stella nicht kennengelernt. Wäre nicht zur Firma Herz gekommen.* Glück. Das Wort unterstrich er. Dann legte er, um sich nicht unwiederbringlich lächerlich zu machen, den Stift zur Seite. Ein langweiliges Leben. Wie peinlich, sich in die Schar all dieser belanglosen, angeblich prominenten Autobiografen einzureihen! Wenn andere über einen schreiben wollten – na gut, das konnte man nicht immer verhindern. Aber selbst über sich schreiben – ist das nicht wahnsinnig eitel? Wie war er auf die absurde Idee gekommen, dem Verleger zuzusagen? Er beschloss, ihm abzusagen, und da ihm Absagen immer schon unangenehm gewesen waren, schob er auch diese auf die lange Bank.

Stella war launisch, tagelang niedergeschlagen, dann wieder – als ob es darum ginge, die miesen Tage wettzumachen – fast manisch gut gelaunt. Sie blieb empfindlich und wurde leicht ungerecht. Harri hatte das Gefühl, alles falsch gemacht zu haben. Einfach alles falsch gemacht. Er war bereit, seine Fehler zu erkennen und zu ihnen zu stehen. Er gehörte nicht zu denjenigen, die stets der Meinung sind, alles richtig gemacht zu haben, und wenn etwas schiefläuft, seien andere schuld oder die ungünstigen Umstände. Er überlegte, professionelle Hilfe in Anspruch zu nehmen. Vielleicht war eine Paartherapie das Richtige. Plötzlich hatte er das Gefühl, sich beeilen zu müssen.

*

Nun ist auch dieser Freitag überstanden. Sie werden sehen, heute ist die Scheu bei den Passanten besonders groß, einen

Obolus entgegenzunehmen. Alles widerborstiger als sonst …
Schauen Sie sich diese Anthropoiden an: Oben ein Kopf, dann
der Rumpf, zwei Arme, zwei Beine, ein paar innere Organe,
ein Herz, ein Gehirn. Sie tun gerade so, als ob ihre Gestalt
die einzig mögliche wäre, als ob die Schöpfung sich nicht etwas anderes als Krönung hätte ausdenken können. Sagen wir:
schleimige Engerlinge mit Tentakeln und einem IQ von hun-
dertfünfundneunzig. Dabei versteht sich von selbst, dass der
Mensch nur ein Durchgangsstadium darstellt, nicht mehr.

Sie eilen von einem Punkt zum nächsten, getrieben von dem,
wovon alle Wesen getrieben sind: das Unangenehme zu vermeiden, das Angenehme zu finden und darin zu verweilen, so
lange als möglich. Die Ängste jagen sie. Man könnte seinen
Arbeitsplatz verlieren, die nächste Kreditrate für das Familienheim nicht mehr bezahlen können, die wohlbehüteten Kinder
in übler Gesellschaft wiederfinden … Und immer könnte man
etwas falsch machen. Tausende, ja unzählige Regeln sind zu
beachten, Gesetze, die sich mit einer Gefräßigkeit vermehren
wie Würmer im Darm eines Bettlägerigen.

Schon spüre ich Erleichterung. Mein Mitgefühl mit den
Vorüberhastenden, den Ruhelosen, Getriebenen, Getäuschten
und Konsumierenden, den Objekten der Marktforschung,
der Politikersprüche, der Sexualisierungstendenzen und der
Gegenkampagnen – dieses mein Mitgefühl trifft auf das Mitgefühl der Passanten mit dem Bettler, dem aus der Bahn Geworfenen, Ausgestoßenen, Verzweifelten, Hilfesuchenden. Und
indem mein Mitgefühl ihrem Mitgefühl begegnet und beide
sich verbinden, spüre ich Erleichterung. Die scheinbar harten
Konturen meines Ichs fransen aus, verschwimmen, werden
flüchtig; das Bewusstsein wechselt hinüber und herüber, vergisst schließlich, wo es seinen Anfang nahm, und löst sich auf.

Samstag. Königsplatz.

Es freut mich, Sie zu sehen, werter Freund! Ich darf Sie doch so nennen? Vielen Dank, das ist mir wahrhaftig ein Kompliment. Sie hatten hoffentlich eine angenehme Nacht. Wie? Beunruhigt? Meine Geschichte hat Sie beunruhigt? Dabei sind wir noch nicht einmal am Ende angelangt! Es tut mir aufrichtig leid. Das ist der Preis, den mein Bericht fordert, den auch ich jedes Mal zu zahlen habe, wenn ich einen Neuen einlerne oder einen Hospitanten als Zuhörer habe. Doch die Aussicht auf morgen Abend, wenn ich erschöpft, aber erleichtert die Woche abschließen werde, tröstet mich.

Vielleicht rühren Ihre Kopfschmerzen aber auch vom Föhn her? Es spräche für Ihre Empfindsamkeit, denn üblicherweise spürt man die elektromagnetischen Wellen erst nach Jahren ständigen Aufenthalts in unserer Stadt. Der Wahrheitssuche ist die Wetterlage nicht abträglich. Die Sinne sind gereizt und empfindlich. Diese wahnsinnig klare Sicht! Im harten Sonnenlicht glänzen Gegenstände und Personen kristallin, werden fast durchsichtig und lassen ihr wahres Wesen erkennen. In diesem trockenen, warmen Südwind häufen sich gleichermaßen Verkehrsunfälle und spontane sexuelle Begegnungen.

Meistens die vierte Stufe von oben. Die Museumsverwaltung ist tolerant, ebenso sind es die Besucher. Kunst braucht Verständnis. Wer sich für antike Skulpturen erwärmt, der hat auch für uns etwas übrig.

Ah! Sehen Sie nur: Isarathen! Die Sehnsucht nach dem Milden, dem Mittelmeerischen. Farbige Sonnenuntergänge über sanften Hügeln und weichen Meeresbuchten. Wiege Europas. Im Schutz der ionischen Säulen werden wir zu einem Teil der Kulisse. Die Zeit steht still –

Mich persönlich stört der Verkehr. Man sollte die Durchfahrt sperren, zumindest ein Tempolimit verordnen. Schritt-geschwindigkeit wäre angemessen.

Vierzehn, vielleicht sogar fünfzehn Jahre war ich alt, als meine Mutter endlich ihr Schweigen brach und von ihrer Jugend erzählte. Sie schämte sich noch immer. Nicht für ihre Eltern, die streng katholisch gelebt hatten und strikt dagegen gewesen waren, dass sie in eine Jugendorganisation der Partei eintrat. Doch nach der Machtergreifung wurde das Volk auf eine Linie gebracht. Wer nicht in der Hitlerjugend war, dem konnte es passieren, dass er vom Lehrer als Staatsfeind behandelt wurde. Da sie nicht organisiert war, musste sie den Samstag für Deutschland opfern. Staatsjugendtag. Das hieß von morgens bis spätnachmittags staatspolitischer Unterricht in der Schule, Ziele der deutschen Arbeitsfront und der deutschen Frauenschaft pauken, Geburtsdaten der Größen des Dritten Reiches auswendig lernen, deutschnationale Gedichte rezitieren. Ein Jahr lang hielt sie dem Druck stand, dann gab ihr Vater nach, und sie ging zu den Jungmädels, ab 1936 aus Altersgründen zum BdM. So kam es, dass sie regelmäßig an Parteifeiertagen bei Großaufmärschen von SA, SS und Hitlerjugend mitmarschierte. Gerade hier, auf dem königlichen Platz, der damals mit Granitplatten ausgelegt war, fanden mitreißende Inszenierungen statt. Man hörte den Badenweiler Marsch, Kommandos, Trommeln. Die umliegenden Gebäude beflaggt. Tausende von Uniformierten in strengen Formationen, Standarten mit dem Hakenkreuz, der Hauptzug bewegte sich machtvoll und in perfekter Präzision von Osten kommend an den Ehrentempeln vorbei, wo die Gefallenen des Putsch-suchs vom Odeonsplatz begraben liegen, vorbei an der Stelle, wo die Bücherverbrennung stattgefunden hatte, direkt auf die Propyläen zu. Ein kraftvoller Marsch. Denn das Leben ist Kraft. Gemeinsam sind wir stark. Wir sagen »Ja«. Es tut gut, »Ja« zu sagen. Wir fühlen uns lebendiger, wenn wir »Ja« sagen.

Auf Kommando tausend Arme zum deutschen Gruß. Nur *eine* perfekte Bewegung, einstimmig, energiegeladen, entschlossen. Eine einzige Bewegung eines einzigen, zweitausendfüßigen Lebewesens in der Hauptstadt der Bewegung.

Ich stimme Ihnen uneingeschränkt zu. Ein Immun-Gen hat die menschliche Spezies noch nicht entwickelt. Und infektiöse Klumpen liegen allerorten herum.

*

Alles Sträuben aber ist vergeblich: Wir müssen nun zu jenem Nachmittag kommen, einem absurd schönen Tag im ersten Frühsommer des neuen Jahrtausends, als Harald Korn seine Frau vor dem Spiegel im Flur der weißen Villa antraf, neben ihr ein Koffer.

»Stella, was tust du?«, fragte er und kam sich dabei dümmlich vor.

Sie schaute kurz auf.

»Ich gehe«, sagte sie. Und nach einer Pause, in der sie ihr Haar kämmte: »In meine neue Wohnung.«

Natürlich war das kein Scherz.

Sie neigte den Kopf zur anderen Seite, so dass Hals und Schulter im Deckenlicht glänzten, fast weiß, makellos, schlank, aber nicht knorrig, und Harri, in seinem Beschäftigtsein nie künstlerisch tätig gewesen, spürte plötzlich den Drang, sie zu malen, in Öl, stundenlang würde sie ihm gegenübersitzen ...

»Du hast eine Wohnung? Wieso –?«

»Ja«, sagte sie, »habe ich. Und ich brauche sie auch.«

»Aber warum?«

»Wir haben uns doch auseinandergelebt.« Endlich schaute sie ihn an, dabei wirkte sie gar nicht verzweifelt oder irgendwie derangiert.

Er war entsetzt.

»Ach«, sagte er schließlich, »das habe ich noch gar nicht bemerkt.«

»Siehst du, Harri, wenn du nicht einmal das bemerkt hast.«

»Aber ich liebe dich«, flehte er, inzwischen verzweifelt.

Sie drehte sich schweigend um. Es war keine Lüge. Er liebte sie wirklich. Vielleicht hätte er sich noch mehr um sie kümmern müssen, aber natürlich liebte er sie, liebte sie in diesem Augenblick besonders, war sich so sicher wie nie zuvor. Er überwand die paar Schritte zu ihr hin, zog sie an sich und versuchte sie zu küssen.

»Es tut mir leid«, sagte sie und drückte ihn weg. »Ich kann nicht, ich kann wirklich nicht.«

»Wie, du kannst nicht? Was soll das heißen? Stella!«

»Ich liebe jetzt einen anderen.«

Wieder dieser beiläufige Ton, der ihn verrückt machte. Als hätte sie sich entschieden, in Zukunft wegen besserer Bekömmlichkeit Rot- statt Weißwein zu trinken. Harri spürte, wie er wütend wurde. Er trat einen Schritt zurück.

»So, also plötzlich liebst du einen Anderen!?«

»Es geht schon länger – ich wollte dir nicht weh tun.«

»Wie bitte?!« Plötzlich wusste er, wer der andere war. »Aber jetzt tust du mir weh.« Er wich noch einen weiteren Schritt zurück.

Sie drehte sich wieder dem Spiegel zu. Wo hatte sie gelernt, so kühl und kontrolliert zu sein?

»Es tut mir wirklich leid, Harri«, behauptete sie, fingerte aber an ihrer Frisur herum. Als ob da nichts Wichtigeres wäre. »Irgendwann ist es nicht mehr aufzuschieben. Ich wollte uns ein monatelanges und sinnloses Abschiedsszenario ersparen. Wir brauchen nicht mehr darüber zu diskutieren, ich habe mich entschlossen. Lieber kurz und schmerzlos, dann weißt du, woran du bist.«

Sehr rücksichtsvoll. Harri wusste, dass er sich nicht mehr zu bemühen brauchte. Er fühlte sich nicht nur dümmlich, sondern einfach dumm – und außerstande, irgendetwas daran zu ändern. Ihm war übel. Wie sie vor dem Garderobenspiegel stand und ihr Haar kämmte, ziemlich verdammt attraktiv. Schreien wollte er, aber sie hätte zuerst schreien müssen. Stattdessen blieb sie ganz ruhig. Nicht einmal Vorhaltungen machte sie, gegen die man sich hätte verteidigen können, auf die man vielleicht mit Gegenvorwürfen hätte reagieren können. Eine Szene wäre gut, wäre vielleicht die Rettung gewesen; man knallt sich harte Beschuldigungen an den Kopf, faucht sich an, wird handgreiflich, dein Hemd zerreißt, am Ende blutet einer aus der Nase. Im Streit, im Handgemenge würdet ihr euch nahe kommen, sie würde dich berühren, und es gäbe eine Zukunft. Stattdessen hantierte sie an ihrem Mantel herum, und er schaute wortlos zu wie ein Depp. Wenn er noch lange herumstand, würde sie zum Koffer greifen, hinausgehen und ihn zurücklassen, einen begossenen Pudel.

Im Hinausrennen die Jacke überstreifen. Mit quietschenden Reifen losfahren, einfach weg, möglichst weit, was am schnellsten auf der Autobahn geht, Richtung Norden. Feststellen, wirklich zum ersten Mal feststellen, dass der Wagen nicht mehr als 250 Sachen macht, was man zum ersten Mal bedauert, wirklich zum ersten Mal, und deshalb die Chromkiste beschimpft, wie lächerlich, dass dieser teure Wagen nicht schneller fahren kann, und einmal ins Fluchen gekommen, fährt es sich leicht fort, so dass die Schleicher an der Ausfahrt Frankfurt-Westkreuz zu volltrunkenen Trotteln werden, die selbst schuld sind, dass man sie auf dem Bankett überholt. Freie Fahrt für freie Bürger, was für ein Hohn!

Zwei Kilometer später wurde der vordere rechte Reifen, der plötzlich platt war, niedergemacht. Es war Harri egal, wer das wieder in Ordnung bringen würde, er ließ den Wagen stehen und machte sich zu Fuß auf den Weg Richtung Stadtmitte. Lächerlich, und er mittendrin.

In den Vorgärten blühten Tulpen in grellen Farben, leuchtend gelb, vor allem rot, als hätte jemand die Zwiebeln mit Leuchtflüssigkeit gedüngt. Er hatte nicht einmal seine Sonnenbrille zur Hand. Es gab auch welche in Dunkelblau mit weißer Füllung, vor mehreren nebeneinanderliegenden Häusern. Solche Tulpen hat man noch nie gesehen. Man möchte wegschauen, auf den Boden oder auf die andere Straßenseite, aber die Blüten ziehen den Blick magisch an. Womöglich ist der Verstand bereits verloren, man merkt es nur nicht. Wie kann man sicher sein, dass es noch nicht so weit ist? Kann man nicht. Eigenartigerweise will man im Großen und Ganzen doch zu den Zurechnungsfähigen gehören, obwohl es keinen erkennbaren Vorteil bietet, dass man in diesem eher nüchternen Zustand und nicht in einer vielleicht kreativen Verfassung das Leben insgesamt merkwürdig findet. Merkwürdig, das finden sogar die Tulpen. Das Schicksal ist immer ungerecht.

Eines der Zehn Gebote war gebrochen. Das erschien ihm bedeutsam. Durch den feuchtwarmen Wind hindurch, der ihm entgegenblies, musste er daran denken, wie sie sich kennengelernt hatten. Das stille Einverständnis, das keine Worte gebraucht hatte. Erst vor wenigen Jahren hatte sie erzählt, dass damals, auf der Fähre, an jenem friedlichen Morgen, als sie in dem Buch gelesen hatte, das sie gemeinsam gelesen hatten, jeder für sich, dass sie gerade an der Stelle gewesen war, wo zwei sich auf einem Kreuzfahrtdampfer kennenlernen, weil sie gerade dasselbe Buch lesen. *Robert betrachtete die Frau in dem purpurroten Kleid mit Herzklopfen.*

Eine Erklärung hätte er gern gehabt. Trotz der Befürchtung, die wahren Gründe nicht auszuhalten. Und irgendwie kam ihm das bekannt vor. Aber da der Bruch nicht rückgängig zu machen war, waren die Gründe egal, auch zu lernen gab es nichts. Sein Leben lang hatte er Fehler ungerührt hingenommen, denn Fehler waren dazu da, um aus ihnen zu lernen. Wo sich aber nichts wiederholen würde, brauchte man aus Fehlern nicht zu lernen. Du musst nach vorn schauen, in die Zukunft, deine Zukunft. Aber da sah er gar nichts. Doch, vielleicht ein waberndes, amorphes, geruchloses Etwas, wie kalter Quark. Man könnte diesem Quarkganzen einen sauberen Stich versetzen, in die Mitte, auf dass es ausliefe und ein gänzlich vertrocknetes Pulver zurückbliebe, das irgendwann von einer Bö weggeblasen werden würde. Diese Lösung war möglich, niemand konnte sie ihm streitig machen. Auf diese Lösung kann man immer zurückgreifen. Das beruhigt.

In der beginnenden Dunkelheit schmerzten die Füße. Auf keinen Fall wollte er jetzt alleine sein. Zu nah durfte ihm aber auch niemand kommen. An einem belebten Platz gab es Currywurst mit Pommes, die er im Stehen an einem der Tische vertilgte. Das stillte immerhin den Hunger. Das Bier war zu kalt. Männer und Frauen liefen kreuz und quer, als hätte ein jeder Wichtiges zu erledigen gehabt. Niemand sprach ihn an. An den anderen Stehtischen kauten sie auf ihren Würsten. Keiner nahm von ihm Notiz, was ihm einerseits recht war, andererseits auch wieder nicht. Er fühlte sich wie ein Schiffbrüchiger auf einer einsamen Insel, der nicht weiß, welche Signale er senden muss, damit vorüberfahrende Schiffe ihn bemerken. Am Kiosk nebenan lachte ihn eine Schlagzeile aus, »Nest für Rabenmütter: erste Babyklappe in Hamburg-Altona«. Er kaufte sich noch ein unterkühltes Bier. Jetzt, ausgerechnet jetzt hatte er Lust auf Sex mit Stella, wofür er sich schämte, was aber nicht im Geringsten half. Zurück nach Hause konnte er nicht, nicht heute. Zu Hause – was hieß das überhaupt? Vielleicht würde er morgen zurückgehen. Seine Sachen konnte er immer holen. Welche Sachen? Wozu benötigte man irgendwelche Sachen? Eine Zahnbürste. Wie lächerlich! Der Mensch denkt zuerst an die Zahnbürste.

»Bitte sehr«, sagte er zu dem Mann mit der Riesenbockwurst

und schob sein Bierglas von der Tischmitte an den Rand. Der Riesenbockwurstmann interessierte sich nur für seine Wurst, schob den heißen Fleischteig im Mund von einer Ecke zur anderen, ekelhaft, Harri versuchte wegzuschauen, aber irgendetwas setzte sich über ihn hinweg und zwang ihn, den schmatzenden Mund zu betrachten. Wer hatte behauptet, die Welt sei wie ein ewig verschlingendes, ewig wiederkäuendes Ungeheuer, bevölkert von zahllosen kleinen Ungeheuern, von denen er selbst eines war? Und wem sollte er das alles erzählen, wo er doch mit niemandem reden wollte? Was nicht richtig war, wie er feststellte. Er wollte reden, gerade weil alles so unwahrscheinlich klang. Es gab tatsächlich Leute, die kauften die Zeitung mit der Babyklappen-Schlagzeile.

»Ein Verbrechen«, sagte der Riesenbockwurstmann, »so etwas«, zeigte mit der Gabel in der Hand zum Plakatständer, »finden Sie nicht? Solche Leute sollte man aus dem Verkehr ziehen.«

Harri gab vorsichtshalber ein zustimmendes Grunzen von sich, ohne zu wissen, wen der andere eigentlich meinte. Diejenigen, die die Zeitung kauften, oder diejenigen, die die Schlagzeile zu verantworten hatten? Der Geruch der Bockwurst zerstörte den Restgeschmack der Currywurst. Merkwürdig, Doro mochte keine Weißwürste, Stella mochte keine Currywurst. Oder meinte der Andere die, die ihre Babys hineinlegten, oder womöglich die, die die Babyklappe aufstellten?

»Sind Sie auch Gerechtigkeitsanhänger?«, wollte der Riesenbockwurstmann jetzt wissen.

»Ich?«, fragte Harri zurück, völlig überflüssigerweise, und es klang, als fühle er sich beleidigt, dabei wunderte er sich nur, woher der Andere das wissen konnte.

»'n schönen Abend noch«, sagte der plötzlich und war weg, jetzt, als Harri sich fast an ihn gewöhnt hatte, und von der Seite, wo er stand, zog es.

Er holte sich noch ein Bier. Obwohl inzwischen fast alle Tische leer waren, kehrte er an seinen vertrauten, angewärmten Platz zurück. Eigentlich hätte er es genießen können, endlich einmal keinen Termin zu haben. Wenn er Raucher gewesen wäre, hätte er sich jetzt eine Zigarette anzünden können. Aber er war kein Raucher. Kleine, braun-weiß gestreifte Vögel hüpften unter den Stehtischen herum und pickten die Brösel auf. Vielleicht waren es Spatzen, er wusste es nicht. Aber dass Vögel normalerweise bei Dunkelheit schlafen, das wusste er. Offenbar hatten sie sich dem Leben in der Großstadt angepasst, hatten sich, ohne dass er es gemerkt hatte, hinter seinem Rücken fortentwickelt. Er fühlte sich getäuscht. Endlich der Blick frei auf die anderen Schlagzeilen: »Radioaktiv verseucht, Gesundheitsgefahren durch Radium in deutschen Mineralwässern«. »Stasi, Kohl will seine Akten einsehen«. Wahrscheinlich hatte er die andere Schlagzeile gemeint. Der Riesenbockwurstmann war aber weit und breit nicht mehr zu sehen. Was interessierte die Babyklappe! Als er jetzt an dem Plakatständer vorbeikam, war es, als ramme ihm einer von hinten eine lange Nadel rein, so dass er, obwohl er das nicht wollte, reflexartig mit dem Fuß ausholte und in letzter Sekunde ganz knapp an dem Zeitungsständer vorbeikickte. Hätte er getroffen, wäre der Zeitungsständer polternd umgefallen, der Kioskmann wäre aus seinem Verschlag herausgestürmt, hätte ihn beschimpft, sie hätten Schläge ausgetauscht. Am nächsten Tag eine neue Schlagzeile: »Bekannter Unternehmer nach Randale in Ausnüchterungszelle«. Wie würde Stella reagieren, wenn sie das lesen würde? Würde sie sich um ihn kümmern? Nein, sie würde sich nicht um ihn kümmern.

Er lief an einem unauffälligen Hotel mit Einheitszimmern vorbei, durchstreifte die umliegenden Straßen, manche mehrmals. Er spürte sein Gesicht. Hatte er tatsächlich einen Schlag bekommen? Die Füße schmerzten jetzt noch mehr, was eine gerechte Strafe schien.

Die rau verputzte Hauswand blieb von seinem Faustschlag völlig unbeeindruckt. Dafür überdeckte jetzt der Schmerz an den Fingerknöcheln den Schmerz an den Füßen und im Gesicht. Wie hatte er so unsensibel sein können, nichts zu merken? Dass die Frau, die man liebte und mit der man seit Jahrzehnten zusammenlebte, einen Anderen liebte. Noch dazu einen ehemals guten Freund. Selbst der Freund hatte sich als Lüge erwiesen. Er war entschlossen, Stella nicht einfach aufzugeben. Er würde um sie kämpfen. Mit allen Mitteln! Notfalls würde er seine Fäuste fliegen lassen. Obwohl er wusste, dass es Stella nicht zurückbringen würde, wenn er Max schlug. Aber irgendwie musste er um sie kämpfen. Auch wenn es ganz sicher sinnlos war. Er würde zu ihr hingehen, mit ihr sprechen, gleich am nächsten Morgen früh, mit hundert Rosen würde er ihr seine Liebe zu Füßen legen, sie um eine Aussprache bitten, Besserung geloben, kein Wort über Max verlieren, denn das wäre unanständig gewesen und hätte Harri in ihren Augen höchstens billig erscheinen lassen. Immer wieder würde er Besserung geloben, egal, um was es ging, er würde sich tatsächlich bessern, in jeder Hinsicht, würde sein ganzes Leben ändern, welchen Sinn hatte das Leben ohne Stella? Also war es nur konsequent, alles für sie zu opfern, vielleicht würde er ihr doch erklären, was es mit Max auf sich hatte, würde ihr die Sache mit dem Patent erzählen, das musste sie überzeugen …

Oder der Stich in den kalten Quark.

»Wie lange bleiben Sie?«, wollte die Rezeptionistin des Hotels mit den Einheitszimmern wissen. Sanft und dunkelhaarig.

Verwirrt starrte er auf ihr üppiges Dekolleté und fluchte in Gedanken.

»Eine Nacht.«

»Kann ich Ihnen sonst noch behilflich sein?«

Das verschlug ihm die Sprache. Er schüttelte den Kopf und

nahm wortlos den Schlüssel, an dem ein überdimensioniertes Plastikschild mit der Zimmernummer hing.

Max hatte die Sache gut eingefädelt. Ganz sicher stand ein Plan dahinter, warum auch immer. Stella war ein Werkzeug, ohne es zu merken. Eine Erkenntnis, die einerseits beunruhigte, andererseits erleichterte. *Es hätte also noch schlimmer kommen können.* Aus dem Spiegel im Aufzug blickte ihn ein finsterer, nach Rache lechzender Australopithecus an, der ihm auf Anhieb unsympathisch war, trotz stark gerötetem und mit kleinen blutenden Wunden übersätem rechten Handrücken. Dieser Steinzeittyp hatte plötzlich eine Steinzeitidee, die Harri, so primitiv sie auch sein mochte, gut gefiel und in deren Gesellschaft die Nacht wie im Flug verging.

Am Morgen telefonierte er seinem Fahrer.

Doro erschrak.

»Mein Gott, Harri, was fehlt Ihnen? Bist du krank?«

»Ja«, sagte er, was gelogen war. »Ich habe wenig geschlafen.« Auch das entsprach nicht ganz der Wahrheit. Denn er hatte kein bisschen geschlafen. Er wusste, er war nur zu einer begrenzten Anzahl von Lügen in der Lage, und auch die Möglichkeiten der Verstellung waren begrenzt. Beide Fähigkeiten würde er jedoch ab jetzt unbedingt gebrauchen, er musste sie also sparsam verwenden.

»Ich mache einen starken Kaffee«, sagte Doro.

Ja, das konnte sie gut. Am liebsten hätte sie sich sofort auf seinen Schoß gesetzt und sein noch immer volles Haar gekrault.

Den auffällig blutverkrusteten Handrücken erklärte er mit einem Stolpern in der Dunkelheit und einer rauen Wand. Irgendwie war das nicht gelogen.

Er rasierte sich und widmete sich dann den alltäglichen Geschäften, soweit er dazu in der Lage war. Sosehr ihn die Situation tags zuvor überrascht hatte, so klar erschienen ihm nun seine

Lage und deren Entstehung. Sicherlich hatte es nicht so kommen müssen. Eine der zahlreichen Möglichkeiten, die sein Leben barg, wenngleich eine sehr unwahrscheinliche, hatte sich verwirklicht und war sein Schicksal geworden. Dass ein anderer diese Umstände absichtlich herbeigeführt hatte, war die andere Seite der Medaille, änderte aber nichts daran, dass man das Schicksal hinnehmen muss, was er bereits gelernt hatte. Er fühlte sich aber nun dazu berufen, seinerseits in das Schicksal anderer einzugreifen.

An diesem Tag und an den nächsten Tagen begegnete er Doro besonders freundlich. Als Teil eines neuen Planes, der von Stunde zu Stunde, von Tag zu Tag konkretere Gestalt annahm. Nachdem er Doros Werben jahrelang abgewehrt hatte, war sie erstaunt, ließ es sich aber anstandslos gefallen, des Öfteren wie beiläufig berührt zu werden, Komplimente und Blumen zu bekommen, und dass er sie immer öfter in Anwesenheit anderer duzte, was alles nicht unbedingt nötig gewesen wäre, aber es sollte so natürlich wie möglich erscheinen. Von Tag zu Tag wurde sie geladener.

Nur Heinz ließ sich nicht täuschen.

»Du hast doch ein Problem, Harri«, behauptete er.

»Ja«, sagte der, »mit Stella habe ich ein Problem.« Den Rest verschwieg er und war froh, dass Heinz meinte, ihm da nicht wirklich helfen zu können.

Harri nahm sich in der Stadt eine große Wohnung in dem Wissen, bald eine Mitbewohnerin zu haben. Stella konnte in der Villa bleiben, das Haus bedeutete ihm nichts mehr.

Inzwischen war der Verleger, dem er seine Memoiren versprochen hatte, ungeduldig geworden. Harri hielt ihn hin. Behauptete, er habe schon längst zu schreiben begonnen und werde bald fertig sein, aber es würden sich immer wieder Korrekturen ergeben, notwendige Einschübe, und auch einige Recherchen seien erforderlich geworden, ein Mindestmaß an Sorgfalt und so weiter.

In Wahrheit schrieb er an einem Manuskript, das man später als Beleg für die in der Grundstruktur seiner Psyche angelegte, sich in letzter Zeit sichtbar manifestierende manisch-depressive Erkrankung von Harald Korn werten konnte. Eine Kopie lagerte er im Büro, ein anderes Exemplar in der Wohnung, so dass man den Beweis sicher finden würde. In Kapitel zwei beschrieb er, wie nach dem Aus seiner Fußballkarriere zum ersten Mal der Seelenwunsch aufgetaucht war, sein Leben zu beenden. Dann habe er jahrelang Stimmungsaufheller geschluckt, was er sogar seiner Frau verschwiegen habe. Die im Laufe der Zeit nachlassende Wirkung habe er mit Hilfe von Hochprozentigem gesteigert. Die Firma und das Wohl der Menschheit seien ihm im Grunde am Arsch vorbeigegangen, und entsprechend anstrengend sei es gewesen, der Welt ein ganz anderes Bild zu vermitteln. Das habe ihn innerlich ausgehöhlt. Stella ließ er außen vor, tat so, als habe er das Manuskript vor der Trennung geschrieben. Man sollte glauben, dass er schon vorher an der Kante zum Abgrund gestanden hatte.

*

Wollen Sie es einmal versuchen? Ich schiebe die Almosenschale einfach zu Ihnen hinüber.

Sie sind noch nicht so weit? Ich verstehe.

Und ob das Gefäß eine Rolle spielt! Der Plastikbecher, den ich donnerstags benütze, signalisiert so etwas wie eine vorübergehende Notlage, die durch kurzfristige Hilfe überwunden werden kann. Ein Blechnapf spielt direkt auf den Hunger an. Der Hut verleiht dem Ganzen eine intellektuelle Komponente und künstlerische Note. Die kleine Pappschachtel, die ich freitags verwende, macht jedem klar: Der Mann kann sich nicht einmal einen Hut leisten. Ich kannte einen, der war leidenschaftlicher Radfahrer, er legte den Fahrradhelm vor sich – konsequent. Das Unmittelbarste und Brutalste ist die ausgestreckte Hand: Hier muss der Geber sogar mit einer Hautberührung rechnen, die er tunlichst zu vermeiden sucht. Ich strecke die Hand nur meinen Stammkunden entgegen.

Einmal an einem Samstag kam ein Kunstbeflissener diese Treppe herauf, starrte wie hypnotisiert auf die bronzene Schale vor mir, sagte aber nichts, sondern verschwand im Museum. Als er zwei Stunden später wieder auftauchte, sprach er mich doch an. Woher ich die Schale habe, ob ich sie ihm wohl verkaufen würde. Der hätte mich wahrscheinlich gleich dazugekauft, wenn es ein Museum für lebende Almosenempfänger geben würde.

Wie?

Natürlich habe ich ihm das Ding gegeben. Allerdings weigerte er sich beharrlich, ein Geschenk anzunehmen, wollte einen »angemessenen Preis« bezahlen und unter allen Umständen vermeiden, mir dankbar sein zu müssen. Schließlich zog er stolz von dannen mit seiner Trophäe, deren vom hellen Tageslicht bewirkter Glanz sich in seinem Gesicht widerspiegelte.

Die Annäherung der Passanten, die an irgendeiner Stelle den Platz betreten, manche außen herum, andere selbstbewusst diagonal querend, dann die Treppe emporsteigend, lässt Zeit für Prognosen. Dieser Erste wird nichts geben, weil er denkt, er habe kaum mehr Geld als ich. Der Nächste wird nichts geben, weil er meint, andere hätten heute schon genug gegeben und man solle Bettler nicht verwöhnen. Auf gar keinen Fall! Dieser wird nichts geben, weil er zwar mehr Geld hat als ich, aber immer noch viel zu wenig. Die beiden Damen fühlen sich durch die staatliche Fürsorge entlastet. Wofür zahlt man denn Steuern? Der dort, der unauffällig korrekt Gekleidete, der von sich selbst und den Mitmenschen penible Pflichterfüllung erwartet, der wird nichts geben, weil es eine Frechheit ist, seine arbeitenden Mitbürger anzubetteln, und weil man Faulheit nicht unterstützen soll. Und der Nächste wird nichts geben, weil er davon ausgeht, dass ich in Wirklichkeit gar nicht in Not bin, sondern alles nur vortäusche.

Zeit für die Mittagspause. Ihnen ist also der Appetit vergangen? So hat es bei mir auch angefangen, das Mittagsfasten. Nutzen Sie die Zeit für einen Besuch der Pinakotheken, das nährt zwar nicht den Bauch, umso mehr Geist und Seele.

***

Mein Entschluss? Sein Entschluss. Ja, ich fahre fort. Zunächst berichte ich von den Zweifeln, die sein eigener Plan in Harald Korn weckte. War es richtig, was er tun wollte? Er schmiss Max nicht aus der Firma, obwohl ihm Heinz eindringlich dazu riet, und dessen Ratschläge hatten sich in der Vergangenheit ausnahmslos als heilend und fördernd erwiesen. Aber sein Plan sah nun einmal vor, der Provokation durch Max zu widerstehen, der so tat, als ob es keine denkbare Möglichkeit wäre, von sich aus zu gehen.

Er sorgte dafür, dass niemand auf die Idee kommen konnte, zwischen Max und ihm sei irgendetwas nicht in Ordnung. In angemessener, dezenter Weise verkündete er die Trennung von seiner Ehefrau. Einen Grund hierfür lieferte er, indem er Doro an der Hand nahm. Sie wunderte sich, stellte aber keine Fragen. Vermutlich ahnte sie schon seit einiger Zeit, was sich hinter seinem Rücken entwickelt hatte, und begriff das als Grund für seinen plötzlichen Sinneswandel. Aber da sie ihn nicht liebte, sondern nur begehrte, und er deutlich machte, dass es mit ihm nicht anders stand, war nicht zu befürchten, dass Erwartungen enttäuscht werden würden. Um die Tarnung abzurunden, nahm er sie noch in derselben Woche in seine Wohnung. Ohne mit einer ihrer langen Wimpern zu zucken, löste sie ihre Liaison mit einem Eventmanager, über den niemand je etwas Näheres erfahren hatte. Wie beabsichtigt wurde erst in der Chefetage, dann bei den anderen Mitarbeitern und auch außerhalb der Firma bekannt, dass Harald Korn seiner Frau zugunsten seiner Chefsekretärin den Laufpass gegeben hatte.

Interessanterweise hielten sich die Anzahl derer, die ihn bedauerten, und die Anzahl derer, die ihn beglückwünschten, in etwa die Waage.

Von seiner Seite war es ein trotziges Verhältnis, heftig und entfesselt. Er brauchte das, es tat gut. Nach seinem Eindruck ließ sich Doro seine Behandlung nicht nur gefallen, sondern genoss sie in vollen Zügen. Man verbrachte manche Überstunde im Büro. Während Sex mit Stella der Höhepunkt ihres gemeinsamen Lebens gewesen war, eine innige Umarmung, bei der jedes Denken aufhörte, ein Akt der Vereinigung, der nicht eines gewissen Mindestmaßes an Stil und Würde entbehrte, erfuhr er sich mit Dorothea in einer Art und Weise, die ihn früher beschämt hätte. Zwei Bestien stürzten sich aufeinander. Und schauten sich selbst dabei zu. Und schauten dem anderen dabei zu. Bei ihr verlor er sich nie. Zwischen ihm und der Welt blieb immer ein noch so kleiner Unterschied, und er war jedes Mal auch *bei sich*. Am meisten Befriedigung erlebte er, wenn er schlecht gelaunt war, wenn etwa sein Plan ins Stocken geraten war, weil sich unerwartete Hindernisse aufgetan hatten, oder wenn er wieder einmal zu formelhaften Ansprachen gezwungen war. Gerade dann, mit Wut im Bauch, vielleicht, weil er nicht hatte verhindern können, an Stella zu denken, weil er sich gegen seinen Willen vorgestellt hatte, wie sie in der weißen Villa von Max umarmt wurde, zeigte er sich von seiner besten Seite. Ja, er übte wilde Rache an Max. Er übte auch Rache an Stella. Schließlich an sich selbst, ohne genau zu wissen, wofür oder warum, ein genussvoll schäumender, in alle Richtungen zerfetzender Aufschrei, der ihn anschließend tief durchatmen ließ. Später, wenn er ruhig dalag, überkam ihn das schlechte Gewissen. Er liebte doch Stella, daran hatte sich nichts geändert. Wie sollte sich daran auch etwas ändern können?

Dorothea war beeindruckt. Und geschickt genug, seine Härte in ihrem Sinn zu deuten. Ihrerseits nahm sie sich so viel wie möglich. Manchmal kam bei ihm das Gefühl hoch, etwas versäumt zu haben, und er zweifelte, ob die fixe Idee mit der Frau fürs ganze Leben nicht doch ein tragischer Irrtum war, einer, den das Matriarchat unter Aufbietung all seiner verborgenen Macht und seiner Geschicklichkeit aufrechterhielt. Nein, das mit dem Matriarchat war Unsinn. Die Kirche hatte den Schlamassel zu verantworten. Es mochte gut sein, dass dieses Modell eine Zeitlang notwendig gewesen war. Das konnte er nicht beurteilen. Für eine Übergangszeit, in der die Menschen der Anleitung bedurft hatten. Jetzt aber, da man endlich angekommen war in einer Zeit, in der es Erklärungen gab, da der Mensch auf dem Weg zu seiner Mündigkeit große Fortschritte machte und zum ersten Mal in der Geschichte des Planeten mehr als die Hälfte dieser Spezies in Städten lebte – jetzt war der Ein-Frau-Glaube sicher überflüssig. Noch viel mehr: Er war hinderlich.

Trotzdem liebte er Stella.

Den Vorwurf (den ihm zwar niemand machte, den er aber mit sich selbst diskutierte), was er mit Doro praktiziere, habe mit Liebe nichts zu tun und er missbrauche die arme Frau, ließ er nicht gelten. Natürlich war es Liebe, andere Liebe. Er mochte Dorothea. Sie war witzig, vorlaut und grundsätzlich optimistisch. Eigenschaften, die er schon immer an ihr genossen hatte. Ihre Frische, ihre Tollheit und üppige Lebenskraft waren genau, was er jetzt brauchte, um nicht ständig vor sich hin zu starren, nicht unentwegt über den Sinn von Liebe und über das, was man Freundschaft nennt, zu grübeln.

Mehr Anstrengung als befürchtet kostete der Kontakt zu

Max. Die Welt sollte sich in der Gewissheit wiegen, dass Max und er weiterhin Freunde seien. Ihm gegenüber blieb er freundlich und großzügig, ließ keinen Verdacht aufkommen, auch nicht den geringsten. Er übte, zwischen sich und sein Gesicht eine Trennfolie zu schieben, so dass ein offenes Lachen keinerlei Verbindung nach innen aufwies und bei Bedarf jederzeit reproduziert werden konnte. Wie früher Freistöße und später Personalentscheidungen übte er jetzt, was in Max' Anwesenheit gesagt werden durfte, was gesagt werden musste und worüber auf alle Fälle zu schweigen war. Wie ein Schauspieler, der sich in seine Rolle vertieft und den Text auch im Schlaf aufsagen kann – mit dem einzigen Unterschied, dass er kein Schauspieler war. Um sogar den kleinsten Verdacht zu zerstreuen, brachte er bei Max das Gespräch auf Stella, erkundigte sich nach ihrem Befinden und nach Kleinigkeiten, als handle es sich um ein Gespräch über eine entfernte gemeinsame Bekannte. Max war das ganz offensichtlich unangenehm. Er vermied Antworten und wechselte so schnell wie möglich das Thema. Zur Fassadenpflege erwähnte Harri mit keinem Wort Doro. Max musste davon ausgehen, dass Harri seine Sympathie für Doro kannte, und er sollte den Eindruck haben, Harri wolle ihn schonen, wie man einen Freund eben schont. Da Max nie gesprächig war, fielen die holperigen, lückenhaften Wortwechsel nicht weiter auf. Eines allerdings war Harri unter keinen Umständen möglich: Max anzufassen. Früher hatte er ihm gelegentlich die Hand auf die Schulter gelegt oder scherzhaft einen Faustschlag auf den Bizeps angetäuscht. Allein der Gedanke an Berührung war ihm unerträglich.

Er beobachtete Max. Nicht so sehr, weil er wissen wollte, welche weiteren Wohltaten der in seinem Geschenkekörbchen hatte. Denn dass Max irgendein Ziel verfolgte, wenn er es nicht schon erreicht hatte, lag auf der Hand. Er konnte es zum Beispiel auf die Firma abgesehen haben, was Harri gleichgültig ließ, weil er dazu bereits einen Plan hatte. Nein, wenn er Max beobachtete, dann, weil er herausfinden wollte, was Max fühlte. War er schadenfroh? Dass er peinlich berührt war, seinem Freund die Frau ausgespannt zu haben, schied sicher aus. Einige Male sah man ihn tatsächlich lachen, nicht öfter als sonst, also recht selten, aber es fiel jetzt mehr auf. Lachte er ihn aus? Vielleicht lachte er, weil er bemerkte, dass er beobachtet wurde. Womöglich beobachtete er seinerseits Harri, wie der ihn beobachtete. Man musste davon ausgehen, dass Stella ihn über alles informiert hatte. Da gab es genug zu lachen. Oder lachte er einfach, weil er jetzt endlich zufrieden war? Weil er erreicht hatte, was er wollte? Wunderte er sich, dass Harri so freundlich blieb?

Einmal noch, als Harri sicher wusste, dass sich niemand im Haus aufhielt, holte er seine persönlichen Sachen aus der weißen Villa. Er fand sich in der Wohnhalle wieder, etwa dort, wo auch Sultan gestanden hatte, als er zum ersten Mal mit seinem neuen Zuhause konfrontiert worden war. Das italienische Sitzmöbel stand dort, wo es immer gestanden und wo Stella oft auf ihn gewartet hatte. Fast zwanzig Jahre hatte er hier gewohnt, harzig riechende Holzscheite in den offenen Kamin gelegt, durch die Fensterfront hinausgeschaut in den Garten, auf die große Rasenfläche, die Büsche am anderen Ende, über die hinaus sich der Blick in die Landschaft öffnete. Hatte die Eichentür mit der sinnlos gewordenen Katzenklappe angestarrt und Möbel benutzt, die unverändert an ihrem Platz standen. Er versuchte sich einzureden, dass er mit all dem nichts zu tun habe. Zufällige Gegenstände, die zufällig sein Leben eine Weile begleitet hatten. Nun hatte sich eben Max hier eingenistet. Einzelne Utensilien lagen herum, die nicht von Stella waren, die Harri jedenfalls nicht kannte, die also von Max sein mussten.

Das Telefon läutete. Er erschrak. Konnte der Anruf für ihn bestimmt sein? Er schämte sich für diese abwegige Idee und ließ es läuten. Jemand hatte den Apparat so eingestellt, dass sich nun der Anrufbeantworter einschaltete und die Stimme von Max in einem für seine Verhältnisse freundlichen und zackigen Tonfall behauptete, dies sei der Anschluss mit der Nummer null-sechs-und-so-weiter. *Wir können Ihren Anruf derzeit nicht persönlich entgegennehmen. Bitte hinterlassen Sie eine Nachricht oder Namen und Telefonnummer, wir rufen zurück.* Ein Knacksen und das Verstummen der Leitung signalisierten, dass der Anrufer das Angebot ausgeschlagen und stattdessen aufgelegt hatte.

Sein Plan kam ihm jetzt unsinnig vor. Er sollte doch das tun, was jeder normale Mensch an seiner Stelle längst getan hätte: Max zum Teufel jagen. Aber der tat auch nicht, was jeder normale Mensch an seiner Stelle längst getan hätte, nämlich sich mit Stella eine andere Wohnung suchen. Wie konnten die beiden auf die absurde Idee kommen, in diesem Haus zu wohnen? Nicht Harri war es jetzt, sondern der Andere, der den Marmorboden an den Fußsohlen spürte, wenn er am Sonntagmorgen in die Küche ging, um für Stella Kaffee zu machen und der bestimmte, welche Musik aus den Lautsprechern kam. Wahrscheinlich hatte er bereits sein Sperma in der Gegend herumgespritzt. Angewidert schloss Harri das Portal, warf den Schlüssel in den Briefkasten. Auf dem Rückweg zu seinem Wagen der Blick durch die prächtigen Rhododendren hinüber zum Gästehaus, wo sich in einem Fenster im ersten Stock etwas bewegte: Gudrun auf ihrem Beobachtungsposten. So hatten die neuen Umstände auch ihre positiven Seiten. Max und Gudrun – er schmunzelte bei der Vorstellung, wie beide vergeblich versuchen würden, miteinander zurechtzukommen.

Am nächsten Morgen auf dem Firmenparkplatz (seit er mit Doro in der Stadt wohnte, fuhr er wieder selbst, ziemlich rücksichtslos, wie er fand, was er bedauerte, aber nur zur Hälfte, denn zur anderen Hälfte genoss er es), stellte er den Wagen auf den reservierten Platz, als er im Rückspiegel ihre Umarmung sah. Zwei Reihen weiter hinten. Stellas roter Porsche, mit dem sie Max hergefahren hatte. Die traute sich was! Max will dich an den Baum drängen, sagte er sich. Ungebremst sollst du von der Straße abkommen. Er flüchtete am routiniert grüßenden Pförtner vorbei.

Als sich die Aufzugtüren schlossen, überkam ihn die Fantasie, es mit Stella so zu treiben wie mit Doro, wenn es sein musste gegen ihren Willen, ja *gerade* gegen ihren Willen. Schäme dich, du liebst sie doch. Er schämte sich, vier Stockwerke lang, und war erleichtert, dass niemand zustieg, denn für seinen Gesichtsausdruck hätte er keine Garantie übernehmen können.

An seinem Schreibtisch atmete er erst einmal tief durch. Der Platz war Gold wert, ein erlösender Rückzugsort in Zeiten, die – wie Harri nun schmerzlich fühlte – heimatlos genannt werden mussten. Bedauerlich, dass bald auch dieser Arbeitsplatz aufgegeben würde und deshalb der Schreibtisch jetzt von einer wohlgeordneten, aufgeräumten Unternehmenszentrale zu einem zweideutigen Verschwörungsdickicht mutierte. Absichtlich angelegte Unordnung, unverständliche Notizen, Zahlenkolonnen und scheinbar Liegengebliebenes sollten den Plan verdecken und jeden, der jetzt oder später die Schubladen und Papierstapel durchsuchen würde, in die Irre leiten. In den Hängeordnern richtete er neue Ablagen ein, mit Überschriften wie »Haben oder Sein«, »Erlösung« und »Optimierung des Suboptimalen«.

Wenigstens einen Teil des Vorhabens konnte er offen vorbereiten: die Expansion der Firma nach Südamerika, wo hoher Umsatz zu erwarten war. Er hatte für die Firma bereits eine Dependance in São Paulo errichtet, die nun umfänglich ausgebaut werden sollte. Dazu verstärkte er die persönlichen Kontakte und beauftragte einen Agenten, geeignete Verwaltungsräume zu suchen, behördliche Genehmigungen einzuholen und örtliches Personal zu rekrutieren. Zu den sorgfältigen Vorbereitungen gehörte, dass er sich nicht vor Ort selbst vergewisserte, ob die Örtlichkeit für seinen Plan geeignet war. Er ließ dies jemanden erledigen, der nie mehr in Erscheinung treten würde. Niemand sollte auf die Idee kommen, er könnte mit der Sache andere als die offensichtlichen Zwecke verfolgen.

Sein übliches Leben führte er so weit als möglich fort, schon alleine, um nicht aufzufallen. Was aber anfangs nur lästig war, wurde allmählich unerträglich. Haltung bewahren, schöne Worte sprechen, gewinnorientiert denken. Innovativ sein. Nie zur Ruhe kommen. Allen etwas vormachen. Sich selbst etwas vormachen. Es ließ sich nicht mehr leugnen: Er hatte die Lust an der Firma völlig verloren. Das Unternehmertum – es interessierte ihn nicht mehr. Er erkannte, dass die Firma bei weitem nicht so wichtig war, wie er gedacht hatte, dass sie gar nicht so zu ihm gehörte, wie er bis dahin vorausgesetzt hatte. Was hatte er mit der Firma zu tun? Gut, es war *sein* Geschick gewesen, das den Laden zum Weltmarktführer für diverse Pumpenarten gemacht hatte. Und es war der Fleiß der Mitarbeiter gewesen. Auch das Geschick von Heinz. Es beruhte aber auf purem Zufall, dass er Heinz kennengelernt hatte. Ebenso zufällig hatte er sich mit dem alten Theodor Herz verstanden. Wie war er überhaupt auf diese Firma gekommen? Er erinnerte sich: weil Stella in der Nähe einen Arbeitsplatz gefunden hatte. Wäre ihre Wahl auf Hamburg gefallen, dann wäre er jetzt vielleicht Hafenmanager. Warum hatte er Betriebswirtschaft studiert? Er konnte sich nicht erinnern. Sozialpädagogik hätte genauso gut zu ihm gepasst. Sozialpädagogik hätte viel besser zu ihm gepasst. Er wusste nicht, warum er kein Sozialpädagoge geworden war. Es war Zufall gewesen. Aber er wusste ganz genau, warum seine Laufbahn als Fußballer geendet hatte.

Bei einer Laudatio anlässlich der Eröffnung der palliativmedizinischen Abteilung eines Kinderkrankenhauses, die die

Firma ermöglicht hatte, musste er die peinliche Beschreibung seiner Person ertragen. Harri Korn, seine stets gute Laune, sein heiteres Wesen, seine Fähigkeit, dem Leben immer freundlich gesinnt zu sein, der nie die Benachteiligten vergisst und so weiter. Es trieb ihm den Schweiß auf die Stirn. Gut, dass sich die Verleihung der Ehrendoktorwürde durch die amerikanische Universität verzögerte und sie, wenn alles nach Plan lief, nie mehr stattfinden würde.

Wie Schuppen fiel es ihm von den Augen, dass er sich im Grunde jahrelang gelangweilt hatte. Welche Anstrengungen hatte er unternommen, dies zu verdecken! Wie hatte er sich bemüht, die Zeit zu füllen, sich Pflichten zu suchen, die man den ganzen Tag über erfüllen konnte und deren Erfüllung ihn ruhig schlafen ließ. Und wenn sich einmal eine Lücke aufgetan hatte, dann hatte es nichts Wichtigeres gegeben, als sie mit einer Attraktion zu füllen. Theater, Party, Sport … Einige seiner Aktivitäten der vergangenen Jahre fielen ihm ein. Die Markteinführung seiner robusten, praktisch wartungsfreien und dennoch preiswerten Pumpen für Bewässerungsanlagen, die in Europa von gerade einmal einem Dutzend Menschen und ebenso vielen halb automatischen Maschinen hergestellt wurden, hatten zur Pleite einer ägyptischen Firma und zur Arbeitslosigkeit von hundertfünfzig Arbeitern geführt. Eine seiner Investitionen, um die er sich nie weiter gekümmert hatte, bestand darin, dass ein ihm befreundeter Hotel-Tycoon in einem subtropischen Teil Chinas ein mittelalterliches deutsches Dorf mit Kirche, Wirtshaus und Marktplatz maßstabsgetreu als Touristenattraktion gebaut hatte. Es ist nicht zu leugnen, du hast dich selbst in die Irre geführt, sagte er sich. Über dem Erfolg, dem Gedeihen der Firma hast du vergessen, mit welchen Vorsätzen du angetreten warst. Lassen wir dabei einmal beiseite, dass selbst diese Vorsätze eitel waren, dienten sie doch letztlich nur dazu, dein Gewissen zu beruhigen und dich gut schlafen zu lassen. Und hat dich Max nicht zu Recht angeprangert als Exponent der ungerechten Verhältnisse? Gib's auf, dir etwas vorzumachen! Natürlich hast du dich auf Kosten anderer bereichert. Dass du glaubtest, es nicht vermeiden zu können, macht die Sache nur wenig besser. Und: Niemand hat dich gezwungen, zu tun, was du ein Vierteljahrhundert getan hast. Kein diktatorischer Vater. Kein totalitärer Staat. Kein Militärregime. *Die Verantwortung liegt allein bei dir.*

Für den Orchesterviolinisten, der fünfzig Jahre lang keine Probe, keinen Auftritt versäumt und der am Tag seiner Pensionierung die Geige in eine Ecke legt, wo sie unberührt bis zu seinem Tod liegen bleibt, hegte er Sympathie. Welcher Sinn lag darin, die Firma weiterzuführen? Gab es irgendeine Notwendigkeit? Verantwortung für die Mitarbeiter – wie lachhaft! Das konnten andere genauso gut.

Er genoss es mehr denn je, wenn Heinz ihn im Büro besuchte. Leider durfte er auch den nicht in seinen Plan einweihen, aber vielleicht war er schon eingeweiht, denn seine Schweinsaugen hatten manchmal eine Brennwirkung, die dazu imstande schien, Harris Kopfhaut und seinen Schädelknochen wegzulasern.

Warum er sich plötzlich für altindische Bewegungsmeditation interessierte, wusste er selbst nicht. Endlich durfte man barfuß sein, das war er seit seiner Kindheit nicht mehr gewesen. Er wollte sich den besten Yogalehrer holen; da dies aber unmöglich festzustellen war, holte er sich wenigstens den teuersten. In der Firma ließ er einen Gebets- und Meditationsraum einrichten. Das kam der Political Correctness entgegen. Jeder konnte sich nun nach den Ritualen seiner Religion zurückziehen. Anfangs verrichteten dort einige türkische Kollegen aus der Lagerverwaltung und der Personalstelle ihre täglichen Gebete. Nachdem sie jedoch einige Male den Chef auf einer lilafarbenen Matte bei seltsamen Körperstellungen angetroffen hatten, brach das Interesse an dem Gebetsraum auf null ein. Dass man sich über ihn wunderte, kam ihm gerade recht. Wenn er dann ins Büro zurückging, auf den schaumgepolsterten Schuhen leicht und locker das Gebäude durchmessend, fast schwebend, schwamm er in einem Glücksstrom, wie er ihn schon lange nicht mehr empfunden hatte. Er wählte häufig Umwege und zögerte den Moment hinaus, wenn er wieder an seinem Schreibtisch ankommen würde und seine Füße in handgearbeitete Lederschuhe pressen musste. Er sehnte sich nach einfachen, klaren Verhältnissen. Man müsste auf die andere Seite wechseln. Er wusste nur ungefähr, was er damit meinte.

Sicher wurde der Gesinnungswandel durch sein Alter begünstigt: Er war immerhin dort angekommen, wo der normale Mensch beginnt, die Jahre bis zum Ruhestand zu zählen. Es war nicht zu leugnen, dass er nicht mehr so frisch war, wie er gerne gewesen wäre, und er fand selbst bemerkenswert, welche Vitalität er im Spiel mit Doro entfaltete. Er ertappte sich dabei, wie er im Pissoir auf die Geräusche der anderen achtete, ob deren Strahl gleichmäßig und kräftig lief oder ob die Prostata schon drückte und nicht mehr als einzelne Spritzer zuließ.

Die Firma so zu verkaufen, dass weder Max noch Stella etwas davon mitbekamen, war nicht leicht, aber schließlich fand er verschwiegene Investoren mit einem guten Namen, den sie für ein billiges Enthüllungshonorar niemals aufs Spiel setzen würden. Niemand schöpfte Verdacht. Gut, man hätte erwarten können, dass er noch ein paar Jahre weitermachen würde. Aber vielleicht wollte er nicht länger warten, um das Leben zu genießen. Vielleicht gab es gewisse körperliche Warnzeichen, die ihm klarmachten, dass er rechtzeitig kürzer treten sollte. Das war alles nichts Ungewöhnliches. Beim Preis war er nicht anspruchsvoll, sondern mit der Hälfte des tatsächlichen Wertes zufrieden, was ihm immer noch – wie man in seinen damaligen Kreisen zu sagen pflegte – einen hohen zweistelligen Millionenbetrag einbrachte. Der Notar, den er mit der Erledigung der Angelegenheiten betraut hatte, war vorbildlich und tat genau das, was von ihm erwartet wurde: Er machte sich keine Gedanken. In seinem letzten Willen vermachte Harri Dorothea ein kleines Vermögen, das sie bis an ihr Lebensende ernähren konnte. Der überwiegende Teil des Geldes sollte nach seinem Tod diversen gemeinnützigen Vereinen zufallen, die sich weltweit damit befassen, Kindern aus ärmlichen Verhältnissen Bildung zu geben. Harri war der Meinung, die Menschheit müsse durch Bildung weitergebracht werden, selbst wenn man nicht genau weiß, wohin wir uns entwickeln sollen. Jedenfalls hatte er keinen Zweifel, dass man nicht da stehen bleiben könne, wo man sich derzeit befand.

Stella kam nicht mehr in die Firma. Harri traf sie einige Monate später noch einmal bei einem Gespräch mit den Scheidungsanwälten. Die ganze Sache sollte möglichst einvernehmlich geregelt werden. Allerdings ging es nicht so schnell, wie sie beide gedacht hatten, denn das Trennungsjahr musste abgewartet werden, als Zeichen dafür, dass die Ehe zerrüttet war. Darüber konnte man nur noch lachen. Nein, nicht einmal lachen konnte Harri darüber. Auf dem Weg zur Kanzlei nahm er sich vor, cool zu bleiben, wurde aber immer nervöser. Bisher hatte er es für sinnlos gehalten, ihr alles zu erklären. Vielleicht sollte er das jetzt tun. Jemand musste ihr sagen, dass Max sie wie eine Schachfigur hin und her schob, dass die Sache mit Doro nicht ernst war und so weiter. Weil die Anwälte sich durch Händedruck begrüßten und auch Stellas Anwalt ihn so begrüßte, streckte er, ohne nachzudenken, seine Hand der von Stella entgegen. Ein Fehler, ein grober Fehler, den er in demselben Moment begriff, als es schon zu spät war. Er kannte ihre rechte Hand in- und auswendig. Wo sie weich war, wo hart. Wie die Linien der Innenfläche verliefen. Wo die Haut dazu

neigte, im Winter trocken zu werden. Er wusste, wie es sich an-
fühlte, wenn sie über seinen Hinterkopf streichelte – und wenn
sie sein hartes Glied umfasste. Aber sie hatte ihm noch nie
zur Begrüßung die Hand gereicht, er hatte nicht die geringste
Ahnung von dem geschäftsmäßigen Druck, den ihre Finger
ausübten und ihm für einen kurzen Moment den Eindruck
vermittelte, diese Hand gehöre nicht zu ihr. Dieser alltägliche
und doch völlig fremde Händedruck prägte das Wiedersehen.
Auch darauf war er also hereingefallen. Unerwartet geschwächt
holte er Atem, setzte an, ihr alles zu erklären, sie aber wandte
sich sofort ab. Nicht ein Hauch von Bedauern oder von Leiden,
keine persönliche Regung. Während die Anwälte rechneten,
gestand er sich ein, dass er gehofft hatte, sie würde in Tränen
ausbrechen oder etwas Ähnliches tun, vielleicht ihm sogar ein
letztes Mal über den Hinterkopf streichen. Sie war blasser geworden, schmaler. Warum aß sie nicht genug? Ließ Max sie
denn nicht in die Sonne? Man einigte sich auf drei Millionen
und die weiße Villa.

Wenn man seinen Abgang vorbereitet, beginnen die Dinge sich
nach einer neuen Skala der Wichtigkeit voneinander zu unterscheiden, vielleicht nach der endgültigen, alles überdauernden.
Die wertvollen, geliebten und gehegten Teppiche verloren ra-
pide ihre Bedeutung. Er würde sie ganz einfach verkaufen.
Auch um die Cessna tat es ihm nicht leid. Vorher würde sie
noch eine Hauptrolle spielen, ihm einen letzten Dienst erwei-
sen. Die Schwierigkeit lag darin, dass man bei einem Absturz
mindestens verkohlte Leichenteile erwarten würde. Er konnte
also nicht einfach vorher mit dem Fallschirm aussteigen. Auch
der Einfall, der zu Beginn genial erschien – eine Leiche auslei-
hen, ihr seine Kleidung anziehen und sie auf dem Pilotensitz
festschnallen –, erwies sich bei näherem Hinsehen als kurzsichtig, denn selbst wenn ein Flugzeug nach dem Absturz aus-

brennt, bleibt der Schädel meistens als Ganzes erhalten. Jemand würde Zweifel haben, man würde sich das Zahnschema von Harald Korn besorgen – schon würde der Schwindel auffliegen. Der Absturz musste also an einer Stelle stattfinden, an der man nicht zu den Überresten des Flugzeugs gelangen konnte.

Zunächst ließ er die Cessna mit einem Autopiloten nachrüsten. Dann besorgte er einen Fallschirm und lagerte ihn unbemerkt ein. Da es zu auffällig gewesen wäre, wenn er plötzlich Übungssprünge absolviert hätte, versuchte er, sich das Nötige aus einem Lehrbuch anzueignen. Außerdem besorgte er sich einen Rauchwerfer.

Als alles für den letzten Schritt bereitet war und das Warten auf den geeigneten Moment begann, starb ein gutes Jahr nach Anbruch des Jahrtausends Harris Mutter. Bei der Beerdigung standen nur zwei Dutzend Nachbarn und ein paar entfernte Verwandte aus der Au um den prächtig auf einem Blumenmeer thronenden Sarg. Harri ließ sich nicht lumpen. Er fand, seine Mutter habe ihr Leben lang in unnötiger Sparsamkeit gelebt, damit müsse nun Schluss sein. Er labte sich an den Gesichtern der vier Totengräber, die darauf warteten, den Sarg in das Grab hinabzulassen, und denen man ihr Unverständnis ansah, dass bei einem so aufwändig dekorierten Begräbnis nur wenige Personen teilnahmen. Nachdem der Pfarrer in einer aus rhetorischen Bausteinen wirksam montierten Ansprache die Bescheidenheit der Verstorbenen gepriesen und diese Lebensweise als christlich reklamiert hatte, gab Harri ein Handzeichen. Er hatte mit dem Geistlichen vereinbart, dass es, bevor der Sarg hinabgesenkt werden würde, eine musikalische Einlage geben sollte. Zuerst kamen die Streicher: die ersten Geigen, die zweiten, die Bratschen, Celli und zwei Kontrabässe, dann Querflöten, Oboen und Hörner, selbst auf die Pauken wurde nicht verzichtet, bis ein komplettes Symphonieorchester beisammen war. Bevor die Versammelten verstanden, was passierte, hatte ein Dutzend Helfer, die ebenfalls aus dem Nichts erschienen waren, Stühle und Notenständer auf den Wegen zwischen den Grabsteinen aufgestellt, und das schönste Requiem erklang. Harri zehrte noch Tage danach von den ungläubigen Gesichtern des Pfarrers, der Totengräber und der Nachbarn.

Er beschloss, sich so weit es ging in dieser Art und Weise zu amüsieren, gerade weil er vieles zum letzten Mal in seinem Leben tun würde. Anders war das Leben, das er zum Schein wie bisher weiterführte, auch kaum zu ertragen. Außerdem mussten allseits sichtbare Anzeichen für das Auf und Ab seiner Psyche geschaffen werden. Er begann absichtlich, seine Chefaufgaben zu vernachlässigen. Die Yogapausen wurden länger, auf dem Rückweg zu seinem Arbeitsplatz sang er manchmal Mantras. Man sollte in den letzten Monaten allgemein den Eindruck bekommen, mit Harald Korn stimme etwas nicht, es gebe seltsame Veränderungen. Das würde später einiges erklären. Bei ernsten Besprechungen erlitt er Heiterkeitsanfälle, am Mikrofon lancierte er den einen oder anderen unanständigen Witz, was die Zuhörer zu einmütigem Kopfschütteln veranlasste (und ihm innerlich einige Momente des größten Vergnügens bereitete). Er lieh eines jener rüpelhaften, vierrädrigen Wüstenfahrzeuge und inszenierte damit einen Unfall auf freiem Feld, bei dem er sich hinaus in den Dreck katapultieren ließ. Nach zwei Tagen im Krankenhaus erschien er mit Krücken und erzählte jedem, der es wissen wollte (es wollte jeder wissen), was passiert war. Man war allgemein überrascht. Warum er sich auf so gefährliche Spielereien einlasse! Er habe doch eine Menge Verantwortung – für sein Leben, die Firma und so weiter! Darauf versicherte er, die Sache sei nicht wirklich gefährlich, und natürlich werde er auch in Zukunft durchs Gelände heizen, man lebe schließlich nur einmal (wieder einmütiges, wenngleich unsichtbares Kopfschütteln).

Doro schöpfte keinen Verdacht. Sie kannte ihn gut genug,

um nicht alles ernst zu nehmen. Den Rest interpretierte sie als einen durch ihre Anwesenheit provozierten Ausbruch von Lebenslust.

Die verbleibende Zeit für Amüsements wurde knapp. Im Frühsommer 2001 flog er mit Doro und einem hartnäckigen Rest schlechten Gewissens nach Monte Carlo, warf im Kasino mit Charme und Geld um sich und verlor in zwei Stunden fünfzigtausend Mark. Roulette, alles oder nichts. Für die Kartenspiele und Pokerfaces hatte er noch nie etwas übrig gehabt. Da er sich einigen anwesenden Damen gegenüber, die ihren besten Schmuck und die raffiniertesten Kleider angelegt hatten, äußerst freundlich zeigte, kam es nach kurzer Zeit zu geradezu putzig anmutenden Annäherungen. Doro war selbstbewusst genug und hatte im Übrigen auch ausreichend Champagner getrunken, um inmitten der Spieltische eine herrliche Szene zu improvisieren, die beinahe in einer Damenschlägerei endete.

Als sie sich noch vor Mitternacht im Hotelzimmer wiederfanden, wo es ziemlich warm war und Doro behauptete, der Champagner, wiewohl dieselbe Marke und derselbe Jahrgang, schmecke besser als im Kasino, widmete er ihr zum Ausgleich seine ungeteilte Aufmerksamkeit, sogar noch, als er dalag, in die Dunkelheit starrend eine Zeitlang ihren regelmäßig gewordenen Atem nachatmete, gar nicht mehr nervös, wie in den vergangenen Monaten, sondern irgendwie zufrieden. Nachdem er sein ganzes Leben lang versucht hatte, Sinnvolles an Sinnvolles zu reihen, alles einem Lebensentwurf, einem gewissen Plan zu unterwerfen, was bei so alltäglichen Verrichtungen wie dem Zähneputzen begonnen hatte, denn man kann Zahnpasta mit und ohne Schlämmkreide verwenden, eine harte oder eine weiche Bürste, was aber auch Entscheidungen von größerer Tragweite betroffen hatte, etwa, ob er die Firma an die Börse bringen sollte; nachdem er also, seit er denken konnte, immer alles getan hatte, weil es richtig schien, genoss er nun die unermessliche Freiheit, Sinnloses zu tun, vielleicht sogar Schädliches, einfach nur deshalb, weil er einer spontanen Eingebung folgend Lust darauf hatte. So wie jetzt zu einem lauten Freudenschrei, dessen kurzes Echo allerdings zweifelhaft klang, was er sehr wohl bemerkte. Doro nicht. Sie grunzte und schlief weiter. Die neue Freiheit dehnte sich im Dunkeln aus, stieß an keine Grenzen. Draußen in den Straßen heulten die frisierten Mopeds auf. Als ob sie in einem größeren Kreis das am Hang gelegene Luxushotel umrundeten, bergauf, bergab. Er sah die jugendlichen Fahrer vor sich. Ihre glatten, ehrlichen Gesichter, die nackten Unterarme im lauen Fahrtwind. Kurze, im Dialekt gesprochene Sätze, wenn man an einer Kreuzung nebeneinander anhielt. Ihre Fahrt war ein Aufbegehren. Dagegen, dass der Mensch am Tag lebt und in der Nacht schläft. Gegen die Ungerechtigkeit, die den einen erlaubte, im Luxusbett zu liegen, während sie selbst mit unspektakulären Liegestätten vorliebnehmen mussten. Dabei übersahen sie im Grunde nicht, dass sie selbst zu den Privilegierten gehörten, dass es Millionen gab, die sich über ihre Klage wundern würden, weil sie im Dreck und unter offenem Himmel die Nächte verbringen mussten. Aber egal, wie gut es einem geht, ungerecht bleibt ungerecht. Dafür ließ sich der Macht der Reichen nun die Lärmhoheit über die Nacht entgegensetzen. Ganz nah kam er an die Mopedfahrer heran, freundliche Kerle, brüderlich mit den Augen zwinkernd. Er hätte sich ankleiden, hinausschleichen, den aus den Gärten aufsteigenden Duft der Klebsamen in seine Lungen ziehen und mit den Jungs ein paar Runden drehen sollen. Im gelblichen Schein der Straßenlaternen die engen Kurven durchknattern, mit Vollgas an den Stuckfassaden der Villen vorbeirasen, die ungerechten Verhältnisse spüren und dagegen aufbegehren. Wie wohltuend, die gerechte Empörung. Da wurden, als hätten die Jungs mit den ehrlichen Gesichtern seine Gedanken gespürt, die Motorengeräusche leiser, entfernten sich, bis sie ganz verstummten. In der Stille veranstaltete ein Moskito, der offenbar völlig unerschrocken den Luftraum des Luxushotels geentert hatte, unsichtbare Flugübungen. Harri betrachtete die sich in der Dunkelheit abzeichnenden Konturen von Doros nacktem Rücken, den er schon einmal zugedeckt hatte, aber sie duldete keine Bedeckung und hatte das Leintuch wieder zurückgeschlagen. Ihm fiel die Geschichte von jenem britischen Colonel in Burma ein, der ohne Moskitonetz zu schlafen pflegte. Sein Diener, nach dem Grund befragt, erklärte: Nachts der Herr sein zu betrunken, um Moskitos zu bemerken; am Morgen Moskitos sein zu betrunken, um Herrn zu bemerken.

In der Vermutung, der Moskito habe inzwischen eingestochen und sauge nun in aller Ruhe, gab er sich dem Einschlafen hin. Davor hatte er keine Angst mehr. Denn bei aller Unruhe, Spannung und Schauspielerei war überraschend etwas Seltsames geschehen: Der Albtraum suchte ihn nicht mehr heim.

*

Nein, ich möchte Ihnen nicht beipflichten. Man kann uns nicht mit einer organisierten rumänischen Bettlerbande vergleichen. Aber Sie sind nicht der Erste, der mir diesen harten Brocken hinwirft. Ich danke Ihnen für die Ehrlichkeit. Sie ist mir von allen menschlichen Eigenschaften die liebste.

Betrug? Was heißt hier Betrug! Nur weil wir die Almosen, wenn wir sie nicht selbst benötigen, am Abend zurückgeben? Man setzt sich auf die Straße, weil man Geld braucht. Der eine tauscht die Münze, die man ihm hinwirft, in einen Humpen Bier um. Der andere spart auf ein ordentliches Frühstück. Der Dritte schenkt die Hälfte seinem heroinabhängigen Kumpel. Damit er nun genug für sich und den Kumpel zugleich verdient, täuscht er ein amputiertes Bein vor. Na und? Den wahren Spender interessiert das nicht. Er überlässt die Münze seinem Bruder, damit der damit tut, was er für richtig hält. Man achtet den freien Willen des anderen und übergibt mit der Münze auch die Macht zu entscheiden, für welche Notwendigkeit, welches Vergnügen oder welches Laster das Geld herhält. Versuchen Sie einmal, einem Bettler statt einer dreckigen Münze einen saftigen roten Apfel zu geben – er wird Sie mit Verachtung strafen, und Sie können froh sein, wenn Sie ohne Prügel wegkommen.

Erinnern Sie sich an die Dame, die mir am Dienstag ein Zweieurostück in die Hand drückte? Der Glanz der Münze spiegelte sich in ihrem Gesicht. Sie fühlte sich gut. Sie war glücklich. Welche Freude, großzügig zu sein. Plötzlich ist man souverän. Befreit von der Frage, warum und mit welchem Recht der andere die Hand aufhält.

Der falsche Beinamputierte und das rumänische Bandenmitglied sitzen nicht zum Vergnügen am Straßenrand, sondern aus bitterer Notwendigkeit. Ich gebe Ihnen zu: Eine einzige Ausnahme ist zu machen. Bei einem bettelnden Kind wird die vermeintlich milde Gabe zum Folterwerkzeug. Auch ich sitze hier aus bitterer Notwendigkeit. Oder sagen wir einfach: Notwendigkeit.

Gerade das finden Sie unmoralisch? Sie meinen, wir hätten es nicht *wirklich* nötig. Wir meinen es nicht ernst, wir tun nur so als ob. Wir ziehen uns Masken über wie Akteure auf einer Bühne – mit dem Unterschied, dass das Publikum von all dem nichts weiß.

Ich versichere Ihnen guten Gewissens: Der Anzug, den ich trage, ist keine Verkleidung. Mein Bericht besteht nicht aus einstudierten Versen. Es ist nicht so, dass mein eigentliches, mein wirkliches Leben sich nach Feierabend ganz woanders abspielen würde, ich mich umkleide, die eingelernten Manieren ablege und dann endlich ich selbst bin. Ich gehe diesem Beruf nicht aus äußeren Gründen nach. Weder verdiente mein Vater auf diese Weise seinen Lebensunterhalt und man erwartete, dass ich denselben Beruf ergreifen würde, noch habe ich diese Tätigkeit gewählt, weil sie besonders einträglich, bequem oder angesehen ist. Vielmehr: Indem ich mit Ihnen spreche, erfüllt sich meine Bestimmung.

Es ist auch keinesfalls meine Absicht, mich über andere Bettler lustig zu machen. Jeder hat seine guten Gründe. Die einen haben nichts anderes gelernt. Andere glauben, sie seien ohne eigenes Zutun hineingeschlittert, und wenn sie die Hand ausstrecken, fordern sie Gerechtigkeit. Wieder andere handeln aus religiöser Überzeugung oder aus politischen Gründen (sie sagen beispielsweise, sie wollen bei dem großen Schwindel nicht mehr mitmachen) – all das sind anerkennenswerte Einstellungen, und mitnichten glaube ich, mein Standpunkt sei in irgendeiner Weise günstiger zu bewerten.

Jetzt aber sehe ich Ihren Augen den Hunger an. Sie möchten einmal noch etwas Traditionelles kosten? Dann empfehle ich gebratenes Kalbsherz. Oder gesottenes Kronfleisch mit frisch geriebenem Kren. Ehrliche Gerichte, bei denen man sich nichts vormachen kann. Dazu sollten Sie dunkles Weißbier trinken. Bis morgen!

Sonntag. Chinesischer Turm.

Ein Rausch von Schönheit! Bei Betreten des Parks Akkordeonspieler, die drüben vor dem Haus der Kunst und an den Wegkreuzungen in der Nähe des Eisbachs turbulente Melodien über die weiten Wiesen schicken; Tonfolgen, die man noch nie gehört hat und die doch so vertraut klingen, nach Kindheit, nach Heimat ... und zugleich nach einem nie erreichbaren fremden Land. Paare spazieren entspannt am Waldrand entlang, Familien streben fröhlich zum Karussell, an der Parkbank flirtet eine Gruppe junger Frauen und Männer, während andere auf zwischen den Bäumen gespannten Seilen balancieren. Alle sind frei, hierhin oder dorthin zu gehen, dieses oder etwas ganz anderes zu tun. Während die einen die Bedeutung der Kunst für die Entwicklung des Abendlands diskutieren, legen andere sich auf die Wiese und halten ihre Seele in die Sonne, die – wenn ich so sagen darf – bei vielen im Unterleib angesiedelt scheint.

Kommen Sie, werter Freund, hier entlang.

Dieses Lusttempelchen nennt sich Monopteros, Blickfang und Krone des Parks. Sein Anblick macht dem letzten Zweifler klar, dass er sich nicht auf irgendeine Waldlichtung verlaufen hat, sondern in den Garten Eden. Warum sollte nicht dieser kräftige, klare Bach einer der paradiesischen Flüsse sein?

Wohlfühlen, tief durchatmen, angekommen sein. Und doch treibt mir die Sehnsucht Tränen in die Augen.

Hier ist es günstig. Wir haben die Pagode im Blick, das Kinderkarussell und die vielen Tische, an denen das beschwingte Volk seine Maßkrüge stemmt. Auch ich habe ein kariertes Tüchlein mitgebracht, freilich nicht, um es als Tischdecke für eine ordentliche Brotzeit zu verwenden, sondern um unseren Gabentisch zu markieren. Ich gebe Ihnen zu: Die bayerische

Blasmusik hat nicht viel gemein mit elysischen Melodien, geblasen auf einer Hirtenschalmei. Die Bayern betonen eben das Diesseitige. Wenn man sie so sieht, die Menschen, dann muss man sie doch einfach lieben.

*

Unter diesen Umständen fällt es mir nicht leicht, in meinem Bericht fortzufahren.

Sie werden es längst erahnt haben. Ich hatte beschlossen, Max aus dem Weg zu räumen. Ihn zu beseitigen. Für immer. Da es für einen anständigen Menschen – und dafür hielt ich mich – bekanntlich nicht so einfach ist, einen Mord zu begehen, hatte ich mich seit jener Nacht im Hotel der täglichen Aufgabe unterzogen, den einmal gefassten Beschluss auf seine moralische Rechtfertigung zu überprüfen. Unter gar keinen Umständen wollte ich etwas tun, was ich später vielleicht bereuen würde. Es durften keine Zweifel zurückbleiben. Alleine meine Wut auf ihn, dass er mein Vertrauen in perfidester Art und Weise missbraucht hatte, war mir keine ausreichende Rechtfertigung. Gebetsmühlenartig wiederholte ich die Tatsachen: Ich hatte es mit einem gehässigen Zeitgenossen zu tun, der sein ganzes Leben darauf ausgerichtet hat, einen anderen an der Nase herumzuführen und dessen Leben zu zerstören. (Übrigens bin ich heute überzeugt: Man kann auch trainieren, dem anderen von links im Lauf hineinzugrätschen, den Ball zu spielen und dabei den rechten Innenknöchel so zu treffen, dass die Gelenkgabel zerstört wird.) Von diesem Menschen drohte Gefahr. Nicht nur für mich, auch für andere. Er hatte keine Skrupel, auf seinem Weg andere ins Verderben zu stürzen. Dass er Stella liebte, das mochte glauben, wer wollte. Ich glaubte es nicht. Es war zu befürchten, dass er mit ihr ebenso verfahren würde wie mit mir. Und wen würde er sich als Nächsten vornehmen? Der Mann war verrückt. Ja: Er war völlig verrückt. Bei seiner Zeugung hatte sich eine unheilvolle Mutation ereignet, deren Fortpflanzung unter allen Umständen verhindert werden musste – wenn es nicht schon zu spät war! Niemand außer mir erkannte das. Unter diesen Vorzeichen war es sogar meine Pflicht, zum Wohl der Allgemeinheit zu handeln.

Wie bitte? Keiner ist unnütz? Er kann immer noch als schlechtes Beispiel dienen? Sie scherzen!

Das Ende der Geschichte ist schnell erzählt. Mein Plan fügte sich in die natürliche Entwicklung ein. Im Sinne der Evolution, die stets mit Auslese zu tun hat, besinnt sich die Menschheit auf ihre Selbstreinigungskräfte und entledigt sich nach und nach ihrer Rohheit, indem sie die Rohsten unter sich beseitigt. Auf dem Weg zur Verfeinerung dessen, was uns ausmacht, haben wir es längst auf die Schädlichen unter uns abgesehen. Oder, vor noch weiterem Horizont betrachtet: Der Planet reinigt sich kontinuierlich von dem Unrat, der auf seiner Oberfläche lebt. Da wollte ich ein wenig nachhelfen. Sie werden mir sicherlich beipflichten, dass solche Menschen einem vergangenen Modell angehören. Ein verachtenswertes Individuum! Er tat, was er tat, mit Bedacht und in dem Bewusstsein, dass es nicht nötig war. Er verdient kein Mitleid. Viele sagen zwar, bei näherer Betrachtung seien auch die Taten eines solchen Menschen verständlich, man erkenne, dass er im Grunde eine gute Seele habe, und durch die Umstände und so weiter – Sie wissen, was ich meine. Dieser Mensch war eine Ausnahme. Er war infiziert vom Virus des Bösen, und er wusste es. Er war der Krebs im Körper unserer Gesellschaft. Bevor er andere damit anstecken konnte, musste er in Quarantäne gebracht und schließlich beseitigt werden. Ja, so ein richtiger Mord hat eine reinigende Wirkung!

Ich bot Max das boomende Südamerikageschäft an. Er sollte Leiter des Tochterunternehmens in São Paulo werden, wo die Firma die obersten zwei Stockwerke eines hohen Büroturms angemietet hatte. Unter dem Vorwand, uns einen Überblick zu verschaffen über den neuen Markt, den es zu erobern galt, wollte ich mit ihm auf das Dach des Hochhauses gehen. Dort, so meine Idee, würde ich ihn an die Dachkante locken, um ihm dann, wenn er mir den Rücken zukehrte, einen kräftigen Stoß zu versetzen.

Im Vergleich mit anderen Varianten, die ich durchdacht hatte, erschien mir dieses Vorgehen sicher und unverfänglich. Vor allem würde man, wenn es gelingen sollte, anschließend immer von einem Unfall sprechen können. Schließlich entdeckte ich sogar ein gewisses Gefallen an meinem Plan, den ich schlank und elegant fand, viel ästhetischer etwa, als ihn hinterrücks zu erschießen oder gar ein Messer in seinen muskulösen Bauch zu rammen – wie roh! Unter gar keinen Umständen wollte ich mit seinem Blut ein zweites Mal in Berührung kommen.

Dass auch ich kurz danach verschwinden würde, war einerseits eine Sicherheitsmaßnahme, andererseits sehnte ich mich geradezu danach, die Geschichte des Harald Korn zu beenden.

Ich sehe den Tag vor mir, als wäre es gestern gewesen. Alles lief nach Plan. Ich hatte es so arrangiert, dass wir zunächst die neuen Büros besichtigten, die neuen Angestellten persönlich begrüßten und mit ihnen sowie Vertretern der örtlichen Industrie- und Handelskammer, einem Mitarbeiter des deutschen Konsulats und brasilianischen Kunden Champagner tranken. Die Reden waren kurz und unterhaltsam, die Stimmung war prächtig. Max schien seinen Reptilienpanzer abgelegt zu haben, er war ungewöhnlich entspannt, geradezu gelassen, freute sich offenbar auf seine neue Aufgabe. Am frühen Abend, der Empfang war beendet, alle anderen waren weggegangen, betrat ich mit Max das Dach des Hauses. Von der Gebäude-Security hatte ich mir unter einem Vorwand den Schlüssel für die Feuertür besorgt, die vom obersten Stock über eine Metalltreppe ins Freie führte.

Uns empfing ein windstiller, lauer Abend, die Stadt war in dichten Smog getaucht – wie sagt man auf Portugiesisch? *Poluciáo*, danke. Die Sonne war gerade untergegangen, oder vielmehr: in einer schmutzig-milchigen Luftsuppe versunken, die es unmöglich machte, einen Horizont zu erkennen. Der Himmel gegen Westen rosa und orange gefärbt. In einer Viertelstunde würde die Straßenbeleuchtung eingeschaltet werden, und man würde dann mit einem Fernglas von anderen Bürotürmen bereits keine klaren Konturen mehr erkennen können. Hundert Meter unter uns toste der Verkehr, gedämpft durch die dicke Luft; ein entferntes Rauschen, wie ein ins Tal fallender Gebirgsbach vom Berggipfel aus.

»So«, sagte ich begeistert und breitete die Arme aus. »Von hier aus werden wir den Kontinent und das neue Jahrtausend erobern!« Ich entkorkte die Flasche, die ich mitgenommen hatte, und füllte die Gläser zur Hälfte. Alkohol enthemmt, das konnte ich jetzt gebrauchen.

Max taute noch mehr auf, ja er machte geradezu einen aufgekratzten Eindruck. Die Ränder seiner Ohren schimmerten rötlich, und sein Gesicht war nicht so blass wie sonst.

»Pumpen für die Welt!«, rief er, wobei seine Stimme klang, als würde er diese Welt verachten. Dann hielt er sein Glas dem meinen entgegen.

»Pumpen für die Welt!«, rief auch ich, obwohl ich nicht wusste, ob er es ernst gemeint hatte.

Unsere Gläser berührten sich, der kristalline, helle Ton, der dabei erklang, stand in auffallendem Widerspruch zu den diffusen Hintergrundgeräuschen und dem milchigen Licht. Während ich trank, fiel mir ein, wie ich mit Heinz auf das Du angestoßen hatte, und ich spürte, wie gut dieser Gedanke tat. Aus seiner Jackentasche holte Max einen Stadtplan, entfaltete ihn und versuchte, sich anhand der anderen Bürotürme zu orientieren.

»Dort ist klar Norden. Ich muss mich jetzt mit dem Koordinatensystem hier vertraut machen.«

Er lief auf dem Dach herum, auf den sonnengebleichten Bitumenbahnen, die an den Rändern zusammengeschweißt waren, von rhythmisch wackelnder Hand. Das schwarzgraue Zeug warf an manchen Stellen Blasen, an anderen gab es kleine Risse und Krater, und einige Stellen sahen aus, als hätten spitze Schnäbel in dem aufgeweichten Material gepickt, ein ganzer Schwarm frustrierter Geier, wütend, weil man sie in den riesigen Kasten aus Glas und Stein nicht hineinließ und sie die warmen Leckereien nur durch große Fenster begaffen konnten. Dort, wo kleine Steinchen herumlagen, knirschte es, wenn man darauftrat. Ich ging in die Hocke und untersuchte eine ovale Aufplusterung. Die vom Tag gespeicherte Wärme strahlte meiner Hand entgegen, bevor es zur Berührung kam. Die Oberfläche war nicht ganz glatt, sondern rau wie die Haut eines riesigen schlafenden Elefanten. Ich liebe schlafende Elefanten. Auch liebe ich den leichten Geruch von Bitumen. Er erinnert mich an die Insel, an den geteerten löchrigen Innenhof. Man hätte einen drei Meter hohen Maschendrahtzaun an der Dachkante entlang im Sockel verschrauben und an der Nord- und der Südseite ein Tor aufstellen können, ein kleines hätte völlig genügt; wenn man den Ball tief hielt, hätte es gehen müssen. Was für ein Spaß, hier – hundert Meter über dem Getose der Stadt – zu kicken! Die anderen hätte man sicher ausfindig machen können: Sepp, Mani, Gerhard. Wie Susi wohl inzwischen aussah? Wahrscheinlich –

– die Stimme von Max schreckte mich auf.

»Komm mal hierher!«, rief er, an der Dachkante stehend, die von einem knapp kniehohen Sockel gesäumt wurde.

Ich war bemüht, dem Dachrand nicht zu nahe zu kommen, denn ein Gefühl, das ich als Pilot noch nie gehabt hatte, bemächtigte sich meiner: die Angst, hinabzustürzen. Max schien kein Problem damit zu haben.

»Vorsicht«, sagte ich und stellte überrascht fest, wie widersinnig sich der Mensch manchmal verhält.

Er stand etwa zwei Schritte von der Dachkante entfernt, wo er den Stadtplan wieder zusammenfaltete und mit ihm in der Hand nach Norden zeigte.

»Irgendwo dort drüben, weit auf der anderen Seite des Meeres, liegt eine Insel. Du weißt, welche ich meine.« Dann schaute er mich an.

Ich konnte seinen Worten nicht recht folgen. Auch den Geschehnissen konnte ich nicht folgen. Verwirrend, wie leicht sich die Dinge entwickelten! Er stand genau da, wo ich ihn haben wollte. Seine Hand zeigte eigentlich in Richtung Karibik. Oder zeigte er nach Nordosten? Meinte er Madeira? Was ich bisher unterdrückt hatte, merkte ich nun ganz deutlich: Ich war irrsinnig nervös. Trotz minutiöser Planung und trotz der prächtigen Entwicklung der Dinge fühlte ich mich überfordert. Es wäre besser gewesen, keinen Alkohol zu trinken. Wann genau musste ich ihm den Stoß versetzen? Wie würde er reagieren in dem Moment, in dem er über die Kante fiel? Ich musste auf alle Fälle verhindern, dass er sich nach dem Stoß umdrehte und sich an mir festhielt. Vor allem musste ich alles unternehmen, um meine Nervosität zu unterdrücken.

»Was hast du?«, fragte er. »Warum bist du so nervös?«

»Ach so, die Insel«, stotterte ich. »Ja, ich weiß jetzt, welche du meinst.« Aber ich hatte mich nicht so in der Hand, wie ich es wollte. Wie mein Plan vorgesehen hatte.

»Weißt du noch, Harri, damals, als die Mädchen es uns nachmachten und auf das Dach der Baracke stiegen, während wir Fußball spielten? Ich war noch keine fünfzehn, du noch nicht vierzehn. Plötzlich schrien alle, Susi war durch ein Loch im Dach eingebrochen und hinuntergefallen. Erinnerst du dich nicht?«

»Ich erinnere mich gut.«

»Wir beide sind dann auf das Dach hinauf, während die anderen Jungs den Mädchen halfen, die erschreckt und verängstigt wieder hinunterwollten. Durch das Loch im Dach schauten wir zu Susi hinunter, die heulend auf einem riesigen Stapel vergilbter Klopapierrollen lag. Ihr Rock war nach oben gerutscht, man sah ihren weißen Schlüpfer. Sie rollte sich auf die Seite, um uns Platz zu machen, wobei sie jammernd ihren Fuß hielt, den sie sich verstaucht hatte. Nacheinander kletterten wir beide durch das Loch und sprangen hinunter. Aus den Papierrollen bauten wir einen Berg, über den wir drei wieder aufs Dach klettern konnten, weißt du noch?«

»Ja, ich weiß es noch.«

»Susi war trotz ihres verheulten Gesichts attraktiv. Wir beide spürten das, und sie spürte, was wir spürten. Sie kehrte schon damals ihre üppigen Formen hervor, wir hätten es nicht gewagt, sie anzufassen, aber das war nun einmal ein Notfall, wir mussten sie anfassen, und es prickelte in den Händen, als wir sie anfassten, um sie hinaufzuheben und auf das Dach zu bringen, was nicht sogleich gelang, denn, du erinnerst dich sicher, Susi war überraschend schwer. Trotzdem machte sie sich nicht leichter, was ohne weiteres möglich gewesen wäre. Nein, sie genoss es geradezu, von uns angefasst zu werden, und dass es uns nicht sofort gelang, sie wieder auf das Dach zu heben, störte sie gar nicht, sondern mit halb offenem Mund sah sie zu, wie wir uns abmühten, bis ich sie schließlich auf die Schultern nahm und du sie von oben hochgezogen hast. Natürlich hatte jeder von uns beiden Lust, ihr bei diesem Gehieve, Geschiebe und Gezerre wie beiläufig an die Brüste oder zwischen die Beine zu fassen. Ich bin sicher, sie hätte nichts dagegen gehabt. Was sagst du?«

»Ja, sie hätte sicher nichts dagegen gehabt.«

»Und trotzdem haben wir uns nicht getraut, keiner von uns.

Dafür haben wir uns am nächsten Tag die Handflächen geritzt und uns Blutsbrüderschaft geschworen.«

Als er das Glas ansetzte und langsam austrank, bemerkte ich, dass ich ihn noch nie so viel hatte reden hören. Plötzlich brach er in lautes Lachen aus. Ein seltenes, aber typisches Max-Lachen. Nicht etwa entspannt oder fröhlich, wie man es erwarten könnte, wenn jemand lacht. War er jemals entspannt gewesen? Jemals fröhlich?

Er drehte mir den Rücken zu und schaute in die Ferne. Jetzt, dachte ich, jetzt wäre der geeignete Zeitpunkt. Aber ich konnte mich nicht bewegen. Es war nicht, dass ich keinen Mut gehabt, mich nicht getraut hätte. Nein, es war etwas ganz anderes, Merkwürdiges. In dem Zorn, den ich seit Monaten spürte und der schon immer mit Verzweiflung durchmischt war, schwamm plötzlich ein ganz trauriges Gefühl nach oben. Ich war todtraurig. War es nicht völlig widersinnig, hier oben in der abgasgeschwängerten Luft zu stehen? Stickig und heiß. Da stand der Mensch, der mein bester Freund gewesen war, mit dem ich Wunderbares erlebt hatte, der mich verraten hatte. Welche Rolle spielte es, dass er irgendwann angefangen hatte, mich zu hassen? Vor meinen Augen liefen wir über den Asphalt des zerbombten Innenhofs und spielten uns die Bälle zu, mit traumwandlerischer Sicherheit wusste der eine, wohin der andere laufen würde, es bestand ein stilles Einverständnis zwischen uns. Und wenn er mit seinem rechten Riesenfuß ein Tor schoss, dann war es, als hätte ich selbst das Tor geschossen, mit meinem rechten Normalfuß, verlängert durch ihn, durch seine Person.

Ich fröstelte.

In diesem Augenblick gab ich meinen Plan auf. Ich gab ihn einfach auf, machte einen Rückzieher. Egal, wie aufwendig ein Plan ist – im letzten Moment weiß man es besser, oder die Angst, ihn umzusetzen, lässt sich nicht mehr unterdrücken.

Bei mir war es nicht die Angst. Sondern der Irrtum, den

ich erkannte. Meine Dummheit. Wie unsinnig anzunehmen, er könnte vom Virus des Bösen infiziert sein und im Grunde seiner Seele gähne nichts als schwarzer Abgrund!

Ich schenkte mir noch einmal das Glas voll.

Ich war gerettet! Aus der Lüge herausgekommen, vom Irrtum befreit! Und doch erschrak ich. Wie hatte es passieren können, dass ich auf derart dumme Gedanken gekommen war? Er drehte sich wieder zu mir her, hielt mir sein Glas hin, ich schenkte ein, erleichtert. Wir prosteten uns zu. Es kam mir vor, als sei er in der Zwischenzeit gewachsen und überrage mich nun mehr denn je. Unsere Blicke begegneten sich erneut.

Da spürte ich, dass er meine Absicht erkannt hatte, dass er mich durchschaut hatte. Aus seinen Augen sprach der Triumph. Da stand er und belächelte mich. Ich schämte mich. Einen halben Schritt hinter ihm gähnte die Leere. Seinen Blick kannte ich. Es war der Blick, den ich in letzter Zeit mit Hass, Neid und einer gewissen Rohheit verbunden hatte. Schaudernd entdeckte ich plötzlich, dass da mehr war, Unbekanntes, Unpassendes. Eine seltsame Fröhlichkeit. Und zum ersten Mal, seit ich ihn kannte, Leichtigkeit.

»Tja, und zurück auf dem Boden waren wir die Helden. Susi schenkte jedem von uns einen Kuss. Aber der Kuss, den sie dir gab, Harri, der war ganz anders als der, den sie mir gab.«

Mit einem Mal wurde mir klar, dass Max nicht zufällig dort stand, wo er stand. Dass er auch nicht deshalb dort stand, weil ich ihn dorthin manövriert hatte. Ich hatte ihn nämlich nicht dorthin manövriert. Er hatte sich selbst diesen Platz ausgesucht. Und das, was er nun sagte, hatte er schon lange und in Einzelheiten vorbereitet. Ich war nicht der Einzige, der einen Plan gehabt hatte, aber im Unterschied zu mir verfolgte er seinen Plan offenbar weiter. Und was auch plötzlich sonnenklar war: Sein Plan hatte mit mir zu tun, und ich hatte keine Ahnung, wie es weitergehen und wie es enden würde.

»Ich hätte schon damals erkennen müssen, dass ich bei ihr keine Chance hatte. Sie wollte dich, Harri. Warum wollte sie dich? Ich wusste es damals nicht. Ich weiß es auch heute nicht. Was hattest du, das ich nicht hatte? Du warst jünger, du warst naiv, fast noch ein Kind, du hast den Ernst des Lebens noch nicht erkannt, und das hat sich im Grunde bis heute nicht geändert. Du warst immer fröhlich und optimistisch, obwohl es keinen Grund dazu gab. Ich dagegen war größer, ich sah männlicher aus, ich war cleverer, ich hatte Ahnung. Und du? Du hattest einfach Glück. Ein Sonntagskind. Du weißt, dass ich als Naturwissenschaftler und Techniker von solch abstrusen Ideen eigentlich nichts halte, du aber bist der lebende Gegenbeweis. Vielleicht war es deine Haarfarbe, für die du nichts kannst. Die schon damals nichts Besonderes war, ein unauffälliges Schwarz. Vielleicht war es die Form deiner Nasenlöcher, die ich schon damals insgesamt betrachtet für recht gewöhnlich hielt. Du hattest Glück, ohne es zu wissen. Und was des einen Glück, ist des anderen Pech. Statt dich dankbar und demütig zu zeigen, hast du die himmelschreiende Ungerechtigkeit ausgenützt, hast dem Leben immer mehr abgefordert, hast es immer weiter vor dir hergetrieben, in einem Rausch immer noch mehr verlangt, warst nicht zufrieden, hast unaufhörlich nach Höherem gestrebt und dich nicht darum gekümmert, dass andere mit einem Bruchteil dessen zufrieden sein mussten, was du zur Verfügung hattest. *Ich* hätte mir nie ein eigenes Flugzeug leisten können. Und als ich das erkannte, gab ich die Idee mit dem Pilotenschein auf.«

Er atmete tief durch. Wahrscheinlich musste er sich von der ungewohnt langen Rede erholen. Dann hielt er sein halb volles Glas hoch, dorthin, wo am Himmel türkisgrüne Schlieren schwebten, und starrte in die Flüssigkeit, als würde sie wie ein Prisma den göttlichen Willen in seine Bestandteile zerlegen. Mit einem Schluck trank er aus, schmeckte Frucht und Säure nach.

»Max«, sagte ich, »was soll das? Hör mal, lass uns darüber reden. Ich verstehe nicht …« Ich verstand wirklich nicht. Ich verstand ihn nicht. Und ich begriff mich selbst nicht. Ich hasste ihn, und doch hasste ich ihn wieder nicht. Es war zum Verrücktwerden!

»Ich glaube nicht an ein Leben nach dem Tod, wie du weißt«, erklärte er. »Und dennoch – oder vielleicht gerade deshalb – glaube ich, dass unser Leben ein großes Spiel ist. Ein Spiel um Macht, Liebe, Anerkennung – und um den Tod. Mit vielen verwinkelten Zügen. Jeder spielt sein eigenes Spiel. Und wer gewinnt, das weiß man erst zum Schluss, wobei die Intelligenz entscheidet. Deine Züge sind leicht zu durchschauen. Wer vom Glück verwöhnt ist wie du, der schert sich nicht um Taktik und Strategie. Das ist dein Fehler. Du hast es immer noch nicht erkannt: Das Leben ist zwar ein Spiel, aber es ist ein Spiel mit dem Tod. Du bist leichtsinnig, Harri, gibst deine Absichten zu früh preis. Du denkst, du seist der einzige Spieler und es gehe nur darum, überhaupt einen Weg durch das Leben zu finden. Das ist dein großer Irrtum! Es gibt viele Mitspieler. Und es gibt Gegenspieler.«

Ich hätte ihm gerne widersprochen. Erklärt, dass ich keine Züge machen wollte, dass ich überhaupt kein Interesse hatte, bei irgendeinem Spiel mitzumachen, ich wollte die anderen nicht als Konkurrenten oder Gegner betrachten, und ich hatte nie behauptet, besonders intelligent zu sein, das war mir nicht wichtig, denn das Leben bestand aus ganz anderen Dingen, vor allem aus anderen, zum Beispiel daraus, dass ich mir unwillkürlich an die Narbe auf der Handinnenfläche fasste, aber von all dem sagte ich kein einziges Wort, vielleicht glaubte ich selbst nicht daran. Max war offenbar krank und brauchte Hilfe.

»Ich brauche übrigens keine Hilfe, ich weiß genau, was ich tue, und habe meine Spielzüge längst geplant. Einen Teil hast du mittlerweile herausgefunden, ich habe dir ein wenig geholfen dabei. Ja, die Sache mit dem Patent. Nun schau nicht so! Aber ich wette, die Idee mit der Detektei war nicht deine eigene.«

»Woher weißt du –«

»Spielgeheimnis. Und die Sache mit Stella – die Gelegenheit war günstig. Da konnte ich nicht untätig bleiben. Keine Angst, ich liebe sie nicht. Für mich ist sie eine eher langweilige Frau. Wie du weißt, interessiert mich Dorothea viel mehr. Es hätte aber meinen Plan empfindlich gestört, mich ihr zu nähern. Dass du sie jetzt vögelst, habe ich als Bauernopfer akzeptiert. Der Abschied von Stella wird mir also nicht schwerfallen. Der Abschied wird mir überhaupt nicht schwerfallen. Ganz im Gegenteil, er wird mir eine Erleichterung sein, eine Erlösung! Denn diese Welt lebt von der Ungerechtigkeit.«

Er breitete seine Arme aus, richtete die Handflächen nach oben. Ich folgte seinem Blick in den grau-violett-orangefarbenen Himmel, konnte dort jedoch nichts entdecken.

»Max«, sagte ich, aber ich wusste nicht, was ich weiter sagen sollte, also sagte ich noch einmal »Max!«. Das Ganze war mir unheimlich geworden. Man sollte jetzt wirklich das Dach verlassen und zurückgehen, dachte ich.

»Vermutlich hast du dich gefragt, woher ich von der freien Stelle in deiner Firma wusste. Ganz einfach: Ich habe mich mit dem damaligen Lebensgefährten von Dorothea befreundet. Da war es leicht, die erforderlichen Auskünfte zu bekommen. Und wenn ich dir noch einen letzten Tipp geben darf, Harri: Die zum Zug bereits angehobene Figur sollte man nicht einfach wieder auf das Brett zurückstellen. Du weißt doch: schlechter Stil.«

Ich war mir nicht sicher, ob er das meinte, was ich meinte. Konnte er Gedanken lesen? Ich konnte ihm nicht so schnell folgen.

»Abschied?«, fragte ich. »Wieso Abschied?«

Er lächelte.

»Du hinkst wieder einmal hinterher. Aber wie auch immer, Harri, das war's dann. Ohne dich wäre es in gewisser Hinsicht langweilig gewesen, was sicher nicht dein Verdienst ist. Das Wenigste, was du im Leben erreicht hast, war dein Verdienst. Du hattest einfach Glück, viel Glück. Das fand ich schon damals unerträglich, und ich finde es auch heute unerträglich.« Er schüttelte kaum sichtbar den Kopf, bevor er nun mit triumphaler Stimme verkündete: »Ich glaube allerdings nicht, dass sich deine Glücksphase fortsetzen wird.«

Da lachte er, hämisch, wie ich es noch nie erlebt hatte. Dann starrte er mir reglos in die Augen. Vollkommen unbeweglich und still, als ob er Kraft sammelte, so dass ich fürchtete, er würde mit mir gleich das machen, was ich mit ihm vorgehabt hatte. Unwillkürlich spannten sich meine Muskeln, bereit zur Abwehr, bereit, mein Leben gegen jeden Wahnsinn zu verteidigen.

Das Sektglas zerbrach in seiner Hand, er drückte die Scherben zusammen, bis Blut und Glasstücke zu Boden fielen, und als habe das Klirren seinen Körper aus der Starre geweckt, kam nun Bewegung in ihn, indem er sich zuerst langsam umdrehte. Wortlos. Lautlos. Machte eine halbe Drehung, setzte einen Fuß auf die Brüstung und stieß sich dann mit aller Entschiedenheit ab, wie einer, der eine zu steil geschossene Flanke erreichen will. Kraftvoll und elegant flog er dahin, im Sprung sich zurückdrehend. Mich traf jener triumphale Blick, dem ich zuletzt vor Jahrzehnten ausgesetzt gewesen war und der nichts anderes bedeutete, als dass die Schachpartie für mich verloren war. Dann wieder Lachen. Als ob er gerade den besten Witz seines Lebens gehört hätte. Ein lautes Lachen, tief aus seinem Inneren. Als seine Beine und dann der Unterleib hinter dem Sockel verschwanden, merkte ich, dass er mich auslachte. Ich lief hinüber, wo er eben noch gestanden hatte, instinktiv streckte ich meine Arme nach ihm aus, und wenn ich ihn zu fassen bekommen hätte, hätte ich ihn zurückgehalten. Über die Kante beugte ich mich in den Abgrund, in den das lachende Gesicht hineinfiel und rasch kleiner wurde, seine Gestalt taumelte und flatterte und verlor sich dann irgendwo im diffusen Licht der Straßenschlucht.

Das Echo seines grässlichen Lachens im Ohr ließ ich mich auf dem Bitumen nieder und versuchte, mich an den krümeligen Steinchen festzuhalten. Es war schwer, einen klaren Gedanken zu fassen. Ich bemühte mich, mir nicht vorzustellen, wie er jetzt aussah. Aber es gelang nicht. Dazwischen dachte ich: Was ist, kann nicht sein. So etwas macht ein Mensch nicht. Da muss ein Irrtum, ein Versehen vorliegen.

Dann dachte ich, der Mann ist verrückt. Sein Verhalten kann man nicht ernst nehmen. Ich korrigierte mich: Der Mann *war* verrückt. Sicherlich gab es unter sechs Milliarden Menschen nur einen, der so verrückt war wie er. Warum hatte ausgerechnet ich ihm begegnen müssen? Obwohl es ihm keiner angesehen hatte, hatte er genau gewusst, was er wollte, und war bereit gewesen, sogar seinen Tod dafür einzusetzen. Ein Märtyrertod. Nie hatte ich sein Gesicht so entspannt gesehen wie bei diesem letzten Lachen. Natürlich hätte ich als Blutsbruder den Irrsinn früher erkennen müssen. Ich hätte sein Schicksal verhindern können, wenn ich aufmerksamer gewesen wäre. Hatte es nicht genug Anzeichen für seine Verrücktheit gegeben? Ich hatte mich vor den Zeichen verschlossen, hatte mich nur für ihre Wirkung auf mich interessiert, was sie mit mir zu tun und welche Bedeutung sie für mich gehabt hatten. Dabei hatte ich übersehen, dass die Botschaften von *ihm* gekommen waren.

War das der wahre Hintergrund seiner Anklage, die er mit dem Sprung vollendet hatte?

Und wenigstens zum Schluss hätte ich seinen Absturz verhindern können. Ich hatte die Pflicht gehabt, das zu tun. Als er sich umgedreht hatte, in Zeitlupe, hätte ich genug Zeit gehabt, einzugreifen. Ich hätte ihn nur am Arm zu halten brauchen. Ich hätte etwas sagen können. Irgendetwas. Vermutlich hatte er darauf gewartet, dass sein Blutsbruder eingreift und ihn zurückhält. Mag sein, dass er den Sprung geplant hatte, aber insgeheim, mit hoher Wahrscheinlichkeit, ohne sich dessen bewusst zu sein, hatte er auf ein Einschreiten gehofft.

In mehrfacher Hinsicht hatte ich versagt. Ein heftiges Unwohlsein erfasste mich. Man hatte mich von vorn bis hinten an der Nase herumgeführt. Und doch war ich nicht unschuldig. Ich konnte nicht damit prahlen, mich für das Gute entschieden zu haben. Das war nicht die Wahrheit. Die peinliche Wahrheit war vielmehr, dass er die Geschichte von unserer Insel nur deshalb erzählt hatte, damit ich meinen Entschluss aufgeben würde. Ich war ein dummes Körnchen, das sich vom Wind nach Belieben hierhin und dorthin wehen ließ.

Ich saß noch immer auf dem Dach und versuchte mich in der neuen Ordnung der Dinge zurechtzufinden, als nach einer halben Stunde die Polizei kam, mit kräftigen Taschenlampen herumleuchtete und unaufgeregt alles in Augenschein nahm. Instinktiv flüchtete ich zu der Version, es sei ein Unfall gewesen. Er sei an den Rand gegangen, vielleicht habe er auf die Straße hinunterschauen wollen, dann sei er gestolpert und gefallen. Es sei ganz schnell gegangen. Nein, es habe keinen Streit zwischen uns gegeben. Und ja, wir hätten Champagner getrunken. Ich könne mir das alles auch nicht erklären.

Ob es nahe Verwandte gebe, die man verständigen könne. Ich wusste niemand. Max hatte nie von seiner Familie erzählt. Von seinen Geschwistern hatte ich keine Ahnung. Seine Eltern lebten vermutlich nicht mehr, was in diesem Fall ein Glück war. Ich gab ihnen die Telefonnummer von Stella.

*

Meine Empfehlung? Jedenfalls das naturtrübe Sommerbier. Zum Essen rate ich Ihnen etwas für einen Biergarten eher Untypisches: Probieren Sie den Kaiserschmarren. Freilich ist das zum Bier nicht jedermanns Sache.

***

Ich sehe Ihnen schon von weitem an: Sie haben dieses süffige, würzige und leicht trübe Bier nicht einmal gekostet. Sie wollen vermeiden, dass die Trübung auch Ihren Verstand ergreift, Sie wollen möglichst ungestört das Ende meiner Geschichte hören. Das ehrt mich, ja, in gewisser Hinsicht werte ich es als Kompliment. Setzen Sie sich doch, dann bringen wir die Sache zu Ende.

Der Morgen danach – das ist die treffende Formulierung, danke –, der Morgen danach war nichts weiter als die matte, blasse Fortsetzung der schlaflosen Nacht. Der Himmel war von einem bleiernen Grau, die Luft roch schal. Ich war unentschlossen, ob ich überhaupt das Bett verlassen sollte. Die ganze Zeit über quälte ich mich mit der Frage, ob ich in der Stadt bleiben oder nach Europa zurückkehren sollte. Im Bad zögerte ich, ob es nicht einen guten Grund gab, an diesem Tag die Krawatte wegzulassen. Ich entschied mich für Ordnung und Disziplin. Beim Binden kam ich ins Stocken. Nach einem Vierteljahrhundert selbstverständlichen Schleifenbindens wusste ich nicht mehr, ob die Spitze rechts oder links unten durchgeführt werden muss. Ich baute den Knoten Schritt für Schritt auf, wusste aber schon bei der zweiten Schlaufe nicht mehr weiter. Der Tag musste mit offenem Hemdkragen durchstanden werden. Ich hatte mir durch meine Tat einen Neuanfang erhofft, ein Hochgefühl, eine tiefe Befriedigung, die mich bis zum Ende meines Lebens begleiten sollte. Stattdessen das Gegenteil: irgendwie alles entglitten. Das Ergebnis war nur in einer Hinsicht dasselbe, alles andere ganz anders. Nun, da der Punkt, auf den ich lange und intensiv hingearbeitet hatte, überschritten war, empfand ich eine irritierende Angst. Ich wusste nicht, was ich tun sollte.

In der örtlichen Zeitung die alltäglich wirkende Meldung: Leitender Ingenieur einer deutscher Firma verunglückt. Die Polizei ermittelt.

Was zum Teufel wollten die ermitteln!?

Weil ich davon ausging, es werde von mir erwartet, nach dem, was passiert war, ging ich in das neue Büro. Auch dort herrschte die totale Verstörung. Man starrte mir ins Gesicht und auf den Hals, versuchte es aber zu verbergen, was ich quittierte, indem ich es vermied, ihren Blicken zu begegnen. Stattdessen musterte ich die noch leeren Wände und den Fußboden. Mittags rückte die Spurensicherung an, zwei Kommissare befragten die Mitarbeiter. Den Rest des Tages verbrachte ich damit, ziellos in der Stadt herumzuirren, begleitet von der aberwitzigen Befürchtung, Stella könnte von Max schwanger sein. Wer wollte ausschließen, dass der Kontakt zu Max bei ihr zu Veränderungen geführt hatte und sie trotz ihres Alters jetzt ein Kind erwartete?

Sie rief am nächsten Tag an.

»Ich habe dich nicht angerufen, um mir deine Geschichte anzuhören«, unterbrach sie mich in eiskaltem Ton. »Ich habe zu Hause bei seinen Sachen eine Aufzeichnung gefunden, sie stammt wohl von deinem Anrufbeantworter, das musst du dir anhören. Ich spiele es jetzt vor.«

»Wie – du spielst es jetzt vor?«

»Na, auf dem Band ist ein Gespräch aufgezeichnet, ich spiele es jetzt ab.«

Ich hörte zuerst gar nichts, dann hörte ich Gesprächsfetzen, die näher kamen.

»Stella?«

Sie antwortete nicht, das Gespräch kam noch näher. Plötzlich hörte ich jemanden sagen: *Du arbeitest hinter meinem Rücken! Du arbeitest gegen die Firma und gegen mich!* Ich war schockiert: Es war meine Stimme, kein Zweifel. Sie klang seltsam klar, wie wenn ein Schauspieler auf der Bühne spricht. Nun war die Stimme von Max zu hören: *Ich weiß nicht, was du meinst,* sagte er. Darauf meine Stimme: *Du glaubst doch nicht wirklich, dass du ungeschoren davonkommst! Das Patent ist für uns überlebenswichtig, das weißt du genau. Ich kündige unsere Freundschaft. Du wirst büßen!* Ein merkwürdiges Gefühl, seine eigene Stimme am Telefon zu hören. Es lief mir kalt den Rücken hinab. Die Stimme von Max sagte nun: *Reg dich nicht auf, lass uns in Ruhe darüber sprechen –.* Darauf meine Stimme: *Ja, das werden wir, verlass dich drauf!* Es klang bedrohlich. Mit einem Knacksen war das Gespräch beendet. Ich war mir sicher, dass ich das alles nie gesagt hatte. Nie hatte ich mit Max ein solches Telefongespräch geführt. Wie war das möglich?

»Das ist ein Irrtum«, sagte ich, da mir nichts Besseres einfiel. Stella schwieg, es war klar, dass sie anderer Meinung war.

»Das ist eine Lüge«, legte ich nach. Dabei war ich abgelenkt, denn ich wollte nicht vergessen, sie zu fragen, ob sie schwanger sei. »Du wirst doch nicht – Stella, ich habe damit nichts zu tun!«

Das stimmte zwar einerseits, andererseits jedoch auch wieder nicht. Ich spürte durch die Leitung hindurch, wie sich *Mörder* in ihrem Kopf ausbreitete.

»Stella, ich liebe dich noch immer«, beeilte ich mich zu versichern. »Ich habe nie aufgehört, dich zu lieben!«

»Du selbstverliebtes Arschloch!«

Da war es wieder. Irgendwie hatte sie wohl Recht. Sie legte auf. Ich hätte mich sowieso nicht getraut, sie zu fragen, ob das stimmte, was ich befürchtete.

Jedenfalls hatte Max offenbar schon über längere Zeit meine

Anrufe aufgezeichnet und aus den Bruchstücken dieses Gespräch montiert. Ach, dachte ich, das lässt sich sicher als Fälschung entlarven. Viel drängender war die Frage, was ich nun tun sollte. In der Stadt bleiben? Es war unangenehm stickig dort. Im neuen Büro brauchte man mich nicht. Ganz im Gegenteil: Jeder beäugte mich misstrauisch. Auch die brasilianische Polizei, die mich einen halben Tag lang verhörte. Ich blieb dabei, dass es ein Unfall gewesen war, spürte jedoch, dass sie mir nicht glaubten.

Zurück in Deutschland fand ich ein Päckchen von Stella im Briefkasten. Es enthielt einen Stick mit drei Megabyte Audiodateien. Ich hörte mir ein nie geführtes Gespräch zwischen mir und Heinz an, in dem ich ankündigte, Max *fertigzumachen*. Ein weiteres Gespräch drehte sich darum, sich nichts anmerken zu lassen. Es war davon die Rede, ihn *hineintappen* zu lassen, er werde *dort eine Überraschung erleben*. Heinz bestärkte mich in meiner Wut und meinen Absichten, indem er etwa sagte, er könne mich verstehen, das sei ein starkes Stück, er sei zu weit gegangen und so weiter.

Sicher würde Stella die Daten der Polizei übergeben. Man würde Heinz befragen: Nein, an ein Gespräch dieses Inhalts könne er sich nicht erinnern. Natürlich habe er mit Korn in den vergangenen Jahren zahlreiche Telefongespräche geführt. Er habe Reichling gekannt. Der sei aber nicht sein Typ gewesen, man habe doch ein etwas unterschiedliches Temperament. Vielleicht habe er am Telefon mit Korn über Reichling gesprochen. Wahrscheinlich habe er das. Er habe Korn nämlich geraten, den Reichling vor die Tür zu setzen. Der sei nicht teamfähig gewesen und als Führungsperson völlig ungeeignet. Er könne nicht ausschließen, dass Korn die Worte *fertigmachen* und *hineintappen* verwendet habe. Korn habe ihn nicht in seine Absichten eingeweiht. Er könne sich das von Korn aber nicht

233

vorstellen, das sei nicht seine Art. Auch habe er den Eindruck gehabt, Korn und Reichling seien bis zum Schluss befreundet gewesen.

Sollte ich Heinz vorwarnen? Würde es meine Lage verbessern, wenn er auf Frage würde zugeben müssen, dass ich ihn vorgewarnt hatte? Ich sagte nichts, als er anrief, um sich nach dem Stand der Dinge zu erkundigen und nach meinem Befinden. Erneut lehnte ich seine Hilfe ab, ich fand, es sei ja nun zu spät. Seitdem habe ich ihn nicht mehr gesehen, und doch würde ich ihn lieber treffen als jeden anderen. Heinz war, ohne dass ich mir darüber Gedanken gemacht hätte, deshalb habe ich es auch erst hinterher bemerkt, ein Freund gewesen.

Über alles nachzudenken – dafür hatte ich damals keine Zeit. Jeder wollte wissen, wie es mir ging. Geht schon, war die Antwort. Die meisten missbrauchten die Nachfrage als Vorwand, denn in Wahrheit wollten sie hören, was passiert war, möglichst detailliert. Ich ließ mich verleugnen, Dorothea hielt mir die Meute fern.

Einen Anrufer namens Bulitta ließ sie allerdings durch. Er habe es in der Zeitung gelesen. Das sei alles sehr seltsam, sagte er. Erst vergehe ein Vierteljahrhundert, dann tauche ich bei ihm auf und wenige Wochen später Max.

»Max?«, fragte ich ungläubig. »Was wollte der denn?«

»Ich weiß nicht, Junge. Ich glaube, er wollte wissen, worüber wir beide, du und ich, gesprochen hatten. Das habe ich ihm gesagt. Es war ja wohl kein Geheimnis. Außerdem hatte ich schon ein paar Bierchen gekippt. – Hallo?«

»Ja.«

»Das war ja wohl kein Geheimnis?«

»Nein«, antwortete ich.

»Als er ging, sagte er etwas von wegen: Das werde ein guter Zug werden, oder so ähnlich.«

»Verstehe.«

»Was verstehst du?«

»Ich wollte sagen: Das verstehe ich nicht.«

»Ich auch nicht. Was ist denn eigentlich mit deinem Buch, Junge?«

»Welches Buch?«

»Na, das Buch über dein Fußballleben. Kann man das bald kaufen?«

»Ja«, sagte ich, »in ein paar Wochen.«

Wer den schwarz umrandeten Brief an mich veranlasst hatte, weiß ich nicht. Ich hatte den Verdacht, er sollte mir nur mitteilen, dass die Beisetzung im engsten Familienkreis stattfinden würde. Ich sah ein, dass meine Anwesenheit für alle Beteiligten, mich eingeschlossen, nicht vorteilhaft sein würde. Alle um das Grab versammelt, alle auf mich starrend, mich für denjenigen haltend, der ich nicht war. Schließlich würde sich eine hysterisch schreiende Frau mit erhobenen Fäusten auf mich stürzen …

Trotzdem hätte ich meinen Blutsbruder auf seinem letzten Weg gerne begleitet.

Was das digitale Band mit dem Telefongespräch anging, irrte ich. Mit ein wenig technischem Geschick ist es möglich, ein nahtloses Gespräch herzustellen. Ein mit sinkender Stimme gesprochenes Wort kann man aufpeppen, indem man an den Stimmfrequenzen manipuliert, die man übersichtlich vor sich auf dem Display sieht. Die Manipulationen hinterlassen auf dem fertigen Digitalband keine Spuren. Und es gibt tatsächlich Anrufbeantworter, bei denen man mit Druck auf die richtige Taste das ganze Gespräch aufzeichnen kann. Dass ich im Büro ein solches Gerät hatte, war mir allerdings nie aufgefallen. Jeder würde also davon überzeugt sein, dass ich – nun, dass ich es getan hatte.

Max war eben ein viel besserer Schachspieler gewesen als ich.

Indem er von der Dachkante gesprungen war, hatte er seinen letzten Zug gemacht. Und überließ es nun mir, den Rest meines Lebens darauf zu verwenden, einen rettenden Ausweg zu finden. Oder schachmatt zu sein. Sicher lächelte er jetzt sein bekanntes Lächeln. Vermutlich hatte er sogar beim Verschwinden des Katers Sultan seine Finger im Spiel gehabt, was jedoch für immer unaufgeklärt bleiben würde. War es nicht ein Witz, dass ich durch meinen Plan, den er erkannt, sich zunutze gemacht und schließlich gegen mich gerichtet hatte, auf anderem Weg als gedacht erreicht hatte, was ich zunächst hatte erreichen wollen, zum Schluss jedoch gerne verhindert hätte?

Ich hatte niemandem ein Härchen gekrümmt, aber alles sah danach aus, als hätte ich einen perfekten Mord begangen. Einen fast perfekten Mord. Ich war auf ihn hereingefallen wie ein Hündchen, das nach der Wurst springt. Im Gegensatz dazu war *seine* Vorgehensweise nicht plump und dumm. Sie bewies vielmehr Raffinesse und Eleganz, das musste man ihm zugestehen.

Zwei Wochen später rief Stella noch einmal an.

»Ich bin's«, sagte sie in dem Tonfall, den ich bereits kannte und der keine Zweifel an ihren Gefühlen zuließ. »Max hat dich verehrt. Er hat dich geliebt. Ich finde, das solltest du wissen.«

»Wie kommst du darauf?«

»Ich habe bei seinen Sachen ein paar Ordner gefunden. Er hat alle Zeitungsartikel über dich gesammelt und aufgehoben. Ein dicker Ordner allein über deine Fußballzeit.«

»Über seine Fußballzeit?«

»Über *deine* Fußballzeit.«

»Über *meine* Fußballzeit?«

»Ich finde, das solltest du wissen«, wiederholte sie.

»Warum denn? Ich verstehe das alles nicht —«

Sie hatte bereits aufgelegt. Wieder blieb die Frage unbeantwortet, die mich nicht hätte schlafen lassen, wenn ich nicht ohnehin schlaflos gewesen wäre.

Mir war klar, dass ich in Gefahr war. Der im Geheimen vorbereitete Verkauf der Firma würde nicht gerade zu meiner Entlastung beitragen. Es war nur eine Frage von Wochen oder Monaten, bis die Polizei wieder vor meiner Tür stehen würde. Bei Mord gab es sicher eine Zusammenarbeit auch über die Kontinente hinweg. Ja, ich fühlte mich allein. In meiner Liebe zum Teamplay hatte ich übersehen, dass jeder im Grunde genommen auf sich selbst gestellt ist. Wie banal, deshalb aber nicht weniger erschreckend.

Ich musste mich also beeilen, doch es fehlten mir Kraft und Klarheit. Meine ursprünglichen Pläne waren von den Ereignissen überrollt worden. Aber es gab nun andere Gründe, sie in die Tat umzusetzen. Der Verkauf der Firma war nicht mehr rückgängig zu machen. Vielleicht würde mein Verschwinden durch den Verdacht, der nun auf mir lastete, noch glaubwürdiger werden. Er ist mit seiner Schuld nicht zurechtgekommen, würde man sagen können. Er hat keinen Sinn mehr in seinem Leben gesehen. So wurde der für einen Mörder geplante Fluchtweg zum Fluchtweg für einen Beinahemörder.

Übermüdet und von einem Haufen unbeantworteter Fragen verfolgt, taumelte ich von Tag zu Tag, meinen Abgang vorbereitend. Um keinen Verdacht zu erregen, mussten die Geschäfte wie bisher weitergehen. Doch diese Geschäfte überforderten mich. Bis zum ersten Januar musste die Buchhaltung von D-Mark auf Euro umgestellt werden. Ein Dutzend talentierte Mitarbeiter, alles männliche Führungskräfte, drohte die Firma zu verlassen, weil ich in dem Bestreben, die Frauenquote bei den Managern zu erhöhen, Frauen bevorzugt befördert hatte. Das sei ungerecht. Der Zweck heilige nicht die Mittel. Doro hatte von einem Tag zum anderen die völlig absurde Idee, ein Kind von mir zu wollen.

Inmitten dieses Tohuwabohus rief an einem Nachmittag im September Heinz an. Ich solle sofort den Fernseher einschalten. Ich ging ins Besprechungszimmer, drückte auf den Knopf an der Fernbedienung und schaute zu, wie zwei Flugzeuge in Wolkenkratzer rasten und darin stecken blieben. Das Kerosin explodierte, die Türme brannten sofort. Dichte Rauchschwaden quollen an den Seiten hervor. Kleine Gegenstände fielen an den Fassaden entlang nach unten, an Dutzenden von sauber verglasten Stockwerken vorbei. Die Kamera zoomte näher, und man sah: Es waren Menschen, die mit ihrem Sturz in die Tiefe davor flüchteten, bei lebendigem Leib verbrannt zu werden. Mein Leben kam mir ziemlich sinnlos vor. Von all dem, was ich hatte erreichen wollen, hatte ich nichts erreicht. Dass mir das alles auch noch blauäugig erschien und mich beschämte, half nicht im Geringsten.

Ich kehrte an den Schreibtisch zurück, öffnete auf dem Desktop ein neues Dokument und schrieb: *Der Krieg ist noch nicht beendet. War noch nie beendet. Er zieht auf dem Planeten umher wie ein Gewittersturm, dessen launische Bewegungen man nicht vorhersagen kann. Gerade befinden wir uns auf einer sonnigen Lichtung, während von fern die Donner dröhnen. Der Horizont flackert. Ein Blitz schlägt krachend am Rand der Lichtung ein. Keine Gewissheit, dass der Wind nicht drehen und die dunklen Wolken dorthin treiben wird, wo wir uns sonnen und so tun, als ob wir unschuldig wären.*

Ich druckte den Text aus und steckte das Blatt Papier in den Ordner »Erlösung«.

Ich löste mein bisheriges Leben einfach auf, brach alle Zelte ab. Was hätte mich halten sollen? Wir alle, die wir zur Bewegung der Arrivierten gehören, haben eines gemeinsam: Wir haben unser früheres Leben als das entlarvt, was es ist: nur eine Möglichkeit von vielen. In manchen Fällen auch ein Irrtum. Und wir haben uns aufgerafft, der vermeintlichen Selbstverständlichkeit der Verhältnisse die Stirn zu bieten bis hin zur Revolte.

Mal ein längerer, mal ein kürzerer Kampf. Alles Weitere fügt sich von selbst.

Man hört auf mit seinem bisherigen Leben und beginnt ein neues. Radikal und vorbehaltlos. Dazu gehört, sich von allem Besitz zu lösen. Die Leute sterben mit all ihrem Plunder um sich herum, sie halten sich an dem ganzen Zeug fest, als ob es ihnen ein längeres Verweilen auf dieser Welt ermöglichen würde. Am liebsten hätten sie ihren Goldschmuck und die Luxusuhr als Grabbeigaben neben sich liegen, damit noch die Archäologen in tausend Jahren erkennen, was für ein toller Hecht man war. In Wahrheit hinterlassen sie, wie rücksichtslos, ihren Erben die Arbeit, das Zeug wegzuwerfen. Andere, schon fortgeschritten, trennen sich beizeiten stückweise von ihrer Habe, ausgenommen natürlich die Lieblingsstücke. Doch die Befreiung vom Besitz muss ohne Einschränkung und endgültig sein. Es gilt nicht, die Lieblingsbücher, Schallplatten, Reiseandenken und Liebesbriefe in einer Garage einzulagern, um sie vielleicht irgendwann wieder an sich nehmen zu können. Wenn man erst einmal den Entschluss gefasst hat, ist es ein Leichtes. Ich habe allen Ballast über Bord geworfen. Der Verkauf der Firma war plangemäß schnell abgewickelt. Die Teppiche verkaufte ich zu einem günstigen Preis an andere Sammler, freute mich am Leuchten in ihren Augen und fühlte mich danach frei und leicht.

Schließlich war es nötig, neue Papiere zu besorgen. Da ich nicht zu sparen brauchte, war auch das kein Problem. Ein Geschäftsfreund, der über die entsprechenden Verbindungen verfügte, beschaffte mir den Pass und die nötigen Hintergrundinformationen über einen Mann meines Alters, der mir in Gestalt und Gesicht ähnlich und dessen Verbleib ungeklärt war. Niemand vermisste ihn, nahe Verwandte waren nicht bekannt. So lag meine neue Identität bereit.

Die Diskette mit den gefälschten Gesprächen legte ich in eine Schreibtischschublade, wo man sie sicher finden würde.

Für Zeugen war gesorgt. Ich kannte den Fluglotsen des kleinen Flugfeldes auf der Insel Elba persönlich und wechselte mit ihm ein paar Worte, bevor ich zu meiner Maschine ging. Er war mir schon immer sympathisch gewesen, an diesem Tag erschien er mir aber besonders liebenswert. Wahrscheinlich ist er schwul, dachte ich. Beiläufig erklärte ich, einen kleinen Rundflug machen zu wollen, hinüber nach Korsika, über die Insel Capraia zum Festland und wieder zurück.

»Bel girone«, wünschte er mir.

»Alla prossima«, antwortete ich, plötzlich glücklich über diese fröhliche, fast schelmische Lüge, und während er mir zuschaute, wie ich einstieg, fühlte ich mich leicht wie schon lange nicht mehr. Eine Zeitlang vergaß ich sogar den eigentlichen Grund dafür, dass ich nun, von seinen freundlichen Augen verfolgt, nach kurzem Instrumentencheck die Parkposition verließ, zur Startbahn rollte, Anlauf nahm, in den italienischen Himmel abhob und in Richtung Westen an Höhe gewann.

Die Bedingungen waren günstig. Kein Seitenwind, nur geringe Thermik, gute Sicht. Zum letzten Mal in meinem Leben befand ich mich in einer solchen Entfernung vom Erdboden, aber zum ersten Mal spürte ich den gähnenden Abgrund unter mir. Hatte auch Max einen Abgrund gespürt? Seine unergründliche, unbeherrschbare, schreckliche Seele, die er mit der Großhirnrinde nicht hatte erfassen, nicht hatte steuern können, und die so verwirrende Dinge wie Emotionen hervorgebracht hatte, eine dunkle, haltlose Tiefe, die ihn in sich hinabgezogen hatte? Oder hatte er an einer Verdrehung der Verhältnisse gelitten, geglaubt, statt von der Schwerkraft nach unten von metaphysischer Genialität nach oben gezogen zu werden, seiner Erlösung entgegen? Dabei war der Anlass seiner Wut nicht gerade überzeugend gewesen. Max hatte nicht *wirklich* Unrecht erlebt. Jedenfalls nicht verglichen mit denjenigen, die über Jahre hin zu Unrecht eingesperrt und gefoltert werden oder die man zu Zwangsarbeit verurteilt, weil sie eine den Machthabern nicht genehme Meinung haben. Oder verglichen mit denjenigen, die ihre Familie nicht ernähren können und die Kinder zum Betteln auf die Straße setzen. Aber selbst wenn Max darüber nachgedacht haben sollte, so war es ihm vermutlich egal gewesen. Er selbst hatte sein Schicksal offenbar unerträglich empfunden. Dass ein anderer mehr Glück hat und besser gelaunt herumläuft, obwohl er dümmer ist, das hatte er nicht hinnehmen können. Dabei, so fand ich schon damals, ist die ungleiche Verteilung von Glück noch nie etwas Besonderes gewesen.

Nachdem ich die vorgesehene Runde beinahe beendet hatte, schaltete ich über dem Festland den Autopiloten ein, der schnurgerade die Küste ansteuerte. Dann zog ich mich um. Den Zeitzünder für den Rauchwerfer stellte ich auf vier Minuten. Man sollte auf das rauchende Flugzeug erst aufmerksam werden, wenn ich schon gelandet war.

Über einem unbesiedelten Waldgebiet sprang ich schließlich aus der Maschine. Ein wirklich scheußliches Gefühl. Ich hatte keine Erfahrung mit einem Fallschirm, hatte mir die nötigen Kenntnisse angelesen. Von Anfang an war klar, dass es schwierig sein würde, in dem Wald eine Landemöglichkeit zu finden. Der Sprung selbst war leichter als gedacht. Nachdem der Schirm sich geöffnet hatte, steuerte ich eine kleine Lichtung an. Ich sank jedoch zu schnell, berührte mit dem Schirm eine Baumkrone, drehte mich, konnte mich nicht wie geplant auf die Landung konzentrieren, kam seitlich mit dem linken Fuß auf und knallte dann auf die linke Körperseite. Das Ergebnis war ein gebrochenes Fußgelenk. Schwitzend vergrub ich den Fallschirm und irrte dann humpelnd, schmerzverkrümmt und fluchend in den Wald hinein. Erst am nächsten Morgen erreichte ich den zuvor bereitgestellten Mietwagen.

Der Bart wuchs bereits. Meine neuen Papiere erlaubten

mir ein unauffälliges Dasein. Das Geld, das ich bei mir trug, reichte für das tägliche Leben und eine ambulante Versorgung meiner Verletzung. Mit Gipsfuß und Krücken hielt ich mich von allem fern. Die Firma war verkauft, der Erlös landete auf einem Schweizer Konto und war entsprechend meiner vorherigen Bestimmung am selben Tag an Stiftungen und Vereine weitergeleitet worden.

In deutschen Zeitungen wurde über den tragischen Unfalltod des bekannten Unternehmers Harald Korn berichtet, den etwas merkwürdigen Absturz seiner Privatmaschine zwischen den Inseln Elba und Korsika. Das Flugzeug habe offenbar noch über dem Festland Feuer gefangen, nach Zeugenberichten habe es eine starke Rauchentwicklung gegeben, Funkkontakt habe keiner bestanden, zum Schluss habe es so ausgesehen, als wollte der erfahrene Pilot eine Notlandung im Wasser machen, das Flugzeug sei jedoch zu rasch gesunken. Die zuständige italienische Behörde habe mit den Ermittlungen begonnen, man könne weder technisches Versagen ausschließen noch einen Pilotenfehler. Es werde auch in andere Richtungen ermittelt, mehr sei hierzu aber nicht zu erfahren gewesen. Die Nachforschungen würden allerdings dadurch erschwert, dass die Wrackteile in rund sechshundert Metern Tiefe lägen.

Einige Tage später: Es sei bekannt geworden, dass der deutsche Unternehmer Harald Korn vor seinem Tod die Firma verkauft habe. Einem Sprecher der Polizei zufolge sei Selbstmord nicht auszuschließen, da sich kurz vor dem Unglück seine langjährige Ehefrau von ihm getrennt habe und ein naher Freund auf einer Geschäftsreise in Südamerika vor seinen Augen tödlich verunglückt sei. Auch habe man an seinem Arbeitsplatz autobiografische Aufzeichnungen gefunden, die darauf hindeuten, dass er psychisch krank gewesen sei. Korn, kinderlos geblieben und für sein soziales Engagement bekannt, habe dafür gesorgt, dass sein Vermögen karitativen Zwecken zukomme. Ein auf Ausgleich bedachter Mensch, der noch posthum einen Orden verdient habe. Zahlreiche Personen aus dem In- und Ausland seien bei der Trauerfeier am Sitz der Firma des Verstorbenen anwesend gewesen.

Die Ermittlungen rund um den Absturz wurden bald eingestellt. Schließlich stürzt alle paar Tage in Europa irgendwo ein Kleinflugzeug ab. Man stellte die Akten ins Archiv mit dem Vermerk »Zur Vernichtung in dreißig Jahren«.

Der König lebt, seine Dame allerdings wurde ihm genommen.

Soweit mir das aus meiner Deckung heraus möglich war, versuchte ich, mit Stella Kontakt aufzunehmen. Es gelang mir nicht. Sie war mitsamt ihrer Mutter nach unbekannt verzogen.

Und mit ihr die Antwort auf eine wichtige Frage.

Bei jungen Passanten in einem gewissen Alter schaue ich schon einmal genauer hin, ob ich in ihren Gesichtszügen nicht bekannte Spuren erkenne, etwa eine bestimmte Rundung der Nasenspitze, gepaart mit einer gewissen extravaganten Form leicht abstehender Ohren, oder eine auffallend schmale Hand, die zwei träge wirkende Augen beschattet. Einmal, als ein junges Mädchen in der Nähe lachte, erschrak ich bis ins Mark meiner Knochen. Welche Erleichterung, als ich den dunklen, abessinischen Teint sah.

Nach einigen Monaten, man hatte die Sache Harald Korn weitgehend vergessen, kam ich hierher, in meine Heimat. Es ist kein Zufall, dass wir in dieser Stadt sitzen. Der Mensch gehört zu den Tieren, die mit besonderer Vorliebe nach den vielen Umwegen des Lebens an den Ort ihrer Geburt zurückkehren. Derselbe unsinnige Drang, der Pferde zurück in den vermeintlich sicheren, lichterloh brennenden Stall treibt. Wäre ich in Bangkok geboren, ich würde Ihnen vermutlich heute zehn Schritte vom Erawan-Schrein entfernt meine Geschichte erzählen, wir würden bei fünfundachtzig Prozent Luftfeuchtigkeit und einunddreißig Grad Celsius im Schatten vor uns hin schwitzen. Vielleicht würden wir uns alleine deshalb als Opfer der Schöpfung fühlen und demütig auf die Erlösung warten. Beschweren wir uns also nicht.

Die wenigen Freunde, die ich hatte, und die paar entfernten Verwandten habe ich gegen sieben Milliarden Brüder und Schwestern eingetauscht. Freimütig gestehe ich, dass ich aus ganz eigennützigen Gründen diesen Platz eingenommen habe: einen Platz, von dem aus ein Absturz kaum noch möglich ist. Ich stelle mir vor, was passiert wäre, wenn *er* meinen Plan nicht durchschaut und vereitelt hätte. Zweifellos hätte ich ihn hinabgestoßen. Dass es nicht so gekommen ist, kann also nicht mein Verdienst sein und mich nicht beruhigen. Ja, ich hatte mich aufgeschwungen, ein Menschenleben auszulöschen. Ich hatte mir das Urteil angemaßt, dass dieser Mensch nichts wert sei. Oder betriebswirtschaftlich gesprochen: dass er sich negativ auf den Gesamtsaldo auswirkte. Nein, unter gar keinen Umständen: Der Zweck heiligt nicht die Mittel. Dass ich dies vergessen hatte, ist unverzeihlich. Und so bin ich selbst ein Exempel dafür, dass die Menschheit noch einen weiten Weg vor sich hat.

Ich habe die Hoffnung nicht aufgegeben, irgendwann einmal wieder ruhig schlafen zu können, ohne jede Nacht von einem hämischen Lachen geweckt zu werden, das klingt wie das von Max, dann aber, bei näherem Hinhören, gar nicht von außerhalb meiner selbst zu kommen scheint. Wieder einzuschlafen ist unmöglich.

*

Ich sehe, mein Lieber, dass Sie mir in mehrfacher Hinsicht nicht glauben. Sie denken, ich sitze nicht freiwillig hier. Sie nehmen mir nicht ab, dass er selbst gesprungen ist. Sie sind überzeugt, ich sei auf der Flucht. Vor der Polizei und vor mir selbst. Und Sie gehen davon aus, ich sei nicht unschuldig. Na gut, da würde ich Ihnen nicht einmal widersprechen. Was aber heißt das: schuldig sein? Schon mancher hat mir vorgehalten, die Behauptung, ich hätte einiges in meinem Leben anders machen können, sei rein hypothetischer Natur und es gebe keinen Grund zu büßen. Bedauere, da bin ich anderer Meinung: Es gibt immer einen Grund zu büßen. Denn solange nicht das Gegenteil bewiesen ist, gehe ich davon aus, mich aus freien Stücken für die schlechte Sache entschieden zu haben. Darum sorge ich dafür, dass in meinem Leben eine Wiederholung der verführerischen Umstände ausgeschlossen ist. Mit mir nicht mehr!

Indem ich die Neuen und Interessierten in unseren Beruf einlerne, frische ich mein Gedächtnis auf und halte die Erinnerung wach. Denn Sie wissen so gut wie ich: Das Leben ist ein Kampf gegen das Vergessen.

Unter allen Umständen aber bin ich ein Verfechter der Wahrheit. Denn ohne Wahrheit gibt es keine Gerechtigkeit. Und was ist Freiheit ohne Gerechtigkeit? Nichts, Sie sagen es.

Das Urteil »Lebenslanges Zuchthaus« würde mich nicht deshalb schrecken, weil ich dann hinter Gittern säße. Die Leere zwischen den Stäben ist unermesslich, da lässt es sich hervorragend meditieren. Aber wenn ich zu Unrecht dort wäre? Dann müsste ich nicht nur ertragen, die Schuld nicht loszuwerden, die ich ohnehin auf mich geladen habe; hinzu käme das zweitschlimmste Schicksal: eine Schuld zu büßen, die es nicht gibt. So versuche ich, zu dem verdammten Spiel gezwungen, wenigstens ein Remis zu erreichen. Und um den Wettkampf bis zum Ende durchzustehen, habe ich eine Taktik gewählt, die mir täglich mein Ziel vor Augen führt. Ich habe noch einmal in meinem Leben eine Aufgabe gefunden. Sagen Sie selbst:

Was ist der Mensch ohne Aufgabe? Eine Aufgabe zu finden ist schwer geworden, schwerer als je zuvor. Unsere Vorfahren sorgten sich um ein wasserdichtes Dach auf dem Haus, um genügend Holz für den kalten Winter und ausreichend Vorräte in der Speisekammer. Diese Glücklichen! Wen interessiert das heute noch? Wie viele irren durch das Leben, ständig bemüht, ihre Orientierungslosigkeit durch hektische Aktivität zu überdecken! Mag sein, dass diejenigen verzweifelt sind, die etwas Bestimmtes suchen, es aber nicht finden. Wie viel mehr aber sind diejenigen verzweifelt, die gar nicht wissen, wonach sie suchen!

Meine Aufgabe ist es, den Kreislauf in Schwung zu halten, der für ein Gleichgewicht aus Geben und Nehmen sorgt. Ich nehme, und ich gebe zurück. Ich fordere die Vorübergehenden durch meine Körperhaltung, durch meine Anwesenheit auf. Sie haben es selbst in der Hand, sich durch den Wurf der Münze zu befreien. Ich stelle diese Möglichkeit bereit. Das macht sie glücklich. Und am Abend, wenn ich die Almosen zurückgebe an andere Passanten, sind diese ebenfalls glücklich. Wer einmal von einem Wildfremden ohne Anlass ein Zweieurostück in die Hand gedrückt bekommen hat, der ist fortan viel eher bereit, einen Obolus zu werfen. Der kaum zu überschätzende Nachahmungseffekt. Stellen Sie sich vor, es spricht sich herum, dass man ab und an auf der Straße Geld geschenkt bekommt. Stellen Sie sich vor, es wird zur allgemeinen, lustbringenden Übung, sich auf der Straße gegenseitig Geld zu schenken, stellen Sie sich die Wärme vor, die entsteht und sich allmählich verbreitet ...

Aber auch denjenigen, die nichts geben, helfe ich. Ich verhelfe ihnen zu einem schlechten Gewissen. Oder lassen wir es einfach bei: Gewissen. Leben wir nicht in einer Zeit, in der das Gewissen aus der Mode gekommen ist? Sein Wert wird verkannt. Ohne Gewissen kann der Münzwurf nicht befreien.

Ohne Fegefeuer kein Paradies. Wenn Sie die Vorübergehenden beobachten, werden Sie feststellen, dass viele von denen, die nichts geben, ihren Schritt erst merklich beschleunigen, als wollten sie möglichst rasch einer unangenehmen Situation entkommen, um kurz darauf ins Zögern, ja ins Trudeln zu geraten. Warum habe ich ihm nichts gegeben? Hätte ich ihm etwas geben sollen? Ist er nicht selbst schuld an seiner Misere? Spielt es eine Rolle, ob er selbst schuld ist, hat er nicht auch dann das Recht auf Mitgefühl und auf Hilfe? Das Gewissen verlangsamt ein wenig ihr schnelles Dahineilen. Nicht zu selten besinnt sich einer, hält nach zwanzig, ja dreißig Schritten an, wühlt in der Hosentasche oder zückt den Geldbeutel und kommt zurück.

Einer meiner größten Erfolge war, als eines Tages – es war ein Montag – ein Passant mittleren Alters vor meinem Sitzplatz nahe der Apotheke stehen blieb.

»Sagen Sie, werter Mann«, sprach er. »Sind Sie nicht letzten Montag auch hier gesessen?«

Ich nickte.

Seine Miene hellte sich auf.

»Gott sei Dank«, sagte er und kramte in seinem Geldbeutel. Die Finger förderten zwei Euromünzen zutage. Eine warf er in meine Mütze. »Das ist für heute«, bestimmte er. Dann nahm er die zweite Münze, hielt sie hoch wie ein Priester die Hostie bei der heiligen Kommunion und verkündete erfreut: »Und das ist für letzte Woche!« Dann warf er auch diese Münze, grüßte und ging fröhlich davon.

Sicher werden Sie mir darin zustimmen, dass der evolutionäre Vorteil einer Gesellschaft nicht nur in ihrer Fähigkeit liegt, technische Neuerungen schnellstmöglich auf den globalen Markt zu werfen, sondern genauso im Gesamtpotenzial an Gewissen, das in ihr lebt. Daran möchte ich meinen Anteil haben. Und wenn ich vorhin beklagt habe, ich sei zu dem verdammten Spiel gezwungen, so war das nur ein kleiner Teil der Wahrheit. Der größere ist, dass ich meinen Beruf liebe. Die Krönung meines Lebens!

So bin ich nicht nur einverstanden mit meinem Schicksal, sondern verspüre tiefe Dankbarkeit dafür, dass es so gekommen ist. Ja: tiefe Dankbarkeit *ihm* gegenüber. Ohne *ihn* wäre ich nicht da, wo ich bin. Alleine wäre ich niemals so weit gekommen. Jeder Mensch hat seine Lektion zu lernen. Ich bin froh, die für mich bestimmte nicht verpasst zu haben. Und was das Erstaunlichste ist: Ich fühle mich ihm so verbunden wie in meiner Jugend. Die Narbe auf meiner Handinnenfläche fühlt sich ganz frisch an. In Wahrheit spielen wir uns noch immer den Ball zu, den man allerdings bei gewöhnlichen Sichtverhältnissen nicht sehen kann.

Wie reizvoll wäre es, wenn ich Ihnen zum Schluss gestehen könnte, dass alles ganz anders war! Viel einfacher, nämlich: Ich habe mich an der Londoner Börse verspekuliert und bin pleite gegangen. Meine Frau hat mich wegen eines anderen verlassen, eines herzensguten, charmanten Mannes. Dieser Mann wurde ihr nach kurzem zu langweilig, so dass sie sich von ihm ebenfalls trennte. Der hat das alles nicht vertragen (was wir gut verstehen) und sich in die Tiefe gestürzt. Und in Wahrheit bin ich doch nichts als ein Bettler und Lügner.

Aber Sie wissen ja selbst, dass es nicht so einfach ist. Holen Sie das Gerät ruhig hervor. Ich hatte schon am Montag so ein Gefühl, als Sie sagten, Sie kämen aus São Paulo. Was für ein Zufall, frohlockte ich zuerst. Sehen Sie, ich liebe den Zufall. Er ist meine Rettung, wie ein Stück Treibholz, an das man sich nach einem Schiffbruch klammert, bis man an das nächste Ufer getrieben wird, meine Rettung in einer Welt, in der mit wissenschaftlicher Akribie auf alle Fragen eine Antwort gefunden wird: Warum haben Männer Brustwarzen? Warum gibt es Erdbeben? Warum haben wir ein Großhirn entwickelt? Warum werden Unschuldige wegen Mordes verurteilt? Warum fliegen Flugzeuge? Wie geht die Kopulation bei den südbengalischen Furzkakerlaken vonstatten? Nichts geschieht also ohne Ursache, alles hat seine Notwendigkeit, und wenn man einmal alle Bausteine kennt, lassen sich prächtige Pyramiden und Triumphbögen konstruieren, so wie der Schachspieler, zur höchsten Gehirnleistung befähigt, ein Spiel nicht verlieren kann. Dann kann man nicht nur jede Handlung im Nachhinein erklären, sondern auch jede Handlung in der Zukunft vorhersagen. Die Erklärung einer des Mordes an ihrem Geliebten Angeklagten, sie habe nicht anders können, erhält eine ganz neue Bedeutung, eine gleichermaßen zwingende wie erschreckende. Sicherlich ist man dann, mit wissenschaftlicher Allwissenheit ausgestattet, in der Lage, Blutsbrüderschaften und ihre Auswirkungen auf die Selbstmordrate zu berechnen. Nein danke, da ziehe ich doch allemal den Zufall vor. Inmitten dieses alles überwuchernden Erklärungsdickichts ergreife ich den erstbesten vorüberfliegenden Teppich, kralle mich an ihm fest und lasse mich hinauftragen in eine Region, wo ich den Horizont sehe und mich frei fühle, ohne genau zu wissen, was das ist. (Und ich verspüre nicht die geringste Lust auf eine Erklärung.) Dann genieße ich den Gedanken an den Zufall, in einer Bombennacht geboren zu sein, auf einem kleinen Fährschiff in der Ägäis dasselbe Buch gelesen zu haben wie Stella und einen Blutsbruder mit Schuhgröße siebenundvierzig gehabt zu haben.

Aber: Schon am Montag meldete sich der Verdacht, der in den letzten Tagen zur Gewissheit wurde wie der Zufall zur Notwendigkeit.

Was ich meine? Na – das Diktiergerät dort in Ihrer rechten Jackeninnentasche, das unser Gespräch aufgezeichnet hat. Natürlich habe ich mich inzwischen über Sie erkundigt, man hält in unseren Kreisen zusammen, und wir haben gute Verbindungen in alle Welt. Sie sind der brasilianische Kommissar, der sich mit dem Fall von Maximilian Reichling befasst. Man hat Sie ausgewählt, weil Sie als Spezialist für die Lösung angestaubter Fälle bekannt sind und weil Sie fließend Deutsch sprechen. Um an mich heranzukommen, haben Sie sich über die Bewegung der Arrivierten als Hospitant ausgegeben. Sie wollten nicht glauben, dass Max Opfer eines Unfalls wurde. Sie waren zu Recht misstrauisch, denn es war kein Unfall. Ich hatte Sie erwartet, ich wusste, dass Sie irgendwann zu mir kommen würden. Natürlich wollen Sie mich auf die Anklagebank bringen. Dafür habe ich Verständnis. Wir tun alle unser Bestes. Aber sehen Sie, Ihre Untersuchung ist noch nicht beendet. Welch zwingenden Grund gibt es, anzunehmen, dass es nicht so war, wie ich Ihnen erzählt habe? Da ich von Anfang an Ihre Absichten vermutete, habe ich meinen Bericht diese Woche besonders sorgfältig abgeliefert und einigen Details mehr Aufmerksamkeit gewidmet. Nehmen Sie meine Geschichte mit, forschen Sie weiter, und wenn Sie auf Neuigkeiten stoßen, dann kehren Sie zurück. Sie wissen, wo Sie mich finden. Aber bedenken Sie beizeiten, ob Sie sich nicht zum Pferd eines toten Reiters machen!

Kommen Sie, es dämmert, der Tag und die Woche neigen sich dem Ende zu. Wir haben unsere Arbeit getan. Verlassen wir diesen schönen Ort, überlassen wir die Menschen ihrem Treiben, das Karussell den freudig erregten Kindergesichtern, den zufriedenen und stolzen Müttern und Vätern, die Biergartengesellschaft dem Rausch –

– da habe ich neulich eine Geschichte gehört …

Für die aufmerksame Lektüre des Manuskripts und für wertvolle Anregungen danke ich Thomas Maier-Bandomer, Wolfram Hirche, Astiko und meiner Familie, die außerdem den Entstehungsprozess dieses Buches wohlwollend begleitet hat.